버드나무에 부는 바람

The Wind in the Willows

The Wind in the Willows

버드나무에 부는 바람

케네스 그레이엄 지음 | **정지현** 옮김 | **천은실** 일러스트

Contents

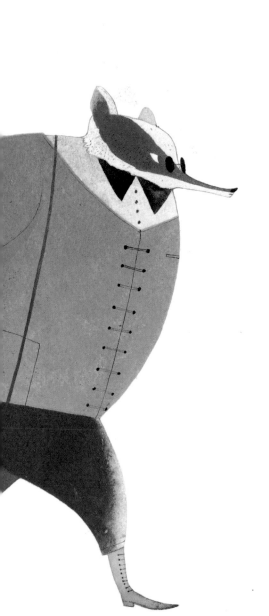

하나뿐인 내 사랑하는 아들
앨러스테어에게 이 책을 바칩니다.

01

강둑에서

두더지는 오전 내내 작은 집에서 봄맞이 대청소를 열심히 했다. 처음에는 빗자루로 쓴 다음 먼지떨이로 먼지를 털기만 했다. 그러다가 흰색 페인트통과 붓을 들고 사다리와 계단과 의자 위로 올라갔다. 목과 눈에 먼지가 잔뜩 들어갔고, 온몸의 검은 털도 흰 페인트를 뒤집어쓴 상태가 되었다. 등은 쑤시고 팔다리는 힘없이 축 늘어졌다. 하늘과 땅, 주위를 보니 어느새 봄이 훌쩍 다가와 있었다. 불만과 설렘을 가득 담은 채, 어둡고 좁은 두더지네 집까지. 그때 두더지가 갑자기 붓을 내팽개치며 소리쳤다.

"어휴, 신경질 나 죽겠네! 봄맞이 청소가 대체 뭐라고!"

두더지는 코트도 걸치지 않고 후다닥 집 밖으로 나갔다. 위쪽

에서 누군가가 다급하게 두더지를 부르는 것만 같았다. 두더지
는 작고 가파른 굴로 달려갔다. 그 굴은 해와 하늘에 가까이 사
는 동물들이 다니는 자갈 깔린 마찻길 같은 곳이었다. 두더지
는 흙을 긁고 파헤치고 들쑤시다가, 또다시 들쑤시고 파헤치고
긁기를 반복했다. 조그마한 앞발을 부지런히 움직이면서 혼자
중얼거렸다.

"위로 올라가자! 위로!"

짠! 마침내 햇살이 두더지의 코에 와 닿았다. 두더지는 넓고
따뜻한 초원에서 마구 굴렀다.

"아, 좋아라! 페인트칠보다 훨씬 좋구나!"

따뜻한 볕이 온몸을 비추고 산들바람이 눈썹을 간질였다. 오
랫동안 땅속 집에서 혼자 외롭게 지내면서 둔해진 귓속으로 온
갖 새들의 지저귐이 즐거운 비명처럼 들려왔다. 두더지는 살아
있는 기쁨과 봄맞이 청소를 하지 않아도 된다는 안도감에 네
발로 껑충껑충 뛰기 시작했다. 그러곤 초원을 지나 저만치 산울
타리에서 걸음을 멈추었다.

그때 늙은 토끼 한 마리가 소리쳤다.

"멈춰! 남의 땅을 지나가려면 6펜스를 내야지!"

두더지가 듣는 둥 마는 둥 성급하게 쿵쾅거리며 산울타리를
돌자, 늙은 토끼는 그 자리에 고꾸라지고 말았다. 다른 토끼들
이 무슨 일인가 싶어 굴에서 내다보았다.

"용용 죽겠지! 용용 죽겠지!"

두더지는 재미있어 죽겠다는 듯 놀려대고는 토끼들이 멋지게 대꾸할 말을 찾기도 전에 냅다 가 버렸다. 그러자 토끼들은 서로를 탓하기 시작했다.

"넌 정말 바보야! 저 녀석한테 한마디도 못하다니……."

"그러는 네가 나서지 그랬어?"

"아니, 네가 나섰어야지!"

토끼들은 언제나 그런 식이었다. 하지만 역시 이번에도 너무 늦어 버렸다.

두더지는 꿈을 꾸는 것 같았다. 계속 바쁘게 초원을 이리저리 돌아다녔다. 산울타리를 빙 돌고 나서 잡목림도 지나고, 새들이 짓고 있는 둥지도 보고, 피어나는 꽃봉오리도 보고, 나뭇잎이 바스락거리는 소리도 들었다. 모든 것이 행복하고, 변해가고, 바쁘게 움직였다. 마음속에서는 '페인트칠해야 하잖아!' 하고 소리쳤지만, 온통 바삐 움직이는 것들 틈에서 혼자 여유를 부리고 있노라니 즐겁기만 했다. 휴일이 좋은 이유는 단지 쉴 수 있어서가 아니라 남들이 정신없이 일하는 모습을 지켜볼 수 있기 때문이 아닐까.

두더지는 이보다 더 행복할 수는 없다고 생각하며 정처 없이 돌아다니다가 넘실대는 강 앞에서 갑자기 걸음을 우뚝 멈추었다. 두더지는 평생 강을 본 적이 없었다. 미끌미끌하고 구불구불하고 장엄한 소리를 내는 이것은 뭔가를 쫓아가더니 킬킬거리면서 붙잡았다. 또 웃음을 터뜨리면서 놔주는가 싶더니 빠져나가려 몸을 흔드는 새로운 놀이친구에게 자기 몸을 힘껏 내던져 붙잡았다 놓아주기를 반복했다. 그리고 빙빙 돌면서 떨었다. 아울러 반짝이고 바스락거리고 재잘거리면서 부글부글 거품을 만들었다. 두더지는 그 모습에 홀딱 반하고 말았다. 두더지는 강가를 크게 돌았다. 마치 어른의 손을 붙잡고 가며 재미있는 이야기에 빠져든 어린아이 같았다. 그러다 어느새 고단해져서는 강둑에 앉았다. 강은 여전히 재잘거리며 두더지에게 세상에서 가장 멋진 이야기를 들려주었다. 땅의 심장 이야기부터 만족할 줄 모르는 바다의 이야기까지 전부……

그때였다. 풀밭에 앉아 건너편을 여유롭게 바라보고 있던 두더지의 눈에 검은 구멍이 보였다. 그것은 반대편 강가 끄트머리 바로 위에 있었다. 두더지는 꿈이라도 꾸듯 강가의 작은 집을 좋아하는 동물에게는 구멍이 정말로 아늑한 보금자리가 될지도 모르겠다는 생각을 했다. 물이 넘칠 일도 없고, 시끄럽지도 않고, 지저분하지도 않을 것 같았다. 그렇게 한참을 바라보고 있는데, 구멍 중간에서 밝고 작은 빛이 반짝이더니 이내 사라졌다. 그러고는 작은 별처럼 다시 반짝였다. 하지만 저런 곳에 별이 있을 리는 만무했다. 반딧불이라고 하기에는 너무 작았다. 뭔가 싶어 두더지가 계속 쳐다보고 있는데 그것이 두더지를

향해 깜빡였다. 그제야 두더지는 그게 눈이라는 걸 깨달았다. 눈 주위로 자그마한 얼굴이 서서히 드러나기 시작했다. 그 모습이 마치 그림을 끼운 액자 같았다.

콧수염이 있는 갈색의 얼굴.

두더지의 관심을 끌었던 반짝이는 두 눈의 진지한 얼굴.

작고 반듯한 귀와 도톰하고 부드러운 털.

그것은 물쥐였다!

두더지와 물쥐는 자리에서 일어나 조심스럽게 서로를 쳐다보았다.

"두더지야, 안녕!"

물쥐가 먼저 인사했다.

"물쥐야, 안녕!"

두더지도 인사했다.

"이쪽으로 건너오지 않을래?"

물쥐가 불쑥 물었다.

"여기서도 목소리가 잘 들리는걸, 뭐."

두더지는 뿌루퉁하게 대답했다. 사실 두더지는 강을 처음 본데다 강가에서의 생활에 대해 잘 알지 못했다.

물쥐가 아무 말 없이 몸을 숙이더니 밧줄을 풀어 잡아당겼다. 그러더니 (두더지는 한 번도 본 적 없는) 배에 사뿐히 올라타는 것이었다. 바깥쪽은 파란색, 안쪽은 흰색으로 칠해진 그것은 둘이 타기에 안성맞춤인 크기였다. 두더지는 그것이 어디에 쓰는 물건인지 정확히 알지 못했지만 온통 마음이 그리로 쏠렸다.

물쥐는 능숙하게 배를 돌리더니 이내 강을 건너왔다. 그러고는 두더지가 천천히 배에 올라탈 수 있도록 앞발을 들어 주었다. 물쥐가 말했다.

"힘을 주고 서! 그리고 힘차게 발을 내디뎌 봐!"

두더지는 놀라움과 황홀함에 빠진 채 배 뒷부분에 자리 잡고 앉았다.

"오늘은 정말 멋진 날이야! 난 태어나서 처음 배에 타 보거든."

물쥐가 놀라서 입을 쩍 벌렸다.

"뭐라고? 배에 타 본 적이 없다고? 그럼 뭘 하면서 지낸 거야?"

두더지는 등을 뒤로 젖히며 수줍게 물었다.

"이게 그렇게 대단한 일이니?"

사실은 이미 멋지다고 생각하던 참이었다. 쿠션과 노, 노걸이 같은 것들도 전부 근사해 보였고, 배가 아래로 가볍게 흔들리며 나아가는 느낌마저 훌륭했다.

물쥐가 몸을 앞으로 기울여 노를 저으며 대답했다.

"대단하냐고? 당연히 최고지! 내 말을 믿어, 친구야. 배에 타고 있는 것만큼 재미있는 일은 세상에 없어. 다른 건 그 절반만큼도 재미있지 않아. 배에 그냥 가만히만 있어도 돼."

물쥐가 꿈꾸듯 계속 말했다.

"배에 가만히 앉아만 있어도……."

"조심해, 물쥐야!"

두더지가 갑자기 소리쳤다.

하지만 이미 늦었다. 배는 강둑에 부딪혀 완전히 기울어졌다. 꿈꾸는 표정으로 즐겁게 노를 젓던 물쥐가 바닥에 그만 고꾸라지고 말았다. 등을 대고 그대로 누운 채 발은 공중에서 대롱거렸다.

물쥐는 유쾌하게 웃더니 툭툭 털며 몸을 일으켰다.

"배에 타고 있으면, 아니 배와 함께 있으면 배를 타고 있든 타고 있지 않든 중요하지 않아. 아무것도 중요하지 않아져. 그게 배의 진정한 매력이야. 어디로 떠나든 말든, 목적지에 도착하든 전혀 다른 곳에 다다르든 항상 바쁘거든. 특별히 뭘 하지 않아도 돼. 할 일이 생겨도 하고 싶으면 하고, 하기 싫으면 언제든 안 해도 돼. 안 하는 편이 훨씬 낫긴 하지. 아, 그래! 오늘 아침에 특별히 할 일이 없다면 나랑 같이 강으로 내려가서 시간을 보내는 게 어떠니?"

두더지는 더없이 행복했다. 발가락을 꼼지락거리며 만족의 한숨을 가만히 내쉬었다. 그런 다음 가슴을 쫙 펴고 푹신한 쿠션에 기댔다.

"하아, 정말 근사한 하루가 될 거야. 당장 시작하자!"

"잠깐만 기다려!"

물쥐는 선착장 고리에 밧줄을 걸고 자신의 굴로 올라갔다. 잠시 후 점심거리가 잔뜩 담긴 바구니를 끙끙거리며 한가득 들고 왔다.

"이걸 발밑에 좀 넣어 줘."

물쥐는 배에 올라타 있던 두더지에게 바구니를 건네주었다. 그리고 다시 밧줄을 풀고 노를 잡았다.

"안에 뭐가 있어?"

두더지는 궁금해 견딜 수 없었다.

"차게 식힌 닭고기랑 혓바닥 고기랑 햄이랑 소고기 그리고 오이 피클과 샐러드, 롤빵, 채소 샌드위치, 다진 고기, 진저에일, 레모네이드, 소다수……."

"잠깐, 잠깐! 뭐가 그리 많아?"

두더지가 신나서 외쳤다.

"정말 그렇게 생각해? 소풍 갈 때마다 이 정도는 늘 가져가는 걸 뭐. 그런데도 다른 동물들은 나더러 구두쇠라고 불평만 하는데."

물쥐가 갑자기 심각한 표정으로 말했다.

하지만 두더지에게는 물쥐의 말이 제대로 들리지 않았다. 그는 방금 막 시작한 새로운 생활에 푹 빠져 있었다. 반짝거리는 물결과 따사로운 햇살, 냄새와 소리에 흠뻑 취해 버렸다. 두더지는 발 한쪽을 물에 담근 채 꿈을 꾸었다. 마음씨 착한 물쥐는 두더지를 방해하고픈 마음을 꾹 참으며 계속 노를 저어갔다.

삼십 분쯤 지났을까. 물쥐가 입을 열었다.

"네 옷이 마음에 들어. 나도 언젠가 검은 벨벳으로 된 양복을 입어야지. 물론 사정이 되면 말이야."

두더지가 퍼뜩 정신이 든 듯 물었다.

"응, 뭐라고 했어? 못 들었네. 내가 예의도 없는 녀석처럼 보이겠지만 모든 게 새로워서 그래. 그러니까 여기가 그 강 같은 거구나!"

"'강 같은 것'이 아니라 강이야."

물쥐가 고쳐 주었다.

"넌 정말 강 옆에서 사니? 얼마나 신날까!"

"맞아. 난 강 옆에서 살고, 강 위에서 살고, 강 속에서 살지. 나한테 강은 형제자매나 마찬가지야. 숙모고 친구고 음식이고 음료수지. 당연히 목욕탕이기도 하고. 그러니까 강은 내 세상이야. 나는 다른 세상은 원하지 않아. 강이 가지지 않은 것은 가질 가치가 없고, 강이 모르는 것은 알 가치가 없어. 아, 우리가 얼마나 오랜 시간을 함께했는지! 강은 언제나 신나고 재미있어, 겨울이든 여름이든 봄이든 가을이든 상관없이. 2월에 홍수가 나면 집과 지하실에 물이 들어오고 가장 좋은 방의 창에는 누런 물이 차올라. 물이 빠지면 진흙 바닥이 보이는데 자두 케이크 냄새가 나지. 물풀과 잡초가 물길을 막으면 난 발을 적시지 않고도 강바닥을 여기저기 돌아다니며 신선한 음식을 찾을 수 있어. 조심성 없는 사람들이 배 밖으로 던진 것들 말이야!"

두더지가 용기를 내어 물었다.

"그래도 가끔은 심심하지 않니, 너하고 강뿐이라 말할 친구가 하나도 없으면?"

"말할 친구가 하나도 없다니? 아 참, 너한테 심하게 대하면 안 되지."

물쥐는 버럭 소리를 지르려다 금세 참으면서 설명했다.

"넌 여기가 처음이니까 모르는 게 당연하겠다. 요즘은 강둑이 너무 북적거려서 오히려 이사 가는 동물들이 많아. 확실히 예전하고 달라졌지. 수달, 물총새, 논병아리, 쇠물닭 같은 녀석들이 온종일 어슬렁거리면서 남이 뭔가 해 주기만을 바라고 있거든. 정말 할 일 없는 놈들이라니까!"

"근데 저기 있는 건 뭐지?"

두더지가 앞발로 가리키며 물었다. 강 한편으로 물과 초원이 만나는 곳에 어두침침한 삼림지대가 있었다.

"저기? 저긴 그냥 '우거진 숲'이라고 불러. 강둑에 사는 우리는 거의 가지 않아."

물쥐가 간단하게 대답했다.

"저기에도 좋은 친구들이 살지 않니?"

두더지가 약간 초조해하며 물었다.

"글쎄, 다람쥐들은 괜찮아. 흠, 토끼들도 괜찮은 애들이 있긴 하지만, 그쪽은 잡종이 많거든. 아, 오소리 아저씨도 있다. 오소리 아저씨는 숲 한가운데서 살아. 제발 다른 데서 살라고 애원해도 안 살지. 참! 오소리 아저씨한테는 아무도 시비를 안 걸어. 그러는 게 좋아."

"그럼 누구한테 참견해도 괜찮은 건데?"

두더지가 물었다.

"물론 있지. 족제비, 흰담비, 여우…… 다들 괜찮은 면도 있어. 나하고도 친해. 만나면 같이 시간을 보내곤 하거든. 하지만 가끔 성질을 부려. 그러니까 그 애들을 완전히 믿으면 안 돼. 그건 확실해."

물쥐는 약간 머뭇머뭇하며 설명해 주었다.

두더지는 언제든 일어날 수 있는 '위험'에 대해 생각하거나 언급하는 것이 동물 세계의 예의에 어긋난다는 사실을 잘 알았다. 그래서 아예 화제를 바꾸기로 했다.

"그럼 저 숲 너머에는 뭐가 있어? 온통 파랗고 어두컴컴하던데. 언덕 같기도 하고 아닌 것 같기도 하고, 도시의 연기 같기도 해. 아니면 그냥 구름이 떠다니는 건가?"

"우거진 숲 너머에는 넓은 세상이 있어. 그곳은 너한테나 나한테나 전혀 중요하지 않아. 난 가 본 적도 없고 앞으로도 안 갈 거야. 너도 정신이 말짱하다면 마찬가지일걸. 다시는 그곳 얘기를 꺼내지 마. 와! 벌써 강 아래쪽에 내려왔네. 여기서 점심을 먹자."

그들은 큰 강을 떠나 얼핏 호수처럼 보이는 작은 강으로 들어섰다. 양쪽으로 초록 잔디밭이 비스듬하게 펼쳐져 있고, 고요한 물 아래로 구불구불 뱀처럼 보이는 갈색 나무뿌리가 보였다. 앞쪽에는 둑에 부딪혀 거품을 일으키는 은빛 물결과 회색 지붕의 방앗간을 떠받친 채 물을 흘려보내는 물레방아가 보였다. 웅웅 소리가 느리게 나다가 가끔씩 맑고 경쾌한 소리가 울려 퍼졌다. 두더지는 앞발을 들고 서서 아름다운 광경을 넋을 놓고 바라보다가 숨이 멎을 듯한 탄성을 내질렀다.

"세상에나! 와, 정말 멋지다!"

물쥐는 강둑에 배를 나란히 대고 아직 배에 익숙하지 않은 두더지가 안전하게 내릴 수 있도록 도와주었다. 그러고는 점심 바구니를 밖으로 내려놓았다. 두더지는 바구니를 자기 혼자 풀게 해달라고 부탁했다. 물쥐는 기꺼이 부탁을 들어주었고 풀밭에 대자로 누워 버렸다. 신난 두더지는 식탁보를 펼치며 신기한 물건들을 하나씩 꺼내 차례로 놓아두었다. 그러면서 처음 보는 새로운 것을 꺼낼 때마다 "세상에나!" 하고 감탄했다. 준비가 끝나자 물쥐가 말했다.

"그럼 먹자고, 친구!"

두더지는 그 말이 정말 기뻤다. 누구나 봄날이면 그러는 것처럼, 두더지는 아침 일찍부터 봄맞이 대청소를 시작하느라 아무것도 먹지 못했다. 게다가 이날 새로운 일을 너무도 많이 겪어서 며칠은 훌쩍 지난 느낌이었다.

어느 정도 허기가 가라앉은 후에, 두더지가 다른 곳을 쳐다보자 물쥐가 물었다.

"뭘 보고 있니?"

"물 위로 보글보글 올라오는 물방울을 보고 있어. 정말 재밌다."

"물방울? 오호라!"

물쥐는 두더지의 말을 반기며 경쾌하

게 대답했다. 그때 강둑 끄트머리에서 반들거리는 큼직한 주둥이가 보이더니 수달이 나타나 몸에 묻은 물기를 털었다.

"이런 욕심쟁이들 같으니라고! 물쥐야, 왜 날 초대하지 않은 거야?"

수달이 식탁보에 차려진 음식들 곁으로 다가오며 물었다.

"갑자기 계획한 일이라서 그랬어. 아, 여긴 내 친구 두더지야."

"반가워."

수달이 먼저 인사했다. 두더지와 수달은 곧 친구가 되었다.

"사방이 소란스러워. 오늘은 온 세상이 강으로 나온 것 같다니까. 한동안 조용히 있으려고 여기까지 내려왔는데 또 너희가 있다니! 아 참, 오해하지 마. 반갑지 않다는 뜻은 아니니까."

그때 또 뒤쪽에서 바스락거리는 소리가 들렸다. 빽빽한 나뭇잎 사이로 털이 듬성듬성하고 어깨가 넓적한 무언가가 나타났다.

"안녕하세요, 오소리 아저씨!"

물쥐가 소리쳤다.

오소리는 한두 걸음 걸어 나오며 이내 투덜거렸다.

"흠, 손님이 있었구먼."

그러고는 곧바로 몸을 돌리고 사라졌다.

"오소리 아저씨는 원래 저래! 북적거리는 걸 싫어하거든. 오늘은 아저씨를 더 이상 볼 수 없겠다. 수달아, 강에 누가 나왔는지 말해 봐!"

"음, 두꺼비가 새 배를 타고 나왔던걸. 옷도 새거고 전부 다 새거야!"

수달이 답했다.

둘은 서로 쳐다보며 웃음을 터뜨렸다. 물쥐가 설명했다.

"언제는 돛단배가 최고라더니 이젠 싫증이 났는지 노 젓기에 재미를 붙였더라. 매일 온종일 노를 젓고 있어. 작년에는 거룻배가 집이었지. 그래서 우리도 다 같이 두꺼비의 배로 가서 집이 마음에 드는 척해 줘야 했고. 평생을 그 배에서 보낼 것 같더니만! 두꺼비는 항상 그런 식이야. 어딘가에 푹 빠졌다가 곧 싫증 내고 새로운 걸 시작한다니까."

수달도 덧붙였다.

"그래도 좋은 친구야. 뭔가 진득하게 못해서 탈이지. 특히 배에 관한 거라면!"

그들이 앉아 있는 곳에서 섬 너머로 얼핏 큰 강이 보였다. 그리고 배가 하나 눈에 띄었는데, 작은 키에 몸집이 다부진 무언가가 노를 젓고 있었다. 물이 심하게 튀고 배가 출렁거리는데도 무척 열심히 노를 저었다. 물쥐가 일어나 그쪽을 향해 불렀다. 노를 젓고 있는 건 다름 아닌 두꺼비였다. 그러나 두꺼비는 노를 젓기만 할 뿐이었다.

"배가 저렇게 출렁거리는데, 저러다 떨어지겠어."

물쥐가 자리에 앉으며 말했다.

수달도 깔깔거리며 맞장구쳤다.

"당연히 떨어질걸. 내가 두꺼비와 수문 관리인에 대한 재미난 이야기를 해 줬던가? 무슨 말인고 하면 두꺼비가……."

하루살이가 짧은 시간이 아쉽다는 듯 불안하게 물위를 날았다. 큰 물결이 한번 몰아치자 퍽 소리와 함께 하루살이는 더 이상 보이지 않았다.

어느샌가 수달도 보이지 않았다.

두더지는 아래를 내려다보았다. 아직도 수달의 목소리가 귓가에 맴도는 듯했지만 수달이 앉았던 자리는 텅 비어 있었다. 멀리 수평선을 쓱 둘러보아도 수달의 모습은 보이지 않았다.

또다시 강물 위로 보글보글 거품이 일어나더니 사라졌다.

물쥐는 콧노래를 불렀고, 두더지는 이유야 어떻든 간에 갑자기 사라진 친구에 대해서는 아무 말도 하지 않는다는 동물 세계에서의 예의를 떠올렸다.

"자자, 이제 그만 가 봐야겠는걸. 우리 둘 중에 누가 점심 바구니를 챙기면 좋을까?"

물쥐는 말은 그렇게 했지만 자기가 하고 싶은 것 같지는 않았다.

"아, 그냥 내가 하게 해 줘."

두더지가 말했다. 물쥐는 당연히 그렇게 해 주었다.

짐 싸는 일은 푸는 일에 비하면 별로 즐겁지 않았다. 사실 조금도 즐겁지 않았다. 하지만 두더지는 어떤 일이든 즐겁게 하려 했다. 바구니에 짐을 전부 챙겨 넣고 끈으로 단단히 묶다가 두더지는 풀밭에 놓인 접시를 발견했다. 그래서 접시를 다시 바구니에 넣고 끈을 꽉 묶었다. 그런데 물쥐가 어째서 저걸 보지 못했느냐는 표정으로 포크를 가리켰다. 맙소사! 이번에는 또 겨자 그릇이 나타났다. 물쥐가 자기도 모르게 겨자 그릇을 깔고 앉아 있었던 것이다. 우여곡절 끝에 서로 감정 상하는 일 없이 짐을 다 챙겼다.

물쥐는 낮게 내리쬐는 오후 햇살을 받으며 꿈꾸는 듯 집을 향해 노를 저었다. 혼자 시를 읊조리느라 두더지에게는 별 관심을 쏟지 않았다. 하지만 두더지는 점심을 배불리 먹은 데다 모든 것이 만족스럽고 자랑스러웠던지라 어느새 배가 집처럼 편하게 느껴져서(정말 두더지는 그렇게 생각했다) 약간 좀이 쑤실 정도였다. 두더지는 불쑥 물쥐에게 소리쳤다.

"물쥐야, 이제부터 내가 노를 젓게 해 줘. 당장!"

물쥐는 미소 지으며 고개를 저었다.

"아직은 아니야, 친구. 직접 배울 때까지 몇 번 더 기다려. 이게 생각보다 어렵거든."

두더지는 일이 분쯤 가만히 있었다. 하지만 노를 단단히 잡고 있는 물쥐의 모습에 점점 질투가 났다. 두더지의 자존심이 소곤

거렸다. '나도 저 정도는 할 수 있다고!' 두더지는 벌떡 일어나 노를 와락 낚아챘다. 강 저편을 바라보며 시를 읊던 물쥐는 깜짝 놀라 그만 뒤로 벌렁 나자빠졌다. 이번에도 다리가 공중에 대롱대롱 흔들렸다. 그사이 두더지가 자신만만한 표정으로 물쥐의

자리에 앉아 노를 잡았다.

"그만둬, 멍청아! 넌 못해! 배가 뒤집어질 거야!"

바닥에 자빠진 채로 물쥐가 급하게 소리쳤다.

두더지는 과장된 동작으로 노를 크게 한 번 저으며 물속 깊숙이 눌렀다. 그런데 물에서 노를 떼는 순간 완전히 중심을 잃고 뒤로 넘어지고 말았다. 그때 바닥에 넘어져 있던 물쥐를 덮쳐 버렸고, 깜짝 놀란 두더지가 배의 가장자리를 붙잡았지만 이미 '풍덩!' 물에 빠진 후였다.

그대로 배가 뒤집어졌고, 두더지는 물속에서 허우적거렸다.

세상에, 물이 어찌나 차가운지! 온몸은 얼마나 또 홀딱 젖는지! 몸이 자꾸만 아래로 가라앉고 귓속에서 물소리가 얼마나 크게 들리는지! 수면 위로 잠시 떠올라 캑캑 기침할 때 햇빛이 얼마나 찬란하고 반가운지! 그러나 다시금 물로 가라앉는 느낌이 찾아오자 어쩌나 암담하고 눈앞이 캄캄한지!

그때였다. 단단한 손이 두더지의 목덜미를 확 낚아챘다. 물쥐였다. 물쥐는 분명 웃고 있었다. 목덜미를 잡은 물쥐의 팔과 앞발에서 물쥐가 웃고 있다는 것이 느껴졌다.

물쥐는 노를 잡아 두더지의 겨드랑이에 끼워 넣었다. 다른 쪽 겨드랑이에도 똑같이 하더니 뒤에서 헤엄쳐 두더지를 밀고 갔다. 물가에 이르자 두더지를 끌어당겨 강둑에 눕혔다. 흠뻑 젖은 두더지의 몰골이 말이 아니었다.

물쥐는 두더지의 몸을 쓱쓱 문지르면서 물기를 짜 주었다.

"친구야, 저기 강둑을 힘차게 올랐다 내려갔다 해 봐. 그러면 몸이 금세 따뜻해지고 잘 마를 거야. 난 물에 들어가서 점심 바구니를 챙겨서 나올게."

창피해 죽을 지경이었지만 두더지는 어느 정도 물기가 마를 때까지 걸어 다녔다. 그사이 물쥐는 물속으로 들어가 뒤집어진 배를 바로 세워 물가로 끌고 왔고, 점심 바구니도 낑낑대며 건져 왔다.

이윽고 다시 출발할 준비를 마쳤을 때, 두더지는 풀이 죽은 채로 배 뒤쪽에 앉아 있었다. 배가 출발하자 감정이 북받쳐 오른 목소리로 두더지가 말을 꺼냈다.

"물쥐, 이 마음씨 너그러운 친구야! 고마운 줄도 모르고 바보처럼 굴어서 정말 미안해. 만약 점심 바구니를 잃어버렸으면 어땠을지 생각만 해도 가슴이 철렁해. 나도 알아. 내가 정말 바보 같았어. 이번 한 번만 용서해 줄 수 있겠니? 다시 전처럼 날 대해 줄래?"

그러자 물쥐는 유쾌하게 대답했다.

"아이고, 괜찮아! 물쥐가 조금 젖는다고 큰일이야 나겠어? 난 물 밖보다 물속에 있을 때가 더 많거든. 미안하다는 생각은 그만해. 아, 그래! 우리 집에 잠깐 들르는 게 좋겠구나. 비록 두꺼비네 집 같지는 않고 누추하지만, 넌 아직 우리 집에 가 보지 않았잖아. 편안하게 있도록 해 줄게. 노 젓기랑 수영도 가르쳐 주고. 너도 물에 사는 나 같은 동물들처럼 금방 익숙해질 거야."

두더지는 물쥐의 말에 감동해서 대답 소리가 잘 나오지 않았다. 흐르는 눈물을 손등으로 닦았다. 물쥐는 머쓱했는지 친절하게도 다른 곳으로 시선을 돌려 주었다. 다시 기분이 좋아진 두더지는 자기의 젖은 모습을 보고 키득거리는 쇠물닭 부부를 째려 보았다.

집에 도착하자 물쥐는 응접실에 불을 피운 뒤 두더지더러 앞에 놓인 팔걸이의자에 앉으라고 했다. 그러고는 가운과 슬리퍼를 가져다주었고 저녁 시간까지 강에 대한 이야기를 들려주었

다. 두더지처럼 땅속에 사는 동물에게는 굉장히 신나는 이야기
였다. 강둑, 갑작스러운 홍수, 물위로 떠오르는 강꼬치고기, 딱
딱한 병을 집어던지는 증기선(증기선에서 병이 날아오니 증기선이 던지
는 것처럼 보인다는 것이었다), 그리고 몇몇 동물들 외에는 말 거는
법이 없는 왜가리들, 배수구 아래로 내려가는 모험, 수달과의
밤낚시, 오소리와 먼 들판으로 떠난 여행 등등……. 저녁 식사
시간도 정말 즐거웠다. 하지만 다 먹자마자 졸음이 쏟아졌다.
친절한 집주인 물쥐는 두더지에게 가장 좋은 방을 내주었다. 두
더지는 베개를 베고 눕자마자 창밖에서 새로 사귄 친구 '강'의
찰싹거리는 소리를 자장가처럼 들으며 편안하게 잠들었다.

    이날 처음 해방감을 맛본 두더지는 그 후로도 비슷한 나날을
보냈다. 봄이 오고 여름이 될 때까지 매일매일 더 재미있고 보
람찬 하루를 보내게 되었다. 물쥐에게 수영과 노 젓기를 배웠
고, 흐르는 강물에 몸을 맡기는 기분을 알게 되었다. 짬짬이 갈
대를 꺾어 귀에 대고 있으면 바람이 귓속말을 걸어왔다.

02

트인 길

어느 화창한 여름날 아침, 두더지가 말했다.

"물쥐야, 너한테 부탁하고 싶은 게 있는데."

물쥐는 강둑에 앉아 노래를 부르고 있었다. 방금 자기가 만든 노래에 푹 빠져 있었기 때문에 두더지를 비롯해 다른 일에는 전혀 관심이 없었다.

물쥐는 아침 일찍부터 오리 친구들과 강에서 수영을 하고 있었다. 평소처럼 오리들이 머리를 쑥 물속에 집어넣으면 물쥐도 따라 들어가 오리들의 목을 간질였다. 만약 오리에게도 턱이 있다면 바로 그 아래 부분을 긁었다고 할 수 있었다. 그러면 오리들은 허둥지둥 물 위로 올라와 물쥐에게 온몸의 깃털을 털면서 화를 냈다. 머리가 물속에 있으면 말을 하지 못하니까. 그렇게 하기를 몇 번, 오리들은 물쥐에게 자기들을 그냥 내버려 두고 저리 가서 네 할 일이나 하라며 소리쳤다. 물쥐는 햇살 아래 강둑에 앉아 오리를 주제로 노래를 만들었다.

오리의 노래

강 저 끝까지
길게 자란 풀을 헤치고
오리들이 첨벙거리네
꽁지를 들고서!

암오리의 꽁지, 수오리의 꽁지
노란 발이 떨리면
노란 주둥이가 안 보이지
물속에서 바쁘지!

푸른 진흙 강바닥에는
잉어가 헤엄치네
이곳은 우리의 곳간이지
시원하고 먹이도 많고 어둡지

모두 하고 싶은 대로 해!
우리 오리들은
머리를 내리고 꽁지를 들고
마음껏 첨벙거릴 테야!

저 푸른 하늘에서는
칼새가 빙빙 돌며 소리치지
밑에서는 우리가 첨벙거리지
모두 꽁지를 들고서!

"물쥐야, 난 그 노래가 좋은 줄 모르겠어."

가만히 듣고 있던 두더지가 조심스레 말했다. 두더지는 시를 잘 모르기도 했고 관심도 없었다. 게다가 솔직한 성격이었다.

물쥐가 유쾌하게 대답했다.

"응, 오리들도 이 노래가 마음에 들진 않을 거야. '누구는 강둑에 앉아서 우리를 구경하고 흉보고 우리에 대한 시를 짓고 있는데, 왜 우리는 우리가 좋아하는 일을 마음대로 못하는 거야? 말도 안 돼!' 오리들은 항상 이렇게 말하거든."

"맞는 말이네, 맞는 말이야."

두더지가 진심으로 말했다. 그러자 물쥐가 화를 냈다.

"아니, 틀려!"

두더지가 달래듯 말했다.

"그래, 그럼 아니야. 틀려. 아까 내가 하려던 부탁 말인데, 날 두꺼비한테 데려다주지 않을래? 지금까지 두꺼비 이야기를 많이 들어서 그런지 한번 만나 보고 싶어."

"물론이지!"

마음씨 좋은 물쥐는 좀 전의 일은 잊어버리고 곧바로 벌떡 일어났다.

"당장 배를 꺼낼게. 두꺼비는 언제든 찾아가도 괜찮아. 일찍 가든 늦게 가든 늘 한결같이 맞아 주거든. 언제나 반갑게 환영해 주고, 헤어질 때는 섭섭해하지!"

"참 좋은 동물인 것 같구나."

둘은 배에 올랐다. 두더지가 노를 붙잡았고, 물쥐는 끝에 편안하게 앉았다.

"두꺼비는 정말 최고의 동물이야. 소박하고 착하고 정도 많고. 똑똑하진 않지만 그렇다고 모두가 천재일 순 없잖아. 뽐내기도 하고 우쭐댈 때도 있지만 두꺼비에게는 좋은 점이 많아."

물길이 굽이치는 곳을 돌자 벽돌 색깔로 된 웅장하고 고풍스런 집이 나왔다. 물가에는 잘 가꾼 잔디밭이 보였다.

"저기가 두꺼비의 저택이야. 왼쪽에 팻말이 보여? '사유지. 들어오지 마시오.' 저 팻말을 지나면 창고가 나와. 거기에 우리 배를 댈 거야. 그리고 오른쪽에는 마구간이 있어. 지금 보이는 곳은 연회장이고. 아주 오래됐지. 알다시피 두꺼비는 큰 부자야. 두꺼비의 집은 이 근처에서 단연코 가장 멋져. 우린 두꺼비한테 절대로 그런 말은 안 하지만."

그들은 강가를 따라 유유히 나아갔다. 배를 둘 수 있는 커다란 창고로 들어가면서 두더쥐는 노를 들어 배 위에 올려놓았다. 정박장에는 멋진 배가 많았다. 대들보에 걸어 놓은 배도 있었고 비스듬한 경사면 위에 세워둔 배도 있었지만, 물에 띄운 배는 없었다. 아마도 창고는 오랫동안 사용하지 않은 듯했다.

물쥐가 주위를 둘러보며 말했다.

"알겠군. 이제 배는 타지 않나 보네. 지겨워져서 그만뒀나 봐. 새로 빠진 일이 뭔지 궁금한걸. 곧 알 수 있겠지."

물쥐와 두더지는 배에서 내렸다. 화사하게 핀 꽃으로 장식된 갑판과 잔디밭을 지나 두꺼비를 찾으러 갔다. 두꺼비는 골똘히

생각에 잠긴 표정으로 고리버들 의자에 앉아 있었다. 무릎에는 커다란 지도가 펼쳐져 있었다.

"여, 이거 정말 굉장한걸!"

두꺼비는 그들을 보자마자 폴짝폴짝 뛰었다. 그러고는 두더지에게 자기소개할 틈도 주지 않고 둘의 앞발을 다정하게 붙잡고 흔들었다.

"이렇게 반가울 데가! 방금 물쥐 너희 집으로 배를 떠내려 보내려고 했는데. 뭘 하고 있든 당장 여기로 오라는 전갈과 함께 말이야. 왜냐면 네가 정말로 필요했거든. 아니, 너희 둘 다 필요해. 뭐 좀 먹을래? 안으로 들어가서 뭘 좀 먹자. 이렇게 마침 와주다니 얼마나 다행인지 몰라!"

물쥐가 커다란 팔걸이의자로 몸을 던지며 말했다.

"두꺼비야, 잠깐만 좀 앉아 있자."

그때 옆자리에 앉은 두더지가 두꺼비의 '멋진 저택'에 대해 예의 바른 칭찬을 건넸다. 그러자 두꺼비가 큰소리로 뽐내듯 말했다.

"강 전체에서 가장 멋진 집이라고 할 수 있지."

그러고는 기어이 한마디 더 덧붙였다.

"아니, 그 어디에도 이렇게 멋진 집은 없을 거야."

물쥐는 두더지를 쿡쿡 찔렀다. 그런데 두꺼비가 그 모습을 보았고 이내 얼굴이 붉어졌다. 잠시 어색한 침묵이 흘렀다. 하지만 얼마 있지 않아 두꺼비는 큰소리로 웃음을 터뜨렸다.

"내 성격이 원래 그래. 그렇다고 보기 흉한 집은 아니잖아, 그렇지? 너희들도 이 집이 마음에 들 거야. 자, 그건 그렇고 본론으로 들어가자. 난 너희들이 필요해. 날 좀 도와줘. 아주 중요한 일이야!"

물쥐가 악의 없이 말했다.

"보나마나 노 젓는 것 때문이겠지. 아직 물이 많이 튀긴 하지만 꽤 실력이 좋아졌던걸. 끈기 있게 계속 지도를 받으면 분명히……."

"흥, 뱃놀이라니? 그건 어린애들이나 하는 놀이야. 난 이미 오래전에 그만뒀다고! 시간 낭비일 뿐이니까. 너희들이 그렇게 쓸데없는 일에 아직도 시간을 낭비한다니 정말 안타깝구나. 난 '진짜'를 찾았거든. 이거야말로 평생 시간을 쏟을 만한 가치가 있는 일이야. 난 남은 인생을 거기에 바칠 생각이야. 지금까지 사소한 일에 시간을 낭비해서 후회스러울 뿐이거든. 자, 물쥐야! 나랑 같이 가자. 네 상냥한 친구도 함께. 마구간에 가 보면 알 거야!"

두꺼비가 곧장 앞장섰고 물쥐는 미심쩍은 표정으로 뒤따랐다. 거기엔 마구간에서 탁 트인 공간으로 끌고 나온 커다란 마차가 서 있었다. 초록색과 빨간색의 바퀴가 달린 샛노란 마차는 새것인지 반짝반짝 빛났다.

두꺼비가 다리를 벌리고 가슴을 활짝 편 채로 소리쳤다.

"바로 이거야! 이 작은 마차 안에 진짜 인생이 있어. 탁 트인 길, 먼지 나는 도로, 히스 꽃, 공원, 산울타리, 내리막길! 캠프장, 마을, 읍내, 도시! 오늘은 여기로, 내일은 저기로! 여행, 변화, 호기심, 흥분! 온 세상이 너희들 눈앞에 놓여 있어. 언제나 변화무쌍한 지평선도! 이 마차는 지금까지 만들어진 것 중에 최고의 마차야. 그 어떤 마차도 비교할 수 없어. 들어가서 봐봐. 내가 직접 꾸몄다고."

두더지는 얼른 두꺼비를 따라 부푼 관심과 설렘을 안고 마차 계단에 올랐다. 물쥐는 콧방귀만 낀 채 주머니에 손을 찔러 넣고 그대로 서 있었다.

마차 안은 정말로 편리하고 아늑했다. 접어서 벽에 붙일 수 있는 작은 침대, 스토브, 수납장, 책꽂이, 새 한 마리가 든 새장, 갖가지 크기와 모양의 냄비와 프라이팬과 주전자까지 있었다.

두꺼비가 의기양양하게 수납장을 열어젖혔다.

"없는 게 없지! 비스킷과 바닷가재 통조림과 정어리까지, 원하는 건 뭐든지 있어. 소다수는 여기, 담배는 저기. 편지지와 베이컨, 잼, 카드, 도미노도 다 있어."

두꺼비는 계단을 내려가며 계속 말했다.

"깜빡 잊은 건 하나도 없을걸. 다 같이 오늘 오후에 출발하면 알게 되겠지만."

그때 물쥐가 지푸라기를 씹으며 천천히 말했다.

"아니, 잠깐만! 지금 '다 같이' '오늘 오후' '출발'이라는 말이 들린 것 같은데?"

"친애하는 친구 물쥐야, 그렇게 콧방귀 뀌면서 뻣뻣하게 말하지 마. 너도 꼭 가야 한다는 걸 알잖아. 네가 없으면 안 돼. 그러니까 가는 걸로 하고 제발 더 이상 반대하지 마. 난 정말 견딜 수 없다고. 너도 이 케케묵은 강에서, 강둑에 있는 구멍이나 배에서 평생 처박혀 살고 싶은 건 아니겠지? 응? 난 너에게 세상을 보여주고 싶어. 널 진짜 동물로 만들어 줄 거라고, 친구야!"

하지만 물쥐의 생각은 변하지 않았다.

"난 관심 없어. 안 갈 거야. 그래, 난 앞으로도 강에만 처박혀 살 거야. 내 구멍과 내 배에서 지금까지 그랬던 것처럼. 됐니? 두더지도 나처럼 할 거고. 그렇지, 두더지야?"

의리 있는 두더지가 대답했다.

"물론이지. 난 언제나 너와 함께할 거야. 네 말이 맞으니까. 물론 두꺼비의 계획도 재미있을 것 같긴 하지만……"

두더지는 약간 아쉬운 듯 말했다. 가엾은 두더지! 모험 가득한 인생이 그에게 새로운 기회로 다가왔고 흥미진진해 보였다. 또 한 번도 해 보지 못한 일이라는 점에서 몹시 끌렸다. 게다가 노란색으로 칠해진 마차와 완벽하게 꾸며진 실내에 마음을 빼

앗긴 터였다.

물쥐는 두더지의 마음을 읽고 흔들렸다. 사실 물쥐는 누군가를 실망시키는 걸 싫어했다. 게다가 두더지를 무척 좋아해서 그를 위해서라면 뭐든지 해 주고 싶었다. 두꺼비는 옆에서 이 둘을 가만히 지켜보았다. 그러고는 사교성 있게 제안했다.

"들어가서 점심이나 먹으면서 이야기하자. 급하게 결정하지 않아도 되니까. 사실 나야 크게 상관없어. 난 너희에게 즐거움을 주고 싶을 뿐이니까 말이야. '남을 위해 살자!' 이게 내 좌우명이거든."

두꺼비 저택의 모든 것이 그렇듯 식사도 매우 훌륭했다. 점심 식사를 하는 동안 두꺼비는 더 이상 참지 못하고 본심을 드러냈다. 물쥐한테는 신경도 쓰지 않고 경험 없는 풋내기인 두더지에게만 집중했다. 두꺼비는 원래 언변이 뛰어나고 상상력이 풍부했다. 두꺼비가 마차 여행과 탁 트인 길이 가져다줄 즐거움을 어찌나 생생하게 묘사하는지 두더지는 흥분되어서 가만히 앉아 있을 수가 없었다. 머지않아 셋이서 여행을 떠나기로 확정한 것처럼 이야기가 진행되었다. 물쥐는 여전히 내키지 않았지만 워낙 착한 성품이어서 더 이상 끼어들지 않았다. 이미 잔뜩 기대에 부풀어 벌써부터 앞으로 몇 주 동안 매일 뭘할지 계획을 세우기 시작하는 두 친구를 실망시킬 수 없었다.

이야기가 끝나자 두꺼비는 의기양양해진 얼굴로 두 친구를 목장으로 데려가 늙은 회색 말을 구경시켜 주었다. 두꺼비는 말에게 한마디 상의도 없이 고된 여행길에 데려가겠다고 통보해 놓은 상태였다. 사실 회색 말은 그냥 목장에 남아 있고 싶었다. 그래서 두꺼비는 말을 붙잡느라 한동안 애를 먹었다. 두꺼비는 그새 마차의 수납장에다 필요한 물건들을 더욱 그득 채우고 말의 목에 망태기를 걸고 나서 양파와 건초와 바구니를 바닥에 놓아두었다. 그리고 마침내 말을 붙잡아 마구를 채운 다음 두 친구와 함께 출발했다.

셋은 마차 옆에서 걷기도 하고 마차의 끌채에 앉기도 하며 즐겁게 이야기를 나누었다. 더없이 아름다운 오후였다. 그들이 지나가며 자욱하게 일으키는 흙먼지에서는 그윽하고 좋은 냄새가 났다. 길 양쪽에는 과수원이 있었고 새들이 즐겁게 노래했다. 마음 착한 나그네들이 지나가면서 "좋은 하루 되세요!" 하고 인사하거나 걸음을 멈추고 "마차가 참 근사해요!"라고 칭찬해 주었다. 산울타리에 사는 토끼들은 문밖으로 구경 나와 앞발을 들고선 연신 "세상에나, 굉장하다!" 하고 외쳐댔다.

행복한 여행을 떠난 셋은 오후 느지막이 지친 채로 집에서 한참 떨어진 곳에 이르렀다. 그들은 다른 동물들이 사는 곳과 멀리 떨어진 외딴 풀밭에서 멈추었다. 말에게는 풀을 뜯게 하고, 셋은 마차 옆 풀밭에 앉아 간단히 저녁 식사를 했다. 두꺼비는 앞으로의 계획에 대해 거창하게 떠들어댔다. 어느새 하늘에는 별들이 총총 떠올랐고, 노란 달이 어디선가 불쑥 나타나 가만히 이들의 이야기에 귀를 기울였다. 밤늦게야 그들은 마차 안으로 들어갔다. 두꺼비는 다리를 쭉 뻗으면서 졸린 목소리로 말했다.

"잘 자라, 친구들! 이거야말로 신사에게 어울리는 인생이지. 강이 다 뭐람."

물쥐가 참을성 있게 말했다.

"난 강에 대해 이야기하지 않아. 너도 잘 알잖아, 두꺼비. 난 강에 대해 생각하는 거지."

물쥐는 낮은 목소리로 약간 애처롭게 덧붙였다.

"난 강에 대해 생각해, 언제나."

두더지가 앞발을 담요에서 살짝 빼더니 물쥐의 앞발을 지그시 잡고 작게 속삭였다.

"물쥐야, 난 네가 원하는 대로 할 거야. 내일 아침 일찍, 그러니까 아주 일찍 두꺼비 몰래 강으로 돌아갈까? 강이 있는 집으로 말이야."

물쥐가 작은 목소리로 말했다.

"아냐, 여행을 계속하자. 정말 고마운 말이지만 여행이 끝날 때까지는 두꺼비랑 같이 있어 줘야 해. 두꺼비 혼자 놔두면 불안하거든. 그리 오래 걸리지 않을 거야, 두꺼비는 변덕쟁이니까. 잘 자."

그런데 여행의 끝은 물쥐의 예상보다도 더 빨리 찾아왔다.

오랫동안 바깥 공기를 쐬며 흥분했던 터라 두꺼비는 곤히 잠들었다. 그래서인지 다음 날 아침에 아무리 흔들어 깨워도 일어나지를 않았다. 어쩔 수 없이 물쥐와 두더지는 조용히 일어섰다. 물쥐는 말을 돌보고, 불을 피우고, 전날 저녁 식사 때 사용한 컵과 접시를 닦고, 아침 식사를 준비했다. 두더지는 우유와 계란 그리고 두꺼비가 깜빡 잊고 챙기지 않은 것들을 사기 위해 멀지만 가장 가까운 마을까지 걸어갔다 왔다. 이들이 힘든 일을 전부 끝내고 기진맥진해서 쉬고 있을 때 두꺼비가 드디어 모습을 드러냈다. 두꺼비는 상쾌하고 즐거운 얼굴로, 집에 있을 때처럼 온갖 걱정 근심도 없고 피곤하게 집안일을 하지 않아도 되니 얼마나 즐겁고 편안한 인생이냐고 말했다.

그날은 온종일 풀밭과 좁은 샛길을 즐겁게 걸었고, 전날처럼 풀밭에서 야영을 했다. 두 손님은 이번에는 두꺼비가 제 할 일을 하도록 공평하게 시켰다. 그 결과 다음 날 아침이 되자 두꺼비는 자연에서의 소박한 생활에 대해 더 이상 호들갑 떨지 않았고, 침대로 자꾸만 돌아가려고 해서 두 친구가 끌어내야만 했다. 이날도 좁은 샛길을 걷다가 오후가 되기 전에 큰길로 나오게 되었다. 큰길은 처음이었다. 그런데 거기서 눈 깜짝할 사이에 예상치 못한 사고가 일어났다. 그들의 여행에는 커다란 재앙이었지만, 훗날 두꺼비에게는 엄청난 영향을 끼친 일이었다.

　사건은 이랬다. 그들은 큰길을 따라 느긋하게 걷고 있었다. 두더지는 말 옆에서 이야기를 나누며 걸었다. 아무도 대화에 끼워 주지 않고 관심도 기울여 주지 않는다며 말이 불평했기 때문이다. 한편, 두꺼비와 물쥐는 마차 뒤에서 이야기를 나누면서 걸었다. 사실은 두꺼비가 주로 말했고, 물쥐는 속으로 다른 생각을 하면서 이따금씩 "그래, 그렇지. 그래서?" 정도로 맞장구만 치고 있었다. 그때 뒤에서 희미하게 웅웅 소리가 들려왔다. 멀리서 들리는 벌떼 소리 같았다. 뒤돌아보니 자그만 먼지구름

과 함께 검은색 소용돌이 같은 것이 엄청난 속도로 달려오고 있었다. 먼지구름에서는 '붕붕' 소리가 났다. 마치 동물들이 고통스러운 아픔에 울부짖는 것만 같았다. 하지만 둘은 전혀 신경 쓰지 않고 다시 이야기를 나누기 시작했다. 그런데 순식간에, 정말 그렇게 느껴질 만큼 짧은 순간 평화로운 장면이 확 뒤바뀌었다. 핑핑 돌아가는 소리와 함께 세찬 바람이 불어와서 그들은 옆에 있는 도랑으로 황급히 펄쩍 뛰어들었다. 그것이 그들을 덮칠 것처럼 곧장 돌진해 왔기 때문이다! 요란한 '붕붕' 소리가 귓전에 울려 퍼졌다. 순간 반짝이는 유리창과 고급 가죽 의자를 갖춘 멋진 자동차가 보였다. 숨 막힐 정도로 크고 빨랐다. 신경이 날카로워 보이는 운전사는 운전대를 껴안은 채 아주 짧은 순간 세상을 전부 다 가진 듯한 표정을 지으며 지나갔다. 자동차가 일으킨 먼지구름 때문에 세 친구는 앞을 제대로 볼 수 없었다. 어느새 자동차는 점이 되어 저 멀리 사라져 버렸다, 또다시 벌떼 같은 소리를 내며.

조용한 목장을 떠올리면서 꿈꾸듯 걷던 늙은 회색 말은 생전 처음 겪는 상황에 처하자 본능에 충실할 수밖에 없었다. 말은 앞다리를 쳐들고 마구 요동쳤다. 옆에서 두더지가 아무리 진정시키려고 해도 소용이 없었다. 마차는 뒤로 굴러가 결국 길가의 깊은 도랑에 빠져 버렸다. 곧바로 전체가 휘청 흔들리더니 가슴이 터질 만큼 요란하게 쾅 소리가 났다. 그들의 자랑이자 기쁨이던 노란색 마차는 회복할 수 없을 만큼 산산조각 난 채로 도랑 한쪽에 그대로 처박혔다.

몹시 흥분한 물쥐는 길을 오르내리며 펄쩍펄쩍 뛰었다.

"나쁜 놈들! 악당 놈들! 난폭한 운전사 같으니! 가만두지 않겠어! 신고할 거야! 재판받게 할 거라고!"

물쥐는 두 주먹을 흔들며 고래고래 소리를 질렀다.

집에 대한 그리움은 온데간데없이 사라지고, 지금 물쥐는 경쟁관계에 있는 뱃사람들이 무모하게 배를 운전하는 바람에 모래톱에 처박혀 버린 노란 배의 선장 같았다. 증기선이 강둑에 바짝 붙어 지나는 통에 집 안으로 물이 들어와 응접실 안의 양탄자가 흠뻑 젖었을 때, 마구 소리쳤던 기억을 떠올리려 애썼다.

두꺼비는 먼지가 날리는 길 한가운데 널브러져 앉아 있었다. 자동차가 사라진 방향으로 시선이 못 박힌 채였다. 가쁘게 숨을 내쉬었지만 차분하고 만족스러운 표정이었으며, 이따금 작게 '부릉부릉' 소리를 냈다.

반면에 두더지는 말을 진정시키느라 여전히 정신이 없었다. 말은 한참 후에야 진정했다. 두더지는 도랑 구석에 처박힌 마차를 살피러 갔다. 정말 안타까운 모습이었다. 유리창이 산산이 부서졌고, 굴대

는 심하게 휘었으며, 바퀴 하나는 빠져나갔다. 정어리 통조림이 사방에 굴러다녔고, 새장에 든 새는 밖으로 내보내 달라며 구슬피 울어댔다.

물쥐까지 합세했지만 둘의 힘으로는 마차를 바로 세우기에는 역부족이었다. 두 친구가 소리쳤다.

"이봐, 두꺼비! 너도 와서 좀 거들어!"

하지만 두꺼비는 대꾸도 하지 않은 채 앉은 자리에서 꼼짝달싹하지 않았다. 둘은 무슨 일인지 알아보려고 다가갔다. 두꺼비는 넋이 나간 채 행복한 미소를 짓고 있었다. 모든 걸 엉망으로 만들어 놓고 떠나 버린 자동차가 일으킨 먼지구름에서 눈을 떼지 못하고 있었다. 가끔씩 '부릉부릉' 중얼거리기도 했다.

물쥐가 두꺼비의 어깨를 흔들며 단호하게 말했다.

"좀 거들란 말이야, 두꺼비!"

하지만 두꺼비는 여전히 꼼짝도 하지 않고 중얼거리기만 할 뿐이었다.

"정말 멋져, 저렇게 우아하게 움직이다니! 그래, 진짜 여행은 저렇게 하는 거지! 저거야말로 진짜 여행이야! 오늘은 여기, 내일은 저기! 마을과 읍내와 도시를 쏜살같이 지나치고 언제나 새로운 곳과 만나지. 아, 행복이여! 부릉부릉! 맙소사, 정말 멋져!"

"바보 같은 짓 그만해, 두꺼비!"

두더지가 절망에 빠져 소리쳤다.

하지만 두꺼비는 여전히 꿈꾸는 듯한 목소리로 말했다.

"지금까지 저걸 모르고 있었다니! 여태 세월만 낭비했어. 꿈에도 몰랐어. 하지만 이젠 괜찮아. 이제라도 알았으니 내 앞에 꽃길이 펼쳐지는 건 시간문제야. 이제 내 뒤로 먼지구름이 잔뜩 생기겠지? 내가 멋진 차를 타고 신나게 달리면 마차들이 도랑에 처박힐 거야. 아, 겁먹은 작은 마차들, 평범하기 짝이 없는 마차들, 이런 노란색 마차들!"

두꺼비가 물쥐에게 물었다.

"저 친구를 어떡하지?"

"아무것도! 방법이 없거든. 난 두꺼비를 오랫동안 알았잖아. 지금 저 친구, 정신이 팔린 거야. 이제 새 일에 마음을 빼앗겼어. 언제나 처음에는 저런 식으로 시작했지. 며칠 동안 저럴 거야. 쓸모 있는 일은 하나도 안 하고 꿈꾸는 상태로 저렇게 말이야. 신경 쓰지 마. 우린 마차를 어떻게 해야 할지나 살펴보자."

두 친구는 마차를 자세히 살폈다. 둘이 힘을 합쳐 똑바로 세운다 해도 더 이상 여행을 계속할 수 없는 상태였다. 굴대가 손쓸 방도도 없이 엉망진창이 되었고, 떨어져 나간 바퀴도 산산조각 나 버렸다.

물쥐는 말고삐를 등 뒤에 매고 한 손으로 새장을 들었다. 새장 속의 새가 난리법석을 피웠다. 물쥐는 두더지에게 우울하게 말했다.

"출발하자. 가장 가까운 마을은 8킬로미터쯤 걸어야 나와. 거기까지 걸어가는 수밖에 없어. 빨리 출발할수록 좋아."

두더지가 초조하게 물었다.

"두꺼비는 어쩌고? 길 한복판에 놔두고 갈 순 없어. 지금 정신도 못 차리고 있잖아! 안전하지가 않아. 아까 그게 또 오면 어떡해?"

물쥐의 매몰찬 대답이 돌아왔다.

"아, 지겨운 두꺼비 녀석. 난 포기했어!"

하지만 두더지와 물쥐가 얼마 걸어가지 않았을 때, 뒤에서 후다닥 달려오는 소리가 들리더니 둘의 가운데에 두꺼비가 끼어들어 팔짱을 꼈다. 숨을 거칠게 내쉬고 있지만 여전히 멍한 표정이었다.

물쥐가 날카롭게 말했다.

"잘 들어, 두꺼비! 마을에 도착하자마자 경찰서로 가서 그 자동차에 대해 아는 것이 있는지 물어보고, 주인이 누구인지 알아내서 고발해. 그다음에는 대장간이나 수레바퀴 가게로 가서 마차도 수리하고. 시간은 좀 걸리겠지만 희망이 없을 정도로 부서진 것은 아니니까. 아무튼 그동안 두더지와 나는 여관으로 가서 방을 잡을 거야. 마차 수리가 끝나고 네 충격도 가실 때까지 편안히 지낼 수 있는 방을 잡아야지."

"경찰서? 지금 고발하라고 한 거야? 아름다운 천국에 온 것 같은 광경을 보여 준 그걸 고발하라니? 또 마차를 수리하라니? 이제 마차는 영영 안녕이야. 다시는 보고 싶지도, 마차에 관한 이야기를 듣고 싶지도 않아. 아, 물쥐! 너희들이 이 여행에 같이 와 줘서 얼마나 고마운지 몰라! 너희가 아니었다면 그걸 보지 못했겠지. 백조 같고, 빛나는 햇살 같고, 벼락처럼 멋진 그것을! 그렇게 황홀한 소리와 냄새는 처음이었어. 모두 너희 덕분이야, 좋은 친구들!"

물쥐는 체념해서 절레절레 고개를 흔들었다. 그리고 두꺼비 머리 너머로 두더지를 쳐다보며 말했다.

"이제 알겠지? 난 포기했어. 마을에 도착하면 기차역으로 곧장 가자. 운이 좋으면 오늘 밤 강둑으로 가는 기차를 탈 수 있을 거야. 다시는 내가 이 변덕스러운 동물을 상대하나 봐라!"

물쥐는 콧방귀를 뀌었고, 걸어가는 동안 두더쥐에게만 내내 말을 걸었다.

그들은 마을에 도착하자마자 역으로 향했다. 2등급 대합실로 두꺼비를 데려가 짐꾼에게 2펜스를 주면서 잠시만 철저히 감시해 달라고 부탁했다. 말은 여관 마구간에 두었고, 마차와 그 안의 짐에 관해서 필요한 조치도 취해 두었다. 마침내 그들은 완행열차로 두꺼비의 저택에서 그리 멀지 않은 역에 내렸다. 몽유병 환자처럼 넋 나간 채 걷는 두꺼비를 집까지 데려가 밀어 넣었다. 가정부에게 음식을 먹이고 옷을 갈아입히고 나서 재우라고 일렀다. 그리고 그들은 창고에서 배를 꺼내 집으로 돌아왔다. 늦은 시간 강가의 아늑한 응접실에서 조용히 식사를 하니 물쥐는 매우 기쁘고 만족스러웠다.

두더지는 다음 날 아침 느지막이 일어나 온종일 편안하게 보냈다. 저녁에는 강둑에 앉아 낚시를 했다. 그때 친구들과 수다를 떨다 온 물쥐가 다가와 말했다.

"얘기 들었어? 강 전체에 다들 그 얘기뿐이야. 두꺼비가 오늘 아침 일찍 기차를 타고 읍내로 가서 아주 크고 비싼 자동차를 주문했대."

03

우거진 숲

오래전부터 두더지는 오소리와 친해지고 싶었다. 오소리는 어
느 모로 보나 매우 중요한 존재 같았다. 모습을 드러내는 경우
가 드물지만 이곳에 있는 모든 동물들에게 보이지 않는 영향을
끼치는 듯했다. 하지만 두더지가 그런 소망을 이야기할 때마다
물쥐는 늘 뒤로 미루었다.

"괜찮아. 오소리 아저씨는 언젠가 나타날 거야. 항상 그렇거
든. 그럼 그때 소개해 줄게. 아저씨는 정말 최고로 좋아! 하지만
일부러 만나려고 하지 말고 우연히 마주치면 돼."

"오소리 아저씨한테 여기로 오라고 하면 안 돼? 저녁 식사를
하자고 하든지."

두더지가 물었다.

"안 오실 거야. 아저씨는 교류하는 걸 싫어하시거든. 초대나 저녁 모임 같은 걸 전부 싫어하셔."

물쥐는 간단하게 대답했다. 그러자 두더지가 제안했다.

"그럼 우리가 찾아가면 되지 않을까?"

"안 돼! 아저씨가 싫어할 거야."

물쥐는 꽤나 놀란 기색이었다.

"수줍음이 많아서 기분 나빠 할걸. 오소리 아저씨하고 잘 아는 사이인 나도 아저씨의 집을 찾아갈 엄두는 내 본 적이 없어. 게다가 우린 갈 수도 없을 거야. 아저씨는 우거진 숲 한가운데에 살거든."

"그래, 우거진 숲에 살지. 하지만 네가 거기도 괜찮은 곳이라고 말했잖아."

"그랬지. 하지만 지금 당장은 갈 수 없어. 아직은 안 돼. 거기까지는 먼 길이고, 해마다 이맘때면 아저씨는 집에 없거든. 조용히 기다리다 보면 언젠간 기회가 올 거야."

물쥐는 얼버무리듯 대답했다.

두더지는 그 대답에 만족해야만 했다. 하지만 오소리는 오지 않았고, 그렇게 하루하루가 느리지만 쉼 없이 지나갔다. 여름이 끝나자 쌀쌀한 기운과 서리, 진흙투성이가 된 길 때문에 집안에만 있는 시간이 많아졌다. 강물이 불어나 창밖으로 세차게 흘러서 배를 탈 수 없게 되자, 두더지는 또다시 우거진 숲 한가운데 있는 굴에서 혼자 살아가고 있을 오소리를 떠올렸다.

겨울에 물쥐는 잠을 많이 잤다. 일찍 자고 늦게 일어났다. 짧은 하루 동안 시를 끼적이거나 잡다한 집안일을 처리하거나 했다. 항상 동물들이 찾아와 수다를 떨었으므로 이야깃거리가 많았고, 여름에 있었던 일에 대해 자신이 쓴 글과 비교해 보기도 했다.

지금 돌아보면 얼마나 풍요로운 나날들이었던가!

환하고 알록달록하게 물든 수많은 그림 같은 나날이었다. 강둑을 따라 가장행렬이 이어졌고, 위풍당당한 그 속에서 그림 같은 풍경이 연이어 펼쳐졌다. 보랏빛 좁쌀풀이 일찍 모습을 드러내 화려한 머리채를 흔들다가 거울 귀퉁이에 비친 자기 얼굴에 웃음을 터뜨렸다. 해질 무렵, 분홍빛으로 물든 구름 같은 분홍바늘꽃도 일찍 피어났다. 보라색과 흰색이 손을 맞잡은 컴프리 풀꽃도 자리를 차지했고, 어느 날 아침 들장미도 조심스럽게 무대로 올라왔다. 마치 현악기들이 당당하게 하나 되어 무도곡을 연주하듯 마침내 6월이 되었다. 다들 아직 누군가를 기다렸다. 요정들은 목동을 기다렸고, 숙녀들은 창가에서 기사를 기다렸다. 잠자는 여름에 입 맞추어 생명과 사랑을 깨워줄 왕자를 기다렸다. 그러나 금계국이 노랗게 피어나 향기를 퍼뜨리며 마침내 제자리를 찾아야만 비로소 연극이 열릴 준비가 되었다.

얼마나 대단한 연극이었는지!

비바람이 세차게 몰아치는 동안 굴에서 지내느라 나른해진 동물들은 코끝이 쨍하도록 추운 아침을 떠올렸다. 해가 뜨기 한 시간 전에 수면 위로 하얀 안개가 쫙 드리워지며 일찌감치 강물에 뛰어들었다가 깜짝 놀라 강둑을 따라 날쌔게 움직이는 가운데, 땅과 공기와 물에 찬란한 변화가 일어나면서 태양이 어느 순간 떠올랐다. 잿빛은 황금색으로 변하고, 다시 한 번 땅에서 온갖 영롱한 빛깔들이 태어나 퍼져 나갔다. 동물들은 무더운 한낮에 초록색 덤불 깊숙한 곳에서 만끽했던 노곤한 낮잠을 떠올렸다. 자그만 황금빛 틈 사이로 퍼지는 햇살 아래 뱃놀이와 수영을 즐긴 후에 먼지 폴폴 나는 길과 옥수수가 노랗게 익어가는 밭을 따라 거닐면, 마침내 길고 서늘한 저녁이 찾아왔다. 그러면 동물들은 옹기종기 모여 우정을 나누고, 내일은 어떤 모험을 할지에 대해 이야기꽃을 피웠다. 짧은 겨울에는 불가에 모여 할 이야기가 많았다. 하지만 두더지는 시간이 남아돌았다. 어느 날 오후 물쥐가 벽난로 앞 팔걸이의자에 앉아 졸다가 맞지도 않는 운율을 썼다가 하자, 두더지는 홀로 나가서 드디어 우거진 숲을 탐험해 보기로 했다. 오소리를 만날 수 있을지도 몰랐다!

하늘마저 매섭게 차가운 어느 추운 날 오후였다. 두더지는 따뜻한 응접실을 조용히 벗어났다. 시골은 나뭇잎 하나 없이 황량

했다. 자연이 깊은 잠에 빠져 옷을 다 벗어 버린 그 겨울날, 두더지는 난생 처음 자연을 깊숙이 들여다본다는 생각이 들었다.

나뭇잎 울창한 여름에는 신비로운 동굴 같던 잡목림과 작은 골짜기와 돌산과 꽁꽁 숨어 보이지 않던 공간들이 모두 비밀을 드러냈다. 마치 잠깐 동안의 초라한 가난을 못 본 척 넘겨 달라는 듯. 예전처럼 멋진 모습으로 변장해서 눈속임할 수 있을 때까지만. 한편으로는 안타까웠지만 그래도 기분이 좋고 신났다. 두더지는 화려함을 벗어던진, 꾸미지 않은 듯 매섭게 추운 시골이 마음에 들어서 다행이라고 생각했다. 있는 그대로의 모습 자체로 멋지고 강하고 소박했다. 두더지는 따스한 토끼풀과 씨를 흩날리는 잡초의 장난을 바라지 않았다. 산울타리가 병풍처럼 펼쳐지고 너도밤나무와 느릅나무가 물결치듯 휘장을 드리운

모습이 가장 멋있었다. 두더지는 흥겹게 우거진 숲으로 향했다. 숲은 고요한 남쪽 바다의 검은 암초처럼 낮고 무겁게 펼쳐져 있었다.

처음에 숲으로 들어갈 때는 아무런 경고도 없었다. 작은 나뭇가지가 밟히거나 통나무에 걸리기도 했고, 버섯들은 만화에 나오는 것과 비슷했다. 두더지는 그것이 무척 익숙하면서도 까마득하게 느껴져서 잠시 동안 깜짝 놀랐다. 하지만 모두가 흥분되고 신나는 일이었다. 빛이 별로 없는 곳으로 계속 깊이 들어갔다. 나무들끼리 점점 가까이 붙어 있어서 나무에 난 흉한 구멍이 마치 양쪽에서 두더지를 향해 입을 벌리고 있는 것처럼 느껴졌다.

아직까지는 사방이 고요했다. 그러다 앞뒤가 어두워지기 시작하더니 홍수로 불어난 물이 빠지듯 스르르 빛이 사라지는 것처럼 보였다.

바로 그때 얼굴들이 나타나기 시작했다.

두더지는 자기 어깨 너머로 분명히 얼굴 하나를 보았다. 쐐기 모양의 악마 같은 작은 얼굴이 구멍에서 두더지를 쳐다보고 있었다. 하지만 두더지가 보려고 몸을 휙 돌리자 금세 사라져 버렸다.

두더지는 좀 더 빠르게 걷기 시작했다. 일부러 명랑한 척하면서 상상은 그만하자고 생각했다. 계속 그러다가는 끝도 없을 것이라고 자신을 다독이며 걸었다. 또 다른 구멍을 지났다. 또 다른 구멍, 그리고 또 다른 구멍을 지났다. 맞아! 아니야! 맞아! 작은 얼굴이 구멍에서 잽싸게 나타났다가 사라졌다. 두더지는 잠시 머뭇거렸다. 하지만 이내 마음을 단단히 먹고 계속 걸었다. 그러다 갑자기 지금까지 항상 그래 왔던 것처럼, 가까이 있든 멀리 있든 상관없이 구멍이란 구멍에서 전부 얼굴들이 나타났다가 사라졌다. 모두 악의적이고 미움 가득한 얼굴로 두더지를 노려보았다. 무자비하고 악마 같고 날카로운 얼굴들이었다.

두더지는 구멍이 쭉 늘어선 곳에서 멀어진다면 얼굴들도 사라질 것이라고 생각했다. 그래서 오솔길을 벗어나 아무도 지나지 않은 쪽으로 달려갔다.

그때 휘파람 소리가 들려오기 시작했다.

처음에는 저 멀리 뒤쪽에서 희미하고 날카롭게 들려왔다. 두더지는 서둘러 앞으로 걸었다. 그런데 똑같이 희미하고 날카로운 소리가 저 앞쪽에서도 어렴풋이 들려왔다. 두더지는 머뭇거렸고 돌아가고 싶었다. 어찌해야 좋을지 망설이는데, 그 소리가 양쪽에서 새어나오더니 숲의 제일 끝까지 길게 퍼져나가는 것처럼 들렸다. 누군지 모르지만 바짝 정신 차리고 싸울 준비가 된 것 같았다! 그런데 두더지는 혼자인 데다 무기도 없고 도움을 구할 처지도 아니었다. 게다가 더 칠흑 같은 밤이 다가오고 있었다.

그때 후드득 소리가 들리기 시작했다.

처음에는 나뭇잎이 떨어지는 소리처럼 가벼웠다. 그러더니 규칙적으로 점점 커졌다. 멀리서 작은 발로 타닥타닥 걸어오는 소리라고밖에 생각되지 않았다. 앞에서 오는 걸까, 뒤에서 오는 걸까? 처음에는 앞에서 나는 것 같더니 뒤에서 나는 것도 같고 앞뒤에서 모두 나는 것도 같았다. 점점 커지더니 소리가 겹쳐져서 사방에서 두더지를 에워싸는 것처럼 들렸다. 두더지는 이쪽저쪽으로 몸을 움츠리며 초조하게 듣고 있었다. 가만히 서서 귀를 기울이고 있는데, 나무 사이에서 토끼 한 마리가 두더지를 향해 달려왔다. 두더지는 토끼가 속도를 늦추거나 다른 쪽으로 피해 갈 것이라고 생각했다. 하지만 토끼는 스치듯 두더지를 홱 지나치더니 굳은 표정으로 무섭게 노려보며 말했다.

"여기서 나가, 바보야! 나가라고!"

토끼는 나무 그루터기를 돌아 굴로 사라져 버렸다.

타닥타닥 발소리는 점점 커지더니 별안간 마른 나뭇잎으로 된 양탄자에 떨어지는 싸락눈 같은 소리로 변했다. 이제는 숲 전체가 재빨리 달리고 파헤치고 쫓아오면서 무언가를, 아니면 누군가를 포위하는 것 같았다. 겁에 질린 두더지도 이제는 뛰기 시작했다. 어디로 가는지 알지도 못한 채 냅다 뛰었다. 달리다 무언가에 걸려 넘어져서 아래로 들어가기도 하고 재빨리 피하기도 했다. 마침내 오래된 너도밤나무 속 깊은 구멍으로 몸을 피했다. 그곳은 몸을 숨길 만한 곳이었다. 또 안전한 것처럼 보이기도 했다. 어쨌든 두더지는 너무 힘들어서 더는 달릴 수 없었기에 구멍 속에 쌓여 있는 마른 나뭇잎 더미에 바싹 파고들어 잠시라도 안전하기를 바랐다. 꼼짝 않고 누워서 거칠게 숨을 헐떡이며 밖에서 들리는 휘파람 소리와 타닥타닥 소리에 귀를 기울였다. 몸이 파르르 떨려왔다. 마침내 두더지는 깨달았다. 들판과 산울타리에 사는 작은 동물들도 저 무서운 것을 만나 본 적이 있으며 절망했다는 것을. 물쥐는 두더지가 저것과 맞닥뜨리지 않게 하려고 우거진 숲에 가지 못하게 했던 것이다. 숲의 공포!

그 시각, 물쥐는 따뜻하고 편안하게 난로 앞에서 꾸벅꾸벅 졸고 있었다. 반쯤 쓰다 만 시가 무릎에서 스르르 미끄러져 나갔다. 고개를 뒤로 젖히고 입은 한껏 벌린 채로 잠든 물쥐는 꿈속에서 푸릇푸릇한 강가를 걷고 있었다. 그러다 난로에서 석탄이 움직이며 불꽃이 타닥타닥 튀는 바람에 깜짝 놀라 깨어났다. 자신이 무엇을 하고 있었는지 떠올리며 바닥에 떨어진 종이를 주워 잠깐 들여다보았다. 그러고는 두더지에게 좋은 표현이 있는지 물어보려고 주변을 둘러보았다.

그런데 두더지가 보이지 않았다.

한참 동안 귀를 쫑긋 세웠다. 집 안이 무척 조용했다.

물쥐는 "두더지야!" 하고 몇 번이나 불렀지만 대답이 없자 자리에서 일어나 복도로 나갔다.

모자걸이에 걸려 있던 두더지의 모자가 없었다. 항상 우산꽂이 옆에 놓여 있던 방수용 덧신도 보이지 않았다.

물쥐는 집 밖으로 나가 진흙투성이 땅을 자세히 살피며 두더지의 발자국을 찾았다. 두더지의 발자국이 있었다. 이번 겨울에 새로 산 방수용 덧신은 밑창이 닳지 않아 발자국이 선명하게 새겨졌다. 그런데 진흙에 찍힌 발자국이 우거진 숲을 향해 똑바로 나 있는 것을 발견했다.

물쥐는 심각한 표정으로 깊은 생각에 잠겼다. 집으로 들어가서 허리띠를 동여매고 총을 거칠게 쑤셔 넣고는 복도 구석에서 튼튼한 곤봉을 챙겨 곧장 우거진 숲으로 출발했다.

나무가 즐비한 숲 입구에 도착했을 때는 이미 어둑어둑해진 뒤였지만, 물쥐는 망설이지 않고 숲속으로 들어갔다. 그러고는 친구의 흔적이 있는지 초조하게 양쪽을 살폈다. 여기저기 구멍에서 악마 같은 작은 얼굴이 나타났지만 물쥐의 용감한 모습, 총과 무시무시한 곤봉을 보더니 이내 사라져 버렸다. 처음 숲에 들어왔을 때 분명하게 들리던 휘파람 소리와 후드득 소리가 점점 작아지더니 그쳤다. 사방이 온통 고요했다. 물쥐는 씩씩하게 더욱 깊숙이 들어갔다. 숲속 맨 끝까지 가서 길은 물론이고 길이 아닌 곳까지 전부 다니면서 구석구석 크게 소리쳤다.

"두더지야! 두더지야! 두더지야! 어디 있니? 나야, 물쥐!"

물쥐는 한 시간이나 넘도록 참을성 있게 숲속을 뒤졌다. 그리고 마침내 기쁘게도 자그마한 대답이 들려왔다. 소리 나는 곳으로 가 보니 늙은 너도밤나무 아래에 까만 구멍이 있었다. 그 구멍 안에서 가냘픈 목소리가 들려왔다.

"물쥐라고? 정말 너니?"

구멍으로 들어가자 여전히 두더지가 덜덜 떨며 힘없이 누워 있었다.

"아, 물쥐야! 내가 얼마나 무서웠는지 넌 상상도 할 수 없을 거야!"

물쥐가 달래듯 말했다.

"이해하고말고. 넌 여기 오는 게 아니었어. 내가 못 오게 하려고 최선을 다했는데……. 우리 강둑에 사는 동물들은 혼자서 여기에 오지 않아. 꼭 와야 한다면 여럿이 같이 오지. 그러면 보통은 괜찮거든. 게다가 여기 오려면 알아야 할 게 얼마나 많은데. 우리는 다 아는 것들이지만 넌 아직 잘 모르잖아. 암호나 신호, 주문같이 효험 있는 게 있거든. 주머니에 넣고 와야 하는 식물도 있고, 반복해서 말해야 하는 구절도 있지. 또 연습해야 할 기술도 있고. 알고 보면 간단한 것들이긴 하지만 특히 몸집이 작은 동물들은 꼭 알아야 해. 그렇지 않으면 곤경에 처하거든. 물론 오소리나 수달처럼 몸집이 큰 동물이라면 이야기가 달라지지만."

"용감한 두꺼비라면 얼마든지 혼자 올 수 있겠구나. 그렇지?"

두더지의 물음에 물쥐는 웃음을 터뜨리며 대답했다.

"두꺼비? 두꺼비는 절대로 혼자 오지 않을 거야. 그 친구는 모자에 한가득 금화를 준다고 해도 절대 혼자 안 올 거야."

두더지는 물쥐의 호탕한 웃음소리에 기분이 많이 나아졌다. 물쥐가 가져온 총과 곤봉을 보니 더 이상 떨리지 않았고 다시 용기가 생겼다.

잠시 후 물쥐가 말했다.

"완전히 어두워지기 전에 서둘러 집으로 출발해야 해. 밤새 여기 있어 봤자 좋을 게 하나도 없거든. 일단 너무 춥잖아."

"물쥐야, 정말 미안하지만 난 너무 지쳤는걸. 여기서 좀 더 쉬어야 집으로 돌아갈 힘이 생길 것 같아."

가여운 두더지의 말에 마음씨 좋은 물쥐가 대답했다.

"그래, 그렇게 하도록 해. 쉬어. 날이 거의 저물어서 조금 있으면 달빛이 비칠 거야."

두더지가 마른 나뭇잎 속으로 다시 들어가더니 몸을 쭉 폈다. 비록 설핏 들기를 반복하기는 했지만 어쨌든 곧장 잠이 들었다. 물쥐도 나뭇잎으로 최대한 몸을 따뜻하게 하고 총을 든 채 경호했다.

마침내 두더지가 푹 자고 일어났다. 한결 기분이 좋아지고 힘도 나는 듯했다.

"이제 출발할까? 먼저 밖이 조용한지 살펴볼게. 그러고 나서 출발하도록 하자."

물쥐는 구멍 입구로 가서 머리를 내밀었다. 물쥐가 혼자 조용히 중얼거리는 소리가 들려왔다.

"야호, 드디어 내리는구나!"

"물쥐야, 왜 그래?"

두더지가 물었다.

"눈이 폴폴 날아다녀. 아니, 떨어지고 있어. 눈이 펑펑 내린다고!"

두더지도 물쥐 옆에 쭈그리고 앉아 내다보았다. 그렇게 무섭기만 하던 숲이 전혀 다르게 보이기 시작했다. 구멍, 골짜기, 웅덩이, 함정처럼 여행자들에게 위험천만했던 시커먼 것들이 빠르게 사라지고 사방에서 요정 나라의 반짝이는 양탄자가 나타났다. 차마 밟을 수 없을 만큼 얇고 가냘팠다. 고운 가루가 허공을 가득 채우고 뺨을 간질였다. 땅에서 나오는 것처럼 보이는 빛이 까만 나무 구멍들을 비춰 주었다.

물쥐가 잠시 생각에 잠겼다가 말했다.

"자, 이젠 어쩔 수 없어. 얼른 출발해야 해. 운에 맡겨 봐야지. 가장 큰 문제는 지금 우리가 있는 곳이 어딘지 정확히 모른다는 거야. 게다가 눈까지 내려서 사방이 완전히 다르게 보여."

정말로 그랬다. 두더지는 그곳이 아까와 같은 숲인지도 알아볼 수 없었다. 하지만 그들은 가장 그럴듯해 보이는 길로 용감하게 출발했다. 서로 의지하면서 힘차게 걸었다. 마치 음산하고 조용하게 서 있는 나무들이 반가운 옛 친구라도 되는 것처럼. 공터나 틈새, 오솔길이 나오면 이미 알고 있는 곳인 듯 용감하게 모퉁이를 돌았다. 어디를 둘러보아도 하얀 눈과 검은 나무밖에 없어서 다 똑같았는데도 발걸음은 씩씩했다.

한두 시간쯤 흘렀을까. 아니, 시간이 얼마나 흘렀는지 도통 가

늘할 수조차 없었다. 그들은 힘이 빠지고 사기가 떨어지고 어느새 희망도 사라졌다. 쓰러진 나무 기둥에 기대앉아 숨을 돌리면서 어떻게 해야 할지 생각했다. 온몸에 기운이 없었고 이리저리 부딪쳐서 멍도 들었다. 몇 번이나 헛디뎌 구멍에 빠지는 바람에 온통 젖기까지 했다. 눈이 점점 많이 쌓여서 짧은 다리로 제대로 걷기가 힘들었다. 빽빽한 나무들은 전부 다 똑같아 보였다. 숲에는 끝도, 시작도 없는 듯했고 어디든 똑같았다. 무엇보다 가장 끔찍한 것은 도무지 나갈 길이 보이지 않는다는 것이었다.

물쥐가 말했다.

"여기서 오래 지체할 수는 없어. 다시 한 번 나가서 어떻게든 길을 찾아봐야지. 너무 추운 데다 눈까지 더 내리면 헤치고 나갈 수 없을 테니까."

물쥐는 주변을 둘러보더니 덧붙였다.

"이봐! 좋은 생각이 떠올랐어. 저 앞에 골짜기 같은 게 보이잖아? 저쪽에 땅이 언덕처럼 울퉁불퉁한 곳 말이야. 저 밑으로 내려가서 쉴 곳이 있나 찾아보자. 눈과 바람을 피할 만한, 바닥이 마른 동굴이나 땅굴 같은 거 말이야. 우리 둘 다 지칠 대로 지쳤으니까 거기서 충분히 쉰 다음에 다시 해보는 거야. 눈이 그칠 수도 있고 뭔가 좋은 방법이 생길 수도 있잖아."

그들은 힘겹게 일어나 작은 계곡으로 내려갔다. 바닥이 마르고, 매서운 바람과 휘몰아치는 눈을 피할 만한 동굴이나 구석진 곳은 없는지 살폈다. 물쥐가 말한, 언덕처럼 울퉁불퉁 튀어나온 곳을 살펴보던 두더지가 비명소리와 함께 앞으로 고꾸라졌다.

"악, 내 다리! 불쌍한 내 종아리!"

두더지는 일어나 눈 위에 앉은 채로 두 앞다리를 살살 문질렀다.

"가여운 두더지, 오늘은 재수가 안 좋구나. 어디 다리 좀 보자."

친절한 물쥐는 무릎을 꿇고 앉아서 두더지의 다리를 살펴보았다.

"종아리를 베였구나. 잠깐만 기다려. 손수건으로 묶어 줄게."

"나뭇가지나 밑동에 걸려서 넘어진 것 같아. 아야! 아파!"

두더지가 애처롭게 말했다.

물쥐가 다시 자세히 살펴보더니 말했다.

"예리하게 베인 상처야. 나뭇가지나 밑동에 걸려서 넘어지면 이렇지는 않아. 금속 같은 날카로운 모서리에 베인 상처 같은데? 이상하다."

물쥐는 생각에 잠긴 얼굴로 울퉁불퉁하고 경사진 땅을 두리번거리며 살폈다.

"뭐 때문에 다쳤는지는 중요하지 않아. 어쨌거나 아픈 건 똑같은걸."

두더지는 상처가 너무 아파서 나오는 대로 아무렇게나 말했다.

하지만 물쥐는 두더지의 다리를 손수건으로 조심스럽게 묶어 주고 나서 주변을 부지런히 파헤치기 시작했다. 앞발과 뒷발을 모두 사용해서 열심히 긁고 파내고 살폈다. 두더지는 참을성 있게 기다렸다. 이따금씩 "아, 이제 그만 좀 해! 물쥐야!"라고 말하기도 했다.

그때였다. 갑자기 물쥐가 소리쳤다.

"야호! 만세! 이거야!"

물쥐는 신이 나서 눈밭에서 춤까지 추었다.

"뭘 찾았어?"

두더지가 여전히 아픈 다리를 문지르며 물었다.

"이리 와서 봐봐!"

물쥐는 여전히 즐겁게 춤추었다.

절뚝거리며 다가온 두더지가 자세히 살펴보았다. 그러고는 찬찬히 말했다.

"잘 보여. 예전에도 자주 봤던 거네. 눈에 익은 거야. 이건 신발에 묻은 흙을 털 때 쓰는 발판이잖아! 이게 어쨌다는 거니? 왜 춤까지 추면서 좋아해?"

물쥐가 답답해하며 소리쳤다.

"이게 뭘 의미하는지 모르겠니? 이 둔한 친구야!"

"당연히 알지! 조심성 없고 건망증 심한 누군가가 이 우거진 숲 한가운데에 발판을 버리고 갔다는 뜻이잖아. 지나가는 동물

들 모두 발이 걸려 넘어지라고 말이야. 정말 생각 없는 녀석이
야. 집에 가면 누구든 붙잡고 흉을 볼 테야. 내가 안 그러나 두
고 봐!"

"어이쿠, 맙소사!"

물쥐는 두더지의 아둔함에 몹시 답답해했다.

"잔소리 그만하고 이리 와서 땅이나 파!"

물쥐가 다시 땅을 파기 시작하자 눈 파편들이 사방으로 날아
갔다. 잠시 후 고생한 보람이 나타났다. 바닥에 깔린 낡은 발판
이 완전히 모습을 드러낸 것이다.

"이것 봐. 내가 뭐랬어?"

물쥐가 의기양양하게 소리쳤다. 그러자 두더지는 허무하다는
듯 말했다.

"아무것도 아니잖아. 집에서 쓰다 낡아서 내다버린 잡동사니
하나 찾은 걸 가지고 그렇게 좋아하다니. 또 신나게 춤이라도
추지그래. 아니면 우리가 쉴 만한 곳을 좀 찾아보든가. 저런 쓰
레기 같은 것에 시간 낭비하지 말고! 저걸 먹을 수가 있어, 아니
면 그 아래서 잠이나 잘 수가 있어? 그것도 아니면 그 위에 앉
아 눈썰매처럼 타고 집까지 갈 수가 있어? 이 물쥐 녀석아!"

"너 정말로 이 발판이 아무것도 아니라고 생각해?"

물쥐가 흥분해서 외쳤다. 두더지는 토라진 듯 대답했다.

"물쥐야, 이만하면 어리석은 짓은 충분히 했다고 생각해. 발

판이 대체 뭐 대수라는 거야? 아무도 그렇게 생각하지 않는다고. 전혀 중요한 물건이 아니란 말이야. 발판은 그냥 발판일 뿐이라고."

그러자 이번에는 물쥐가 화가 나서 대답했다.

"이런 멍청이, 그만해! 더는 한마디도 하지 말고 땅이나 파. 특히 울퉁불퉁하게 튀어나온 부분을 계속 파라고. 오늘 밤 뽀송하고 따뜻한 곳에서 자고 싶으면 말이야. 이게 우리 마지막 기회니까!"

물쥐는 옆에 있는 눈더미로 뛰어들었다. 화가 나서 곤봉으로 여기저기 파헤치고 다녔다. 두더지도 열심히 팠지만 순전히 물쥐가 그러라고 했기 때문이다. 속으로는 친구가 살짝 이상해졌다고 생각했다.

십 분쯤 파냈을까. 물쥐가 곤봉으로 어느 지점을 두드리자 안이 통통 빈 듯한 소리가 났다. 물쥐는 그곳에 발을 대더니 무엇인지 알아보려고 계속 눈을 팠다. 두더지에게도 얼른 와서 도우라고 소리쳤다. 두 친구는 고생스럽지만 계속 눈을 파냈다. 마침내 보람이 있었다. 눈앞에 놀라운 광경이 나타났다. 두더지는 도저히 믿을 수 없었다.

눈더미로 보였던 것 옆에 수박색으로 칠해진 작고 단단한 문이 있었다. 한쪽 옆에는 쇠종이 걸려 있고 그 아래로 자그만 동판에 딱딱한 글씨체가 깔끔하게 새겨져 있었다. 달빛에 무슨 글

씨인지 보였다.

'오소리의 집'

두더지는 놀랍고 기쁜 나머지 눈밭에 벌러덩 자빠졌다.

"물쥐야, 넌 대단해! 정말로 대단해! 이제야 알겠어. 넌 그 지혜로운 머리로 처음부터 하나하나 풀어 나갔구나. 내가 넘어져서 종아리를 다친 순간, 상처를 보고 '발판에 베였구나!' 생각해 냈지. 그리고 땅을 파서 진짜 발판을 찾아냈어. 거기서 멈췄느냐고? 아니지. 다른 동물이라면 거기서 만족했겠지만 넌 아니었어. 똑똑한 머리로 계속 생각한 거야. '진짜 깔개를 찾아서 내 생각을 증명해 보이겠어!'라고 말이야. 그리고 당연히 넌 발판을 찾았어. 넌 정말 똑똑해. 넌 못 찾는 게 없을 거야. 이제 넌 '당연히 문이 있을 거야. 문만 찾으면 끝나는 거야!'라고 생각했겠지. 난 이런 일을 책에서 읽어 봤지만 실제로 겪어 보긴 처음이야. 넌 네 가치를 제대로 알아주는 곳으로 가야 해. 여기서는 네 능력을 낭비할 뿐이라고. 내가 너처럼 똑똑했더라면……."

물쥐는 과한 칭찬이 짜증난다는 듯 두더지의 말을 중간에서 가로막았다.

"그래서 그렇지 못한 넌 밤새 눈밭에 앉아서 그런 말만 할 거야? 얼른 일어나서 저기 보이는 종 좀 세게 잡아당겨 봐. 난 문을 두드릴 테니까!"

물쥐가 곤봉으로 문을 두드리자, 두더지는 종에 매달린 줄로 달려들었다. 땅에서 점프해 줄을 꽉 붙잡고 몸을 흔들었다. 아주 멀리서 희미하게 종소리가 울려 퍼졌다.

04

오소리 아저씨

두 친구는 아주 길게 느껴지는 시간 동안 끈기 있게 기다렸다. 발을 따뜻하게 하려고 계속 콩콩 굴렀다. 이윽고 안에서 천천히 신발을 끌며 문으로 다가오는 소리가 들려왔다. 두더지의 말처럼, 육중한 몸매에 뒤꿈치가 닳은 슬리퍼를 신고 양탄자 위를 걷는 소리 같았다.

역시 짐작했던 그대로였다. 빗장 푸는 소리와 함께 문이 살짝 열렸다. 기다란 코와 졸려서 끔뻑거리는 눈만 보였다. 이내 의심 가득한 걸걸한 목소리가 들려왔다.

"다음에도 이런 일이 있으면 엄청 화낼 거야. 한밤중에 남을 귀찮게 하다니! 이 시간에 대체 누구야? 얼른 말해 봐!"

"아, 오소리 아저씨! 제발 저희 좀 들여보내 주세요. 저 물쥐

예요. 저하고 제 친구 두더지예요. 눈 속에서 길을 잃었어요."

"아니, 물쥐라고?"

오소리가 사뭇 달라진 목소리로 소리치며 문을 활짝 열었다.

"둘 다 얼른 들어와. 세상에, 얼마나 추웠을까? 눈 속에서 길을 잃다니. 그것도 숲속에서, 이렇게나 늦은 시간에! 어서 들어와."

빨리 안으로 들어가려다가 물쥐와 두더지는 문지방에 발이 걸려서 넘어졌다. 뒤에서 문 닫히는 소리가 들리자 기쁨과 안도가 한꺼번에 몰려들었다.

오소리는 기다란 가운에 예상했던 대로 뒤꿈치가 닿은 슬리퍼를 신은 채 납작한 촛대를 들고 서 있었다. 잠자리에 들려던 참인 것 같았다. 그는 따스한 눈길로 물쥐와 두더지를 바라보면서 마치 아버지같이 머리를 쓰다듬어 주더니 말했다.

"이런 밤에 작은 동물들은 밖에 나다니면 안 되지. 물쥐, 너도 장난치고 싶었구나. 이리 오렴. 부엌으로 가자. 부엌에는 최고로 따뜻한 난로가 있고 저녁 식사는 물론 모든 게 다 준비돼 있단다."

오소리가 촛불을 들고 앞장서 걸었다. 기대에 부푼 두 친구는 서로를 팔꿈치로 쿡쿡 찌르며 뒤따랐다. 길고 어둑어둑한 복도는 사실 무척 초라했다. 그 복도는 중앙홀로 이어졌고 거기에서 다시 터널 같은 기다란 복도들이 여러 갈래로 갈라졌다. 복도들은 끝을 알 수 없을 만큼 신비로웠다. 복도 외에도 홀에는 문이 여러 개 보였다. 참나무로 만들어 튼튼해 보이는 문이었다. 오소리가 그중 하나를 열자 따뜻한 기운이 확 느껴지며 불을 피운 환한 부엌이 나왔다.

바닥은 반질반질하게 닳은 붉은 벽돌로 되어 있었고, 커다란 난로에는 통나무가 활활 타고 있었다. 벽 구석에 굴뚝이 두 개나 있어 찬바람이 들어올 염려도 없었다. 난로 양쪽에는 사이 좋게 이야기를 나누기 좋도록 등이 높은 의자가 마주 놓여 있었다. 부엌 한가운데에는 버팀기둥들 위에 단순히 상판을 얹은 투박한 식탁이 보였다. 식탁 양쪽에는 벤치가 놓여 있었고, 또 식탁 한쪽 끝에는 팔걸이의자가 자리했다. 그리고 그 위에는 오소리의 소박하지만 풍성한 저녁 식사가 펼쳐져 있었다. 부엌 맨 끝에 놓인 그릇장의 선반에는 티끌 하나 없이 깨끗하게 닦인 접시들이 줄지어 놓여 있었고, 서까래에는 햄과 말린 약초 다발, 양파 주머니, 계란 바구니가 걸려 있었다. 마치 추수를 끝낸 농부들이 식탁에 시끌벅적하게 둘러앉아 웃고 노래하며 축제를 즐길 수 있는 장소 같았다. 소탈한 친구 두셋씩 편하게 먹고 담배를 피우며 수다 떨 수 있는 곳 같기도 했다. 붉은 벽돌 바닥이 연기가 자욱한 천장을 올려다보며 미소 지었다. 오래되어 반질반질해진 참나무 의자들은 서로 즐거운 눈빛을 교환했다. 그릇장의 접시들은 선반에 놓인 냄비를 보며 싱긋 웃었고, 난로의 불꽃은 사방을 똑같이 비추며 즐겁게 장난치곤

했다.

마음씨 좋은 오소리는 두 친구를 불가에 앉히고는 젖은 코트와 장화를 벗으라고 했다. 깨끗한 가운과 슬리퍼를 가져다주고 나서, 두더지의 무릎을 따뜻한 물로 씻기고 상처에 반창고를 붙여 말끔하게 정리해 주었다. 눈보라에 쫓기던 때와 달리 밝고 아늑한 곳에서 몸을 말리고 지친 다리를 쭉 뻗고 앉아 식탁에 접시들이 놓이는 소리를 듣노라니 갑자기 안전한 항구에 다다른 기분이었다. 한 치 앞도 보이지 않는 우거진 숲에서 매서운 추위와 싸우던 기억은 꿈처럼 몽롱하게 느껴졌다.

오소리는 부지런히 식사를 차렸다. 난롯불에 몸이 완전히 말랐을 때 오소리가 둘을 식탁 가까이로 불렀다. 그들은 몹시 배가 고팠지만 막상 눈앞에 차려진 음식을 보니 전부 다 맛있어 보여서 뭐부터 먹어야 할지 몰랐다. 이걸 먼저 먹으면 다른 게 나중까지 남아 있을지 걱정스러웠다. 그들은 먹느라 한참 동안 대화를 나눌 수 없었다. 잠시 후 조금씩은 가능해졌지만 입에 음식이 가득 들어 있어 무슨 말을 하는지 알아듣기가 힘들었다. 하지만 오소리는 전혀 신경 쓰지 않았다. 식탁에 팔꿈치를 올리거나 모두가 한꺼번에 말하는 것도 신경 쓰지 않았다. 사교계에 나가지 않는 오소리는 그런 것들이 중요하지 않다고 여겼다. 물론 우리는 그것이 잘못되고 편협한 생각이라는 것을 잘 안다. 그 이유를 설명하려면 이야기가 길어지겠지만 그런 예절은 매우 중요한 법이다.

오소리는 식탁의 머리 부근 정중앙에 앉아 물쥐와 두더지의 말에 가끔씩 진지한 표정으로 고개를 끄덕였다. 그는 어떤 이야기에도 놀라거나 충격을 받지 않는 것 같았다. "내가 뭐랬어?"나 "내가 말한 그대로잖아." 같은 말도 하지 않았고, 이렇게 했어야 한다거나 그러면 안 되는 거였다고 거들지도 않았다. 두더지는 오소리에게 점차 친근감이 들기 시작했다.

마침내 식사가 끝나자 두더지는 기운을 되찾았고 아무런 근심 걱정 없이 무사함을 느꼈다. 이렇게 늦은 시간, 난로 주변에 모여 앉아 배 두드리며 앉아 있으니 정말로 천국이 따로 없다고 생각했다. 잠시 이런저런 말이 오가다가 오소리가 물었다.

"이제 그쪽 동네 이야기 좀 해 봐! 두꺼비는 어떻게 지내지?"

"점점 나빠지고 있어요."

물쥐가 심각한 표정으로 대답했다. 다리를 올린 채 난롯불을 쬐던 두더지도 슬픈 표정을 지으려고 애썼다.

"지난주에도 충돌 사고가 났어요. 심각했어요. 두꺼비가 직접 운전을 하겠다고 고집부리는데 사실 실력은 꽝이거든요. 성실하고 차분하고 잘 훈련된 동물을 고용해서 월급을 많이 주고 맡겨 버리면 괜찮을 텐데, 두꺼비는 자기 운전 실력은 타고난 거라고 철석같이 믿지요. 배울 게 하나도 없다나요? 그러니까 계속 사고가 날 수밖에 없죠."

"지금까지 몇 번이나 그랬는데?"

오소리가 침울하게 물었다.

"충돌 사고요? 아니면 자동차가 부서진 횟수요? 하긴 두꺼비한테는 똑같은 얘기겠지만요. 이번이 일곱 번째예요. 두꺼비네 가면 마차 보관소가 있는 거 아시죠? 거기에 지금까지 부서진 자동차들이 가득 쌓여 있어요. 잘게 부서진 조각들이 정말 산더미처럼요! 아저씨의 모자보다 더 큰 조각은 하나도 없을 정도예요. 지금까지 여섯 번이나 사고가 나서 자동차가 부서졌으니까 그럴 만도 하죠."

두더지가 끼어들었다.

"두꺼비는 병원에도 세 번 입원했어요. 벌금도 물어야 했고요. 으음, 생각만 해도 끔찍해요."

"맞아요, 그것도 문제예요. 두꺼비가 부자이긴 하지만 백만장자는 아니잖아요. 두꺼비는 정말이지 운전을 못해요. 교통법규 따위는 싹 다 무시하고 운전한다니까요. 조만간 누가 죽거나 다치거나 둘 중 하나일 거예요. 오소리 아저씨, 두꺼비의 친구인 우리가 무슨 수를 써야 하지 않을까요?"

오소리는 잠시 생각에 잠기더니 곧 엄숙하게 말했다.

"잘 들어 봐! 지금은 내가 아무것도 할 수 없다는 걸 자네들도 충분히 알지?"

둘은 무슨 뜻인지 알기에 고개를 끄덕였다. 겨울 동안에는 힘든 일을 하거나 영웅다운 일을 기대하지 않는 것이 동물 세계의 룰이었다. 아니, 별로 힘들 것 없는 일이라 해도 기대해서는 안 되었다. 겨울에는 모두 휴식을 취해야 하니까. 실제로 겨울잠을 자는 동물들도 있었다. 대개의 동물은 날씨의 영향을 받았다. 가을까지 고되게 움직였던 근육을 쉬게 하면서 힘을 아꼈다.

오소리의 말이 이어졌다.

"좋아, 그럼! 밤이 짧아지고 해가 뜨면 빨리 일어나고 싶어서 좀이 쑤시는 때가 다시 올 때까지 기다리자고. 그전까지는 자네들도 알지?"

물쥐와 두더지는 진지한 표정으로 서로 고개를 끄덕였다. 당연히 이해할 수 있었다.

오소리가 계속 말했다.

"그때가 되면 우리가, 그러니까 자네와 나, 여기 있는 우리 친구 두더지가 두꺼비 문제를 진지하게 해결해 보자고. 더 이상 두꺼비의 정신 나간 행동은 봐주지 않을 거야. 필요하면 무력을 써서라도 정신이 바짝 들게 해 줘야지. 우리가 개념 박힌 두꺼비로 만들어 놓자고, 우리가. 졸고 있었군, 물쥐!"

"아니에요!"

물쥐가 퍼뜩 깨어나며 말했다.

"저녁 먹고 나서 두세 번쯤 졸았을걸요."

두더지가 웃으며 말했다. 두더지는 졸리기는커녕 생기가 넘쳤다. 이유는 알 수 없었다. 물론 두더지는 땅속 동물이라서 오소리의 집이 딱 맞았고 편안하게 느껴지는 것도 있었다. 하지만 매일 밤 강가의 산들바람이 불어오는 창이 딸린 침실에서 자던 물쥐는 땅속 공기가 답답하게만 느껴졌다.

오소리가 일어나 촛불을 들며 말했다.

"잠자리에 들 시간이군. 둘 다 따라오게. 침실로 안내하지. 내일 아침에는 늦잠을 자도 돼. 아침 식사도 하고 싶을 때 하고."

오소리는 두 친구를 반은 침실 같고 반은 다락 같은 기다란 방으로 데려갔다. 방의 절반가량에는 오소리의 겨울 양식이 쌓여 있었다. 사과, 무, 감자, 밤이 가득 든 바구니, 그리고 꿀단지였다. 남은 공간에 놓인 하얀 침대 두 개는 푹신하고 편안해 보였다. 이불이 거칠긴 해도 깨끗하고 라벤더 향기가 났다. 물쥐와 두더지는 기쁨과 만족감에 재빨리 가운을 벗어 던지고 이불 속으로 뛰어들었다.

친절한 오소리가 일러 준 대로 두 친구는 다음 날 아침 느지막이 아침 식사를 하러 내려갔다. 식탁에서 어린 고슴도치 둘이 나무 그릇에 담긴 귀리죽을 먹고 있었다. 그들이 나타나자 고슴도치들은 숟가락을 놓고 벌떡 일어나 고개를 숙였다.

물쥐가 유쾌하게 말했다.

"그냥들 앉아. 앉아서 계속 먹어. 어린 친구들이 어디서 왔지? 눈 속에서 길을 잃었구나?"

"네, 맞습니다. 저하고 동생 고슴도치가 학교로 가다가 눈 때문에 길을 잃어버렸습니다. 날씨가 아무리 나빠도 엄마가 학교는 빠지면 안 된다고 하셨거든요. 동생 고슴도치는 어리고 마음이 여려서 겁에 질렸고 울음을 터뜨렸습니다. 그렇게 헤매던 중에 우연히 오소리 아저씨댁 뒷문을 발견했습니다. 용기를 내어 문을 두드렸는데, 아시다시피 오소리 아저씨는 친절한 신사이시기 때문에……."

형 고슴도치가 공손하게 대답했다.

"그렇지!"

물쥐가 말을 끊으면서 베이컨을 잘랐고, 두더지는 냄비에 달

갈을 깨뜨렸다. 물쥐가 다시 말했다.

"바깥 날씨는 어때? 참, 이랬습니다, 저랬습니다 하지 않아도 돼."

"날씨가 정말 나쁩니다. 눈이 잔뜩 쌓였습니다. 여러분 같은 신사분들이 나가실 만한 날씨가 아닙니다."

"오소리 아저씨는 어디 계시지?"

두더지가 커피 주전자를 불 위에 올리며 물었다.

"서재로 들어가셨습니다. 오늘 아침에는 특히 바쁘시니까 절대로 방해하지 말라고 하셨습니다."

모두 그게 무슨 뜻인지 알았다. 일 년 중 절반은 활발하게 활동하고 나머지 절반은 졸려서 비몽사몽인 채로 지내는데, 그 졸린 기간 동안 손님이 온다거나 할 일이 있게 되면 제대로 잘 수가 없다. 그때마다 둘러대는 핑곗거리도 일정하다. 동물들은 오소리가 매년 이맘때쯤 '바쁘게' 지낸다는 사실을 잘 알았다. 일단 아침을 배불리 먹고 서재 안에서 팔걸이의자에 앉아 두 다리를 다른 의자에다 쭉 뻗은 채 얼굴에는 빨간색 손수건을 덮고 쉬느라 바쁜 것이다.

그때 현관 종이 요란하게 울렸다. 토스트에 버터를 바르느라 손에 기름기가 묻은 물쥐는 동생 고슴도치 빌리더러 나가 보라고 손짓했다. 복도에서 쿵쿵 소리가 나더니 빌리가 뒤에 수달을 데리고 들어왔다. 수달은 물쥐를 보자마자 덥석 끌어안았다.

"좀 떨어져!"

물쥐가 음식이 가득 담긴 입으로 우물거렸다.

"여기 오면 역시 너희들을 찾을 수 있을 줄 알았지! 오늘 아침에 강둑에 가 보니까 물쥐는 물론이고 두더지까지 밤새 집을 비웠다고 다들 걱정하더라고. 끔찍한 일이 생겼을지도 모른다면서. 눈이 잔뜩 쌓여서 발자취도 찾을 수 없고 말이야. 하지만 나는 고민이 생기면 다들 오소리 아저씨를 찾아간다는 걸 알고 있었어. 아니면, 아저씨가 어찌 된 영문인지 알고 있거나. 그래서 우거진 숲과 눈길을 헤치고 곧장 이리로 온 거야.

그런데 세상에, 온통 하얀 눈밭에서 검은 나무 뒤로 빨간 해가 뜨는 모습이 얼마나 멋지던지! 조용히 눈 위를 걷는데 가끔 높은 나뭇가지에서 눈덩이가 털썩 떨어지면 깜짝 놀라서 도망치곤 했지. 밤중에는 어디에선지 눈으로 된 성하고 동굴이 나타났어. 눈으로 된 다리랑 테라스랑 성벽도 말이야. 거기서 몇 시간이고 놀 수 있겠더라고. 눈이 얼마나 쌓였는지 여기저기 큰 나뭇가지들이 부러졌어. 울새들은 마치 자기들이 나뭇가지에 쌓인 눈을 떨어지게 만드는 장본인이라는 듯 활기차고 우쭐한 모습으로 깡충 뛰어다니고, 저 높이 잿빛 하늘에서는 지친 기러기들이 줄지어 날아갔지. 당까마귀 몇 마리는 나무 위를 맴돌고 있었어. 하지만 너희들의 소식을 물어볼 만한 동물들은 만나지 못했어. 중간쯤 왔을까. 마침 나무 그루터기에 앉아 얼굴을 씻고 있는 토끼를 만났지. 내가 뒤에서 살금살금 다가가 어깨에 무거운 앞발을 턱 하고 올렸더니 놀라자빠져서 머리를 한두 번 툭툭 치고 나서야 정신을 차리더군. 결국 어젯밤 우거진 숲에서 두더지를 본 토끼가 있다는 정보를 알아냈지. 물쥐의 친한 친구인 두더지가 숲에서 길을 잃고 곤경에 처해 있다는 소문이 토끼 굴에 온통 퍼졌다더군. 토끼들이 다들 모여서 두더지를 에워싸면서 쫓아갔었대. '그런데 왜 도와주지 않았지?'라고 물었어. '머리가 좋지는 않지만 수가 워낙 많잖아. 덩치 크고 튼튼하고 포동포동 살집도 좋은 데다 너희들이 사는 굴은 사방에 뻗어 있잖아. 두더지를 데려다 안전하고 편안하게 해 줄 수 있었는데, 아니 적어도 그러려고 해 볼 수는 있었을 텐데.'라고 덧붙였더니 토끼 녀석이 뭐라는 줄 알아? 어처구니없게도 '뭐라고, 우리가? 우리가 뭔가를 했어야 한다고? 우리 토끼들이?'라고 하는 거야. 그래서 녀석을 한 번 더 툭 때려 주고 떠났지. 더 할 일이 없었으니까. 어쨌든 난 그 일로 뭔가를 깨달았어. 토끼 녀석들을 좀 더 만났더라면 더 많이 깨달았을 텐데. 아니면, 그 녀석들이 깨달았거나."

"불안하지 않았어?"

긴 기다림 끝에 두더지가 물었다. 두더지는 어젯밤 느꼈던 우거진 숲의 공포가 되살아나는 듯했다.

"불안하지 않았느냐고?"

수달이 단단하고 하얀 이빨을 드러내며 웃음을 터뜨렸다.

"그들이 나한테 무슨 짓을 하려고 들면 당연히 가만 안 두지. 두더지, 넌 좋은 친구니까 나한테도 햄 몇 조각을 구워 주렴. 지금 몹시 배가 고파. 여기 있는 물쥐한테 할 말도 잔뜩 있고. 너무 오랫동안 못 만났거든."

마음씨 좋은 두더지는 햄을 몇 조각 잘라 고슴도치 형제에게 굽게 하고 식사를 마저 했다. 수달과 물쥐는 머리를 맞대고 강둑에 관한 이야기를 나누었다. 졸졸 흐르는 강물처럼 끝도 없이 이야기가 펼쳐졌다.

수달은 구운 햄이 든 접시를 깨끗이 비우고 더 달라고 했다. 그때 오소리가 하품을 하고 눈을 비비면서 나오더니 차분하고 소탈한 어조로 모두에게 한 명씩 다정하게 인사했다. 그리고 수달을 향해 말했다.

"점심시간이 다 되었을 텐데 이야기는 그만하고 같이 식사나 하자고. 이렇게 추운 날 오전에는 꽤 배가 고플 거야."

그러자 수달은 두더지에게 눈을 찡긋하며 말했다.

"그거 좋죠! 먹성 좋은 고슴도치 형제가 구운 햄을 우걱우걱 먹는 모습만 봐도 배가 고파 죽겠거든요."

고슴도치 형제는 죽을 다 먹었지만 햄을 열심히 굽는 동안 다시 허기가 져서 주저하고 있던 참이었다. 그들은 오소리를 쳐다보았지만 수줍어서 아무 말도 하지 못했다.

"자, 너희 둘은 이제 걱정하는 어머니가 계신 집으로 돌아가는 게 좋겠다. 내가 누굴 시켜서 가는 길을 알려주라고 할 테니까. 잔뜩 먹었으니 아마 점심은 먹고 싶지 않을 게다."

오소리가 친절하게 말했다. 그는 고슴도치 형제에게 각각 6펜스씩 주고 머리를 쓰다듬어 주었다. 형제는 예의 바르게 모자를 흔들며 인사하고 떠났다.

모두 같이 둘러앉아 점심 식사를 했다. 두더지는 오소리 옆에 앉았다. 물쥐와 수달은 서로 강둑 이야기에 정신이 없었기 때문에 두더지는 오소리에게 이곳이 정말로 편안하고 집처럼 느껴진다고 말할 수가 있었다.

"땅속에서는 자기가 어디에 있는지 정확히 알거든요. 아무 일도 일어나지 않고 누구한테도 공격받지 않아요. 자기가 완전한 주인이니까 남하고 상의할 필요도 없고 남의 말에 신경 쓰지 않아도 되거든요. 땅 위에서 무슨 일이 일어나도 그저 내버려 두고 신경 쓰지 않을 수 있어요. 하지만 땅 위로 올라가면 거기서 기다리고 있는 일들이 있죠."

오소리가 활짝 웃으며 대답했다.

"내 말이 바로 그 말이야. 땅속만큼 안전하고 평화롭고 조용한 곳은 없지. 생각이 많아지고 공간을 늘이고 싶으면 땅을 파면 되거든. 집이 너무 넓은 것 같으면 굴을 한두 개쯤 막아도 괜찮아. 집 짓는 이도, 장사하는 이도 없고, 담장 너머를 기웃거리며 말참견하는 이도 없잖아. 무엇보다 좋은 건 날씨지. 저 물쥐를 보라고! 홍수라도 나면 셋방을 빌려서 이사해야 하잖아. 얼마나 불편하겠어. 게다가 비싸기까지. 두꺼비는 또 어떻고? 두꺼비가 사는 저택은 집으로 치면 가장 멋지긴 하지. 하지만 불이라도 나면 두꺼비는 어디로 가야 하지? 타일이 터지고 벽이 내려앉거나 갈라지고 창문이 부서지면 두꺼비는 어떻게 하지? 난 정말 외풍이 싫던데. 만약 집 안에 찬바람이 들이닥치면 두꺼비는 어떻게 해야 할까? 땅 위나 문밖은 돌아다니거나 일하기에는 좋지만, 돌아오기에는 땅속만 한 곳이 없어. 땅속이야말로 내가 생각하는 진짜 '집'이라네!"

두더지도 진심으로 같은 생각이었다. 오소리는 두더지에게 더욱 친절해졌다.

"점심 식사가 끝나면 내 집을 구경시켜 주지. 자네라면 이 집이 마음에 들 거야. 자네는 집이 어떻게 생겨야 하는지 잘 알고 있는 것 같으니까 말이야."

점심 식사가 끝나고 물쥐와 수달은 따로 굴뚝이 있는 구석자리로 가서 장어에 대해 열심히 이야기를 나누기 시작했다. 오소리는 등불을 켜더니 두더지에게 따라오라고 했다.

복도를 가로질러 터널을 지나자 불빛에 크고 작은 방들이 흔들려 보였다. 단순한 찬장도 있었고, 두꺼비의 저택에 있는 것처럼 웅장하고 멋진 찬장도 있었다. 오른쪽으로 좁은 길을 지나자 또 복도가 나왔다. 아까 지나친 복도와 비슷한 풍경이 이어졌다. 두더지는 터널의 크기와 길이에 깜짝 놀랐다. 터널이 수많은 갈래로 나뉘는 것도 놀라웠다. 어둑한 통로가 길게 뻗어 있고, 아치 모양으로 된 방에는 물건이 가득 쌓여 있었다. 사방이 돌과 기둥, 아치 모양, 포장된 바닥으로 되어 있었다. 마침내 두더지가 입을 열었다.

"맙소사! 오소리 아저씨, 언제 전부 만드셨어요? 시간이 있었던 거예요? 힘들지 않으셨어요? 정말 놀라워요!"

오소리가 아무렇지 않은 듯 대답했다.

"내가 지은 거라면 정말 놀랍겠지. 하지만 실은 내가 한 일이라곤 하나도 없어. 나한테 필요한 통로와 방을 정리한 일 외에는. 이런 곳이 더 많이 있다네. 자네는 이해가 안 될 테니 차근차근 설명을 해 줘야겠군. 아주 오래전에, 우거진 숲이 생겨났지. 지금처럼 무성해지기 전에 그 자리에는 사람들의 도시가 있었어. 지금 우리가 서 있는 이곳에서 사람들이 살고 걷고 말하고 잠자고 일을 했었다네. 여기서 말을 키우고 축제도 열었지. 말을 타고 나가서 싸우거나 장사도 했고 말이야. 그들은 부유하고 힘센 사람들이었고 훌륭한 건축가였어. 도시가 영원할 거라는 생각에 무너지지 않도록 튼튼하게 지었지."

두더지가 물었다.

"그런데 그 사람들은 모두 어떻게 됐나요?"

"글쎄, 누가 알겠어? 사람들은 와서 한동안 머물다 부자가 되면 건물을 짓고 가 버려. 원래 늘 그런 법이라네. 하지만 우리 오소리들은 남지. 내가 듣기로 오소리들은 도시가 생기기 오래전부터 여기에 살았다고 하네. 지금도 살고 있고. 우리는 참을성이 뛰어나거든. 한동안 다른 곳으로 돌아다니기도 하지만 끈기 있게 기다렸다가 꼭 돌아오지. 앞으로도 영원히 그럴 거야."

"그럼 사람들은 언제 떠났나요?"

"쉬지 않고 몇 년 동안 세찬 바람이 불고 비가 내리자 떠나 버렸지. 어쩌면 그들이 떠난 데에는 우리 오소리들이 조금이나마 도움이 되었는지도 몰라. 도시는 점점 무너지고 망가지고 주저

앉아서 완전히 사라졌거든. 그리고 얼마 있다 풀씨들이 올라오기 시작 했어. 풀씨들이 자라 묘목이 되고 나무들이 숲을 이루었지. 검은딸기나무와 고사리들도 살며시 나와서 힘을 보탰어. 부엽토가 생겼다 사라지고 겨울 홍수에 모래와 흙이 실려와 물길이 막혔다 드러나기도 하고. 그렇게 시간이 흐르면서 다시 집이 준비되었고 우리가 들어왔지. 땅 위에도 똑같은 일이 생겼어. 동물들이 와서 각자 살 곳을 정하고 자리를 잡았지. 자손들도 계속 늘어났어. 그들은 과거 따위는 신경 쓰지 않았어. 절대 그러는 법이 없지. 매일 너무 바쁘거든. 숲은 원래 약간 울퉁불퉁하고 구멍도 많아. 하지만 그게 오히려 유리하게 작용해. 그리고 동물들은 과거는 물론이고 미래도 신경 쓰지 않아. 아마 나중에 사람들이 또 돌아올 거야. 한동안 살다 가겠지. 지금 우거진 숲에는 많은 동물들이 살고 있어. 착한 동물, 나쁜 동물, 무관심한 동물…… 다 말할 수 없을 정도로 많은 동물들이 있지. 이제 자네도 그들에 대해 조금은 알게 되었지?"

두더지가 약간 몸을 떨며 대답했다.

"네, 맞아요!"

오소리는 두더지의 어깨를 두드려 주며 말했다.

"자네의 첫 경험일 뿐이야. 사실 그들이 그렇게 못된 것만은 아니거든. 모두 각자의 방식대로 살아가는 것뿐이지. 하지만 내일은 내가 일러두도록 하지. 그러면 더 이상 아무런 문제도 안 생길 거야. 내 친구라면 여기서 마음대로 다녀도 되거든. 무슨 일이 생긴다면 나도 가만있을 순 없지!"

부엌으로 돌아와 보니 물쥐는 불안한 듯 일어났다 앉았다 하고 있었다. 물쥐는 땅속 공기가 너무 답답하고 신경에 거슬리는 모양이었다. 빨리 강으로 돌아가서 살펴보지 않으면 무슨 일이 생길까 봐 걱정스러운 듯했다. 물쥐는 코트를 입고 총을 허리띠에 찔러 넣었다.

"얼른 가자, 두더지. 밖이 환할 때 출발해야 해. 우거진 숲에서 또 하룻밤을 지내고 싶진 않아."

물쥐가 오소리와 두더지를 보면서 말했다.

"괜찮을 거야, 친구. 내가 길을 잘 아니까 같이 가 줄게. 못된 놈이 나타나면 당연히 한 대 때려 줄 거고."

수달이 말해 주었다.

"물쥐야, 조바심 낼 것 없어. 우리 집 통로는 자네 생각보다 훨씬 멀리 뻗어 있고 숲 가장자리에 피난소가 여러 군데 있거든. 나만 아는 곳이지만 누군가 알아도 상관은 없지. 정 가야겠다면 내가 아는 지름길로 가면 되니까 마음 놓고 앉으라고."

오소리도 차분하게 대꾸해 주었다.

하지만 물쥐는 계속 초조해하며 얼른 강으로 돌아가고 싶어했다. 결국 오소리는 다시 등불을 들고서 축축하고 답답한 터널로 안내했다. 터널은 아래로 구불구불 이어졌다. 터널을 지나다 보니 천장이 둥근 곳도 있고 단단한 바위를 깎아 만든 곳도 있었다. 넌더리가 날 만큼 먼 길을 걸었다. 마침내 저쪽 어귀에서 어슴푸레한 빛이 나타났다. 오소리는 서둘러 작별 인사를 하며 그들을 밖으로 떠밀었다. 덩굴 식물을 비롯해 나무 덤불, 마른 낙엽 등 모든 것이 자연스러워 보였다. 오소리는 오던 길로 곧장 되돌아갔다.

물쥐와 두더지와 수달은 우거진 숲의 맨 끝에 서 있었다. 뒤쪽에는 바위와 검은딸기나무와 온갖 나무뿌리가 마구 뒤엉킨 상태였고, 눈앞에는 고요한 들판이 펼쳐져 있었다. 들판 주변은 까만 산울타리만 빼고는 온통 하얀 눈밭이었으며, 저 멀리 꽤 익숙한 강이 반짝이는 게 보였다. 붉은 겨울 해는 지평선에 낮게 걸려 있었다. 길이란 길은 전부 다 아는 수달이 앞장서자 다 같이 한 줄로 걷기 시작했다. 잠시 멈춰서 뒤돌아보니 우거진 숲이 멀리 보였다. 하얀 눈밭 사이로 나무가 빽빽이 우거진 숲은 무시무시하고 우울해 보였다. 세 친구는 다시 집을 향해 발걸음을 서둘렀다. 따뜻한 난롯불과 익숙한 물건들, 창밖에서 들리는 활기찬 목소리들, 놀랄 일 없이 항상 편안함을 주는 강을 향해서.

두더지는 익숙하고 기분 좋은 것들이 가득한 집으로 돌아갈 생각에 발걸음이 더 바빠졌다. 이번 일로 분명히 깨달았다. 자신은 갈아 놓은 들판, 산울타리와 어울리는 동물이라는 것을.

쟁기로 일궈 놓은 고랑, 생기 가득한 초원, 해질 무렵의 시골길, 잘 가꾸어진 텃밭과 잘 어울린다는 것을. 물론 자연 속에서 살다 보면 가혹한 일도 때로 있고, 꿋꿋하게 참아야 할 때도 있으며, 서로 부딪히는 일도 많으리라. 그렇기에 눈앞에 펼쳐진 즐거운 그 공간 속으로 지혜롭게 따라갈 것이다. 평생 즐거운 모험이 가득한 그곳으로.

05

즐거운 나의 집

양들이 옹기종기 모여 있었다. 고개를 젖힌 채 좁은 콧구멍으로 숨을 내뿜으며 가느다란 앞발로 울타리를 넘었다. 우리에서는 하얀 김이 피어올랐다.

두 친구는 몹시 기분 좋은 듯 웃고 떠들며 발걸음을 재촉했다. 하루 종일 수달과 함께 널따란 고지대를 돌아다니며 놀다가 오는 중이었다. 그들은 자기들이 사는 강으로 이어진 여러 갈래의 시냇물이 있는 곳에서 출발한 터였다. 짧은 겨울 해가 벌써 지기 시작해서 주변이 어둑어둑해졌지만 아직 갈 길이 멀었다.

그들은 아무 밭이나 가로질러 걷다가 양 떼 소리가 들려오자 그쪽으로 갔다. 우리를 지나니 잘 다져져서 훨씬 걷기 편한 산

길이 나왔다. 과연 그 길이 맞는지 의구심이 들었지만 모든 동물이 그렇듯 '그래, 이 길이 맞아. 이 길로 가면 집이 나올 거야!' 라고 당연히 생각했다.

"왠지 인간들의 마을로 들어가고 있는 것 같아."

두더지가 걸음을 늦추며 미심쩍은 듯이 말했다. 어느새 오솔길로 변해 버린 산길은 시골길이 되더니 급기야 자갈 깔린 도로가 나왔다. 마을이나 공공 도로는 어디에나 많이 있었지만 동물들은 그것들과 잘 맞지 않았다. 그래서 교회나 우체국, 술집 같은 것들을 무시하고 외진 길로만 다녔다.

물쥐가 말했다.

"그래도 괜찮아! 매년 이맘때쯤에는 사람들이 집 안에서 가만히 지내거든. 남자고 여자고 어린아이고 가릴 것 없이 개나 고양이까지 난롯가에 모여 앉아 있어. 신경 쓰이거나 기분 나쁜 일 없이 무사히 지나갈 수 있을 거야. 원한다면 사람들이 뭘 하는지 창문으로 구경해도 돼."

12월 중순이라 어둠이 작은 마을에 금방 깔렸다. 두 친구는 가루처럼 가볍게 흩날리는 눈을 살금살금 밟았다. 어둑해서 주위가 잘 보이지 않았지만, 길가에 쭉 서 있는 오두막집마다 여닫이창으로 새어 나오는 다홍빛의 난롯불과 등잔불이 그나마 어둠을 밝혀 주었다. 격자 모양의 창문에는 대부분 가리개가 없어서 안이 들여다보였다. 집 안에 있는 사람들은 테이블에 둘러앉아 차를 마시거나 손짓과 함께 웃으며 이야기를 나누고 있었다. 아무리 훌륭한 배우라도 흉내 낼 수 없을 만큼 행복한 표정이었다. 누가 보고 있다는 것을 모를 때에만 나올 수 있는 정말로 자연스러운 행동이었다. 두 친구는 관객이 되어 이 극장에서 저 극장으로 옮겨가며 구경했다. 아직 자신들의 집까지는 멀었다. 주인이 고양이를 쓰다듬어 주거나, 졸린 아이를 안아서 침대로 옮기거나, 피곤한 남자가 기지개를 켜며 불타는 통나무 끝에 파이프를 두드리는 모습을 볼 때마다 둘의 눈에는 부러움이 가득했다.

하지만 집의 분위기를 가장 잘 느껴지게 한 것은 어둠 속에서 얇은 커튼을 쳐서 속이 훤히 비치는 작은 창문이었다. 그곳은 작은 커튼으로 피곤한 자연 세계를 차단한 벽 너머의 세상이었다. 하얀색 커튼 가까이에 새장의 윤곽이 뚜렷하게 보였다. 창살과 횃대를 비롯해 모든 것들을 알아볼 수 있었다. 어제 먹다 남긴, 가장자리가 뭉툭해진 설탕 덩어리까지 보였다. 횃대 가운데에는 새가 몸을 웅크리고 앉아 있었다. 쓰다듬으려고 하면 할 수도 있을 정도로 가까웠다. 얇고 환한 커튼에 불룩한 깃털의 끝부분이 비쳐 보였다. 졸린 새는 불편한 듯 몸을 움직이더니 부르르 떨면서 고개를 들었다. 지루한 듯 조그만 부리를 연신 벌리며 하품하는 모습도 보였다. 곧이어 새는 두리번거리다 꾸벅꾸벅 머리를 숙였고 흐트러진 깃털도 차츰 차분히 가라앉았다. 그때 목덜미로 세찬 바람이 불어와 차디찬 진눈깨비가 몸에 닿으면서 두 친구는 꿈에서 깨어나듯 정신이 번쩍 났다. 집까지 가려면 한참 멀었는데, 발가락이 얼얼했고 다리가 아파왔다.

마을을 벗어나자 오두막집들이 전부 사라졌다. 다시 어둠 속에서 길 양쪽으로 익숙한 들판 냄새가 났다. 그들은 마지막으로 마음을 굳게 먹기 시작했다. 집을 향한 발걸음은 언젠가 끝나게 되어 있다. 멀리 여행을 떠났다가 문을 덜컹 열고 들어가면 훅 밀려드는 따뜻한 난롯불과 온갖 익숙한 것들이 맞이해줄 것이다. 두 친구는 각자 생각에 잠긴 채 말없이 걸었다. 두더지의 생각은 대부분 저녁밥에 관한 것이었다. 사방이 깜깜한

데다 두더지에게는 낯선 시골길이었으므로 순순히 물쥐 뒤를 따라갔다. 물쥐는 평소 습관대로 약간 앞서서 걷고 있었다. 어깨를 한껏 올리고 앞에 나 있는 잿빛 길로 시선을 고정했다. 그래서 두더지가 갑자기 자기를 부르는 신호를 느끼고 감전된 것처럼 깜짝 놀랐을 때도 물쥐는 전혀 눈치채지 못했다.

사실 사람들은 이미 오래전에 몸으로 감지되는 예민한 감각을 잃어버렸다. 따라서 동물들이 주변 환경이나 생물체와 소통을 주고받을 때 가리키는 마땅한 표현조차 없다. 예를 들어 동물끼리 밤낮으로 코에 대고 속삭이는 부름이나 경고, 격려나 거부 같은 섬세한 행위를 할 때도 사람들은 그저 하나같이 '냄새 맡는다'는 정도로만 표현할 뿐이다. 어둠 속에서 두더지에게 다가온 그 무엇도 그런 신비스러운 요정의 부름이었다. 주체할 수 없을 만큼 강렬한 흥분이 몰려왔다. 익숙한 느낌인 것 같지만 정확히 무엇인지는 알 수 없었다. 두더지는 갑자기 멈춰 서서 여기저기 코를 쿵쿵거리며 강렬한 충격을 일으킨, 어떤 가는 선이나 전류를 찾으려고 애썼다. 잠시 후 그 느낌이 또다시 느껴졌다! 이번에는 기억도 함께 홍수처럼 몰려왔다.

집! 이 느낌이 의미하는 것은, 바로 집이었다. 눈에 보이지 않는 작은 손이 부드럽게 어루만지면서 그를 잡아당겼다. 처음 강을 발견한 날, 서둘러 떠나는 바람에 다시는 찾지 않았던 옛집이 아주 가까이에 있는 것이 분명했다. 그 집이 그를 붙잡아 붙러들이려고 심부름꾼을 보낸 것이다. 햇살이 환하게 빛나던 날 아침, 집을 나온 이후 두더지는 집 생각을 거의 하지 않았다. 즐거움과 놀라움, 신선하고 멋진 일들로 가득한 새로운 생활에 푹 빠져 있었다. 그런데 지금, 어둠 속에서 옛 기억이 몰려와 그 앞에 당당하게 펼쳐져 있었다. 초라하고 좁고 살림살이도 별로 없지만 그가 직접 만든 집이었고, 지친 하루 일과를 끝내고 돌아와 행복함을 느끼던 집이었다. 그 집도 두더지와 함께해 행복했고, 두더지를 그리워했으며, 다시 돌아오기를 바라고 있었다. 집은 두더지의 코를 통해 슬픔과 원망을 전했지만 화를 내지는 않았다. 그저 집은 여전히 그 자리에 있고 주인이 돌아오기를 바란다는 사실만 일러줄 뿐이었다.

의심할 여지없는 확실한 부름이었다. 곧바로 부응해야만 했다. 두더지가 기쁨과 흥분에 겨워 소리쳤다.

"물쥐야, 잠깐만! 이리 와봐, 얼른!"

"빨리 따라오기나 해, 두더지. 어서!"

물쥐는 여전히 앞장서 걸으면서 호기롭게 대답했다.

가여운 두더지는 애원하듯 소리쳤다.

"제발 멈춰 보라고, 물쥐야! 넌 몰라! 집! 그래, 내 옛집 말이야! 방금 냄새를 맡았어. 여기서 아주 가까워. 나 집에 꼭 가고 싶어. 아니, 반드시 가 봐야 해! 이리 좀 와, 물쥐야! 제발 다시 와봐!"

하지만 물쥐는 이미 꽤 앞서 있어서 두더지가 부르는 소리를 제대로 듣지 못했다. 당연히 간절하게 애원하고 있다는 것도 알 아차릴 수 없었다. 물쥐는 지금 날씨에 대해 골똘히 생각하고 있었다. 곧 눈이 내릴 것 같은 냄새가 났기 때문이다.

물쥐가 소리쳤다.

"두더지, 지금은 절대로 멈추면 안 돼! 네가 뭘 찾았는지는 모르겠지만 내일 다시 와 보자. 여기서 멈출 수 없어. 너무 늦은데다 또 눈이 내릴 거란 말이야. 난 길도 확실히 잘 몰라. 네가 냄새를 맡아 줘야 하니까 얼른 와, 좋은 친구야!"

물쥐는 두더지의 대답을 기다리지 않고 곧장 더 가 버렸다.

두더지는 길 한가운데에 멈춰 섰다. 가슴이 갈가리 찢어지고 뱃속 깊은 곳에서부터 울분 같은 것이 새어 나왔다. 하지만 이런 상황에서도 두더지는 친구에 대한 의리만큼은 확고했다. 두더지는 물쥐를 버리고 되돌아가야겠다는 생각을 단 한순간도 하지 않았다. 여전히 옛집의 냄새가 날아와 속삭이며 그의 마음을 억지로 돌리려고 마법을 부렸지만, 두더지는 그 속에 그리 오래 머무르지 않았다. 마음이 찢어질 듯 아팠는데도 앞만 보며 물쥐를 따라가기 시작했다. 냄새는 아직도 희미하게 코끝을 맴돌며, 새 친구를 사귀고 나더니 무정하게 집을 잊어버린 거냐며 두더지를 나무랐다.

두더지는 아무것도 모르는 물쥐를 따라잡으려고 애썼다. 점

점 거리가 좁혀지자 물쥐는 두더지에게 집에 가면 뭘 할지, 응접실 벽난로가 얼마나 따뜻할지, 저녁밥으로 뭘 먹을지 신나게 말하기 시작했다. 친구가 말이 없고 괴로워한다는 사실을 전혀 눈치 채지 못했다. 꽤 오래 걷고 나서 잡목림 끄트머리에 있는 나무 그루터기를 지날 때에야 물쥐는 걸음을 멈춘 채 다정하게 말을 걸었다.

"두더지야, 너 많이 피곤해 보이는구나. 한마디 말도 없이 발을 납처럼 끌고 걷네. 잠시 여기 앉아서 쉬자. 다행히 아직까지 눈이 내리지는 않았고, 이제 우리의 여정도 거의 끝나가니까."

두더지는 쓸쓸하게 그루터기에 주저앉아 금방이라도 새어 나올 것 같은 흐느낌을 참으려고 애썼다. 오랫동안 억눌렀건만 감정이 쉬이 물러가지 않았다. 그것은 급기야 뱃속 깊은 곳에서부터 점점 올라오더니 밖으로 터져 나오고야 말았다. 가여운 두더지는 마침내 포기한 듯 실컷 울어 버렸다. 이제 모든 게 끝났다는 것을, 찾았다고 할 수도 없는 그것을 완전히 잃어버렸다는 것을 누구보다 잘 알고 있었다.

물쥐는 목 놓아 슬피 우는 두더지를 보고 깜짝 놀라서 한동안 입을 떼지도 못했다. 그러곤 한참 후에야 위로하듯 조용하게 말했다.

"왜 그래, 친구? 무슨 일이야? 무슨 일인지 말해 봐. 내가 도울 수 있을 거야."

두더지는 말하기가 몹시 힘들었다. 계속 어깨를 들썩이며 우느라 말이 나오려다가 막혔다. 꺼이꺼이 흐느끼면서 힘들게 뚝뚝 끊으며 말했다.

"초라하고 우중충하지만, 아늑한 네 집이나 두꺼비의 대저택이나 오소리의 멋진 집하곤 다르지만, 어쨌든 내 작은 집이야. 내가 정말 좋아한 집이었는데…… 그동안 완전히 잊고 있었어. 그런데 갑자기 집 냄새가 났어. 아까 길에서 내가 그렇게 불러 댔는데도 넌 듣지 않더라. 그때 한꺼번에 모든 기억이 몰려왔고 난 집에 가고 싶었어. 아아, 물쥐 네가 돌아보지 않아서, 냄새가 계속 났지만 난 그냥 앞으로 가야만 했어. 가슴이 찢어지는 것 같았지. 잠깐 가서 보고만 왔어도 됐을 텐데…… 물쥐, 네가 한 번만 돌아봤어도…… 아주 가까운 곳에 있었단 말이야. 근데 넌 돌아보지 않았어. 돌아보지 않았다고! 아아!"

두더지는 그 느낌이 다시 떠올랐는지 주체할 수 없을 정도로 심하게 흐느끼며 더 이상 말을 잇지 못했다.

물쥐는 말없이 허공만 멀뚱히 쳐다보면서 두더지의 어깨를 가만히 두드려 줄 뿐이었다. 잠시 후 우울한 목소리로 중얼거렸다.

"이제 알겠어, 내가 돼지처럼 못되게 굴었다는 걸! 난 돼지 같아. 멍청한 돼지라고!"

물쥐는 두더지의 흐느낌이 조금씩 가라앉을 때까지 기다렸다. 시간이 좀 흐르자 두더지는 안정이 됐는지 간간이 코만 훌

찍였다. 물쥐가 자리에서 일어나 태평하게 말했다.

"자, 이제 그만 가자. 친구야!"

그러면서 물쥐는 지금까지 고생스럽게 걸어온 길로 다시 출발했다.

"대체 어디로, 흑흑, 가는 거야, 흑흑, 물쥐야?"

눈물이 아직 그렁그렁한 채로 두더지가 놀라서 물었다.

물쥐가 쾌활하게 대답했다.

"어디긴? 네 집 찾으러 가는 거지. 친구야, 그러니까 빨리 따라오는 게 좋을 거야. 집을 찾으려면 시간이 걸릴 테고 네 코도 꼭 필요하니까!"

두더지가 황급히 일어나 쫓아가며 소리쳤다.

"돌아와, 물쥐야! 소용없는 짓이야! 너무 늦었고 인제 깜깜하잖아. 그리고 너무 멀리 왔어. 곧 눈도 올 거야. 그리고…… 너한테 다 말할 생각은 아니었는데, 어쩌다 보니 감정이 복받쳐서 아까 실수로 그렇게 된 거야. 강둑을 생각해 봐. 맛있는 저녁밥도!"

그러자 물쥐가 진심으로 대답했다.

"강둑하고 저녁밥은 나중으로 미루자. 지금은 밤을 새서라도 네 집을 찾을 거야. 그러니까 힘내라고, 친구! 내 팔을 잡아. 금방 찾아갈 수 있어."

두더지는 코를 훌쩍거리며 마지못해 물쥐의 손에 끌려갔다.

물쥐가 즐겁게 이야기보따리를 풀어놓자 두더지는 곧 기운을 되찾았고 기나긴 길도 왠지 짧게 느껴졌다. 어느새 물쥐가 발걸음을 멈추었다. 아까 두더지가 얼핏 "멈춰 서!"라고 말했던 곳 같았다.

"자, 이제 말은 그만하자. 진짜 일을 해야지. 코에 정신을 집중해!"

두 친구는 조용히 주변을 조금 더 걸었다. 그때, 물쥐는 두더지와 팔짱 낀 팔에서 짜릿한 전류 같은 것을 느꼈다. 그는 곧바로 팔을 빼고 뒤로 물러나 온 정신을 집중한 채 기다렸다.

신호였다! 신호가 오고 있었다!

두더지는 한동안 뻣뻣하게 서서 코를 치켜든 채 냄새를 킁킁 맡았다. 살짝 몸이 떨려 왔다. 재빨리 조금 달려갔다가 멈춰 서더니 다시 확신에 찬 듯 꾸준하게 앞으로 나아갔다.

물쥐는 잔뜩 흥분해서 두더지의 뒤를 바짝 따라갔다. 두더지는 꼭 몽유병에 걸린 것처럼 메마른 도랑을 건너고 산울타리를 스르르 지나쳤다. 코가 이끄는 대로, 희미한 별빛 아래 길도 없이 탁 트인 들판을 향해 나아갔다.

그때 갑자기 두더지가 땅속으로 뛰어들었다. 물쥐는 경계를 늦추지 않고 잠시 후 터널로 따라 들어갔다.

터널 안은 좁고 답답하고 흙냄새가 강하게 풍겼다. 길게만 느껴지던 시간이 지나고 터널 끝에 도착하자 물쥐는 몸을 일으켜 크게 기지개를 켜면서 흔들었다. 두더지가 성냥불을 피웠다. 불빛 덕분에 탁 트인 공간에 와 있다는 것을 알 수 있었다. 바닥은 말끔하게 청소가 돼 있었고 모래가 얕게 흩뿌려져 있었다. 그리고 바로 정면에 굵은 글씨체로 '두더지네 집'이라고 적힌 작은 현관이 있었다. 문 옆에는 초인종 줄이 보였다.

두더지가 벽에 걸린 등을 꺼내어 불을 붙였다. 물쥐는 주변을 둘러보고 이곳이 앞마당이라는 것을 알았다. 문 한쪽에는 정원용 의자가 있었고, 다른 쪽에는 땅 고르는 기계가 보였다. 두더지는 집 안 정리정돈을 잘하는 덕에, 다른 동물들이 땅을 차서 흙더미가 쌓이는 것을 그냥 놔두고 보지 못했다. 벽에는 고사리가 담긴 철사 바구니와 가리발디, 어린 사무엘, 빅토리아 여왕, 근대 이탈리아 영웅들의 석고상이 번갈아 걸려 있었다. 앞마당 한쪽에 마련된 볼링장을 따라 맥주잔 자국이 동그랗게 새겨진 테이블들과 벤치들이 쭉 놓여 있었다. 앞마당 한가운데 있는 둥근 연못에는 금붕어들이 한가로이 헤엄치고 다녔다. 연못 가장자리에는 조개껍데기들이 죽 놓여 있었고, 그 중앙에는 더 많은 껍데기로 뒤덮인 구조물이 솟아 있었다. 구조물 위에 놓인 유리공이 사방을 일그러지게 비춰서 즐거움을 선사했다.

익숙하고 소중한 것들을 보자 두더지의 얼굴이 한껏 밝아졌다. 서둘러 물쥐를 집 안으로 들인 두더지는 복도의 등불을 밝히고 나서 옛집을 한 번 휘 둘러보았다. 오랫동안 방치해 둔 탓인지 사방에 먼지가 쌓여 칙칙함 그 자체였다. 좁고 초라한 공간에 낡은 물건들. 두더지는 복도 의자에 털썩 주저앉아 앞발에 얼굴을 묻었다.

"아, 물쥐야! 내가 무슨 짓을 한 걸까? 뭐 하러 이런 한밤중에 초라하고 추운 집으로 널 데리고 왔을까? 넌 지금쯤이면 멋진 것들로 가득한 강둑에 있는 집에서 활활 타오르는 난롯불에 발을 녹이고 있어야 하는데!"

물쥐는 두더지의 애처로운 자책에도 전혀 신경 쓰지 않았다. 여기저기 분주히 뛰어다니며 문도 열어 보고 방과 찬장도 들여다보더니 등과 초에 불을 붙여 곳곳에 올려놓았다. 그리고 밝은 목소리로 말했다.

"정말 멋진 집이구나! 아담하고 설계가 참 잘됐어! 있을 게 다 있고, 모든 게 제자리에 딱 들어가 있잖아. 오늘 밤 여기서 즐겁게 보낼 수 있겠다. 지금 제일 필요한 건 따뜻한 불이야. 그건 내가 알아서 할게, 난 항상 어디에 뭐가 있는지 잘 아니까. 여기가 응접실 맞지? 정말 훌륭해! 벽에다 작은 침상을 만들어 단 건 네 아이디어니? 대단해! 내가 나무랑 석탄을 좀 가져올 테니까 두더지 너는 걸레를 가져와. 식탁 서랍에 아마 있을 거야. 걸레로 여기저기 좀 닦아 봐. 어서 서둘러, 친구!"

물쥐의 활기 넘치는 모습에 두더지도 기운이 솟았다. 곧 일어

120

나 걸레를 찾아서는 열심히 청소하기 시작했다. 한편, 물쥐는 땔감을 한가득 들고 여기저기 바쁘게 움직였다. 이내 굴뚝을 타고 연기가 피어올랐다. 물쥐는 두더지에게 어서 와서 불을 쬐라고 말했다. 하지만 별안간 또다시 절망에 빠진 두더지는 소파에 주저앉아 들고 있던 걸레에 얼굴을 파묻었다.

"춥고 배고프고 지친 내 친구 물쥐…… 네 저녁밥은 어쩌면 좋지? 너한테 줄 게 아무것도 없어. 빵부스러기조차!"

그러자 물쥐가 나무라듯 말했다.

"넌 정말 너무 쉽게 포기하는구나! 방금 부엌 찬장에서 정어리 통조림 따개를 봤어. 그건 어딘가에 정어리 통조림이 있다는 뜻이겠지? 얼른 일어나! 같이 가서 찾아보자."

두 친구는 그 길로 부엌에 가서 찬장과 서랍을 전부 뒤졌다. 결과는 나쁘지 않았다. 정어리 통조림 하나, 거의 꽉 차 있는 비스킷 한 통, 은박지에 싼 큰 소시지를 발견했기 때문이다.

물쥐가 식탁을 차리면서 말했다.

"만찬이 따로 없네! 오늘 우리랑 같이 저녁 식사를 하자고 하면 귀가 솔깃할 동물들도 아마 있을걸!"

하지만 두더지는 애처롭게 말했다.

"빵이 없잖아. 버터도 없고 또……."

그러자 물쥐가 싱긋 웃었다.

"그래, 거위 간도 없고 샴페인도 없지. 아, 그러니까 생각났는데 터널 끝에 있는 작은 문은 뭐야? 당연히 지하 저장고겠지? 이 집에는 호화로운 게 전부 다 있구나! 잠깐만 기다려."

말을 마친 물쥐는 지하 저장고로 갔다. 잠시 후 먼지투성이 맥주병을 앞발로 들고 양쪽 겨드랑이에 하나씩 긴 채 나타났다.

"두더지야, 정말 넌 아무것도 가진 게 없다고 생각하는구나. 하지만 인정하라고. 이 집은 내가 가 본 곳 중에서 가장 즐거운 집이거든! 그나저나 저 그림은 어디서 났니? 집 안 분위기를 편안하게 만들어 주네. 두더지 네가 좋아할 만하구나. 이 집에 대해서 전부 다 말해 줘. 어떻게 이런 집을 꾸미게 됐는지 말이야."

물쥐가 바쁘게 접시와 나이프와 포크를 가져오고 달걀 그릇에 겨자를 섞는 동안, 두더지는 여전히 감정이 북받쳐 있었다. 그리고 처음에는 약간 수줍은 듯 말하기 시작하더니 점차 얼굴에 활기를 띠었다. 이건 어떻게 계획했고 저건 어떻게 생각해 냈는지, 이건 숙모한테서 얻은 횡재한 물건이고 저건 어디서 싸게 건진 물건인지, 또 어떤 게 먹는 것까지 아껴가면서 힘들게 저축한 돈으로 산 것인지 말했다. 마침내 완전히 기운을 차린 두더지는 저녁 식사도 까맣게 잊어버린 채 집 안의 물건들을 쓰다듬기 시작했고, 등불을 들고 다니며 물쥐에게 꼼꼼히 설명해 주었다. 물쥐는 너무 배가 고팠지만 내색하지 않으려고 애썼다. 진지한 표정으로 고개를 끄덕이거나 눈썹까지 찡그려가며 물건들을 자세히 살폈다. 이따금씩 "굉장해!"라거나 "놀라워!" 같은 감탄사도 추임새처럼 넣었다.

한참 지나 물쥐는 두더지를 식탁 근처로 데려가는 데 성공했다. 그리고 열심히 정어리 통조림을 따고 있는데, 앞마당에서 무슨 소리가 들렸다. 작은 발로 자갈 위를 걷는 소리와 소곤소곤 알 수 없게 중얼거리는 소리 같았다. 이따금씩 알아들을 수 있는 말도 있었다.

"아니, 모두 한 줄로…… 등불을 약간 들어 올려, 토미. 먼저 목청을 가다듬고 내가 하나, 둘, 셋이라고 한 다음에는 기침을 하면 안 돼. 꼬마 빌은 어디 있지? 야, 빨리 와! 모두 기다리고 있잖아……."

"무슨 일이지?"

물쥐가 하던 일을 멈추고 물었다.

두더지가 약간 자랑스러워하며 대답했다.

"들쥐들일 거야. 매년 이맘때쯤에는 크리스마스캐럴을 부르며 돌아다니거든. 이 근처에서는 아주 유명해. 우리 집은 그냥 지나치는 법이 없었어. 두더지네 집은 꼭 마지막에 들르지. 내가 따뜻한 음료는 물론이고 형편이 될 때는 저녁 식사를 대접한 적도 많았으니까. 들쥐들의 노래를 들으면 옛날로 돌아간 기분이 들 거야."

"나가서 보자!"

물쥐는 벌떡 일어나 문으로 달려갔다.

문을 활짝 열자 겨울에 잘 어울리는 멋진 풍경이 나타났다. 희미한 등불이 비추는 앞마당에 여덟에서 열 마리 정도 되는 작은 들쥐들이 반원 모양으로 둥글게 서 있었다. 목에는 털실로 짠 빨간색 목도리를 두르고, 앞발은 주머니에 깊숙이 찔러 넣은 모습이었다. 그리고 추위를 물리치려는지 모두가 발을 동동 구르고 있었다. 그들은 반짝이는 구슬 같은 눈으로 서로 수줍게 쳐다보며 살짝 키득거리기도 하고 코를 쿵쿵대며 코트 소매 자락에 문지르기도 했다. 문이 열리길 기다렸다는 듯 등불을 든 나이 많은 들쥐가 "자! 하나, 둘, 셋!" 하고 외쳤다. 동시에 들쥐들의 가늘고 귀여운 목소리가 울려 퍼졌다.

그들이 부르는 캐롤은 조상들이 아주 오래전 겨울에 서리로 인해 땅이 쉬고 있을 때나 굴뚝 한 구석이 눈으로 막혔을 때 지은 것이었다. 그 노래가 지금까지 전해져 내려와 등불 밝힌 크리스마스의 거리에서 불리고 있었다.

캐럴

마을 사람들아, 너무나 추운 이 계절
문을 활짝 열어라!
바람과 눈이 들어오겠지만
우리를 난롯가로 데려가라
그대들은 아침에 기쁨을 맞이하게 되리!

진눈깨비 내리는 밖에 서서
손을 호호 불고 발을 동동 구르며
멀리서 인사하러 왔으니
그대들은 난롯가에 있고, 우리는 길가에 있네
아침이면 그대들은 기쁨을 맞이하게 되리!

밤이 절반이나 지나고
별 하나가 우리를 인도하니
축복이 빗물처럼 쏟아지고
내일을 축복하고 또 축복하라
매일 아침 기쁨이 찾아오게 되리!

착한 요셉이 눈을 헤치고 가다가

마구간에 뜬 별을 보았네
마리아가 더 멀리 갈 수 없으니
지푸라기와 말구유라도 환영하네!
아침이면 마리아는 기쁨을 맞이하게 되리!

그때 천사의 목소리가 들렸네
"누가 제일 먼저 노엘을 불렀느냐?"
그들이 머문 마구간의 모든 동물들이었네!
아침이면 그들에게 기쁨이 찾아오게 되리!

노래가 끝나자 들쥐들은 수줍은 듯 미소 지으며 서로 곁눈질을 했다. 침묵이 이어졌지만 잠시뿐이었다. 들쥐들이 방금 전에 지나온 터널을 통해서 저 멀리 즐겁게 딸랑거리는 종소리가 희미하게 들려왔다.

물쥐가 진심 어린 목소리로 말했다.

"정말 잘 불렀어, 애들아! 자, 이제 모두 들어와. 난롯불을 쬐고 따뜻한 것 좀 마시자고!"

두더지도 한껏 들떠서 말했다.

"그래! 어서 들어가자, 들쥐들아. 이러니까 진짜 옛날 생각난다. 문을 꼭 닫으렴. 의자를 난롯가로 당기고 잠깐만 기다리면 곧…… 아, 물쥐야!"

두더지가 갑자기 절망에 찬 비명을 내지르며 바닥에 주저앉았다. 금방이라도 눈물이 쏟아질 것만 같았다.

"어쩌면 좋지, 들쥐들한테 대접할 음식이 하나도 없는데?"

하지만 들쥐는 능숙하게 대답했다.

"나한테 맡겨. 거기, 등불 들고 있는 들쥐야! 이리 와봐. 하나만 물어보자. 혹시 늦게까지 여는 가게가 있니?"

들쥐가 공손하게 대답했다.

"네, 있습니다! 크리스마스 무렵에는 모든 가게가 밤새 문을 엽니다."

"그럼 잘 들어라. 지금 당장 등불을 들고 가게로 가서……."

한동안 이야기가 오갔지만 두더지는 드문드문 일부만 들을 수 있었다. "반드시 신선한 걸로!" "아니, 1파운드면 충분해." "난 버긴스 상표가 아니면 안 돼." "거기 없으면 다른 데로 가 봐." "그래, 당연히 깡통에 든 것 말고 집에서 직접 만들 걸로." "자, 그럼 최선을 다하도록!" 같은 말들이었다. 동전을 건네는 쨍그랑 소리가 났고, 들쥐는 물건을 담아오기에 충분해 보이는 바구니와 등불을 들고서 서둘러 출발했다.

나머지 들쥐들은 의자에 옹기종기 앉아 자그만 발을 앞뒤로 흔들며 꽁꽁 언 몸이 녹아서 간질간질해질 때까지 기분 좋게 따뜻한 불을 쬐었다. 두더지는 들쥐들을 편안하게 대화로 끌어 내지 못했다. 갑자기 가족들의 이야기를 하게 했는데, 아직 어 려서 올해 캐럴을 같이 부르러 다니지 못한 수많은 형제들의 이 름이 전부 나왔다. 그들은 곧 부모님의 허락이 떨어질 것이란 기대를 하고 있었다.

그때 맥주병에 붙은 상표를 살펴보느라 바빴던 물쥐가 안도 하는 얼굴로 말했다.

"이건 올드 버튼 상표네! 두더지, 네가 뭘 좀 아는구나! 바로 이거야! 이제 맥주를 데워서 마셔야지. 내가 마개를 딸 테니까 필요한 걸 좀 준비해 줘."

이내 맥주가 데워지자 들쥐들은 모두 맥주를 홀짝였다. 한 모 금 정도로 조금씩만 마셨는데도 강하게 알코올이 퍼져 연신 콜

록콜록 기침을 해댔다. 그들은 목을 캑캑거리며 눈을 비비다가 웃음을 터뜨렸다. 방금 전까지만 해도 몹시 추웠다는 사실을 금세 잊어버렸다.

두더지가 물쥐에게 설명했다.

"이 친구들은 연극도 해. 자기들끼리 직접 극본을 준비하고 공연도 하는 거지. 아주 잘한다니까! 작년에는 정말 멋진 연극을 우리에게 보여 줬었어. 바다에서 해적들에게 잡혀 노 젓는 신세가 된 들쥐에 관한 이야기였는데, 결국 어찌어찌 탈출해서 집에 와 보니 사랑하는 여인이 수녀원에 가 버린 거야. 아참, 너! 너도 그 연극에 나왔었지? 기억난다. 일어나서 대사를 조금만 읊어 봐."

두더지가 가리킨 들쥐가 쑥스러운 듯 킥킥 웃으며 자리에서 일어났다. 그러나 방 안을 쓱 둘러본 들쥐는 그만 입을 꾹 다문 채 얼어 버렸다. 친구들이 옆에서 용기를 북돋워 주고 두더지가 살살 달래며 격려해 주고 물쥐가 다가가 어깨를 툭툭 흔들기까지 했지만, 들쥐는 결국 무대 공포증을 이겨내지 못했다. 모두 끈질기게 설득하고 있을 때, 등불을 들고 나갔던 들쥐가 무거운 바구니를 낑낑 들며 돌아왔다.

바구니에 담긴 것들이 식탁 위에 펼쳐지자 더 이상 연극 이야기는 나오지 않았다. 물쥐의 지휘 아래 모두 일사분란하게 움직이거나 뭔가를 가져오기 바빴다. 이내 저녁 식사가 준비되었다. 마치 꿈꾸는 기분으로 두더지는 식탁의 머리 부분에 앉았다. 방금 전까지만 해도 텅 비었던 식탁에 맛있는 음식이 푸짐하게 차려지는 모습을 보았다. 한 치의 망설임 없이 음식을 향해 달려드는 어린 친구들의 환한 얼굴을 보며 두더지는 집으로 돌아와 정말 다행이라는 생각을 했다. 두더지도 몹시 배가 고팠으므로 마법처럼 준비된 음식을 먹기 시작했다.

저녁 식사를 하며 지난 일들에 대해 이야기를 나눴다. 들쥐들은 두더지에게 최근까지 있었던 일들을 전해 주었다. 쉴 새 없이 이어지는 두더지의 질문에도 기꺼이 대답해 주었다. 반면 물쥐는 별말이 없었다. 손님들에게 더 필요한 게 없는지 살피고 두더지가 또 좌절하지는 않는지 신경 쓸 뿐이었다.

마침내 소란스런 식사가 끝났다. 모두 고마운 마음으로 크리스마스 인사를 서로 주고받았다. 들쥐들의 겉옷 주머니에는 집에 있는 어린 동생들을 위한 선물이 가득 담겼다. 손님들이 전부 나가고 다시 문이 닫혔다. 들쥐가 들고 가는 등불이 흔들거리며 쨍그랑대는 소리도 점점 멀어져 갔다. 물쥐와 두더지는 불을 더 피웠다. 난롯불 가까이 의자를 끌어다 맥주를 마시며 기나긴 하루에 대해 이야기했다. 마침내 물쥐가 하품을 하면서 말했다.

"두더지야, 난 이제 쓰러질 지경이야. 그냥 졸린 게 아닌 것 같아. 저쪽이 네 침대니? 그럼 나는 이쪽 침대에서 잘게. 이 집은 정말로 멋져! 모든 게 잘 정리돼 있다니까!"

물쥐는 침대로 올라가 온몸을 담요로 감쌌다. 그러고는 마치 수확기 속으로 빨려 들어가는 보리처럼 잠에 빠져들었다.

두더지도 피곤했던 터라 곧바로 베개에 머리를 뉘었다. 눈을 감기 전에 방 안을 한 번 쓱 둘러보았다. 은은한 빛을 내며 넘실대는 난롯불과 오래전부터 자신의 일부가 되어 버린 익숙한 물건들을 부드럽게 바라보았다. 그 물건들은 앙심 같은 건 품지 않고 웃으면서 두더지를 다시 받아 주었다. 이제 두더지는 노련한 물쥐 덕분에 한결 평온한 기분 상태가 되어 있었다.

주위에 보이는 모든 것들이 얼마나 평범한지 알게 되었다. 하지만 그 모든 것들이 얼마나 큰 의미가 있으며 특별한 가치가 있는지도 분명히 알게 되었다. 두더지는 새로운 생활과 햇살과 공기로 가득한 아름다운 장소들을 버리고 다시 땅속 집으로 기어들어 와 지내고 싶진 않았다. 바깥세상은 매우 강렬한 곳이었다. 이곳에 있어도 여전히 두더지를 부르고 있었다. 두더지는 더 넓은 세상으로 가야만 한다는 것을 알고 있었다. 그래도 이렇게 돌아올 곳이 있다고 생각하니 기분이 한없이 좋았다. 돌아온 그를 반갑게 맞아 준 집, 언제든지 환영받을 수 있는 집이 있다는 사실이.

06

두꺼비 씨

화창한 초여름 아침, 강은 평소와 다름없는 모습이었다. 뜨거운 태양은 사방을 초록색으로 우거지게 만들었고, 마치 줄이라도 잡아당기듯 땅에 난 것들을 삐죽 솟아나게 했다. 두더지와 물쥐는 새벽부터 일어나 뱃놀이의 계절을 앞두고 분주하게 움직였다. 배에 페인트와 광택제를 칠하고, 노를 고치고, 방석을 가다듬고, 사라진 갈고리를 찾느라 무척 바빴다. 그러고는 응접실에서 아침을 먹으며 그날의 계획을 의논하고 있는데 누군가 문을 두드렸다.

계란을 먹느라 정신 팔린 물쥐가 말했다.

"에잇, 누구지? 두더지야, 넌 다 먹었으니까 네가 좀 나가 봐 줄래?"

누가 왔는지 두더지가 확인하러 나갔다. 곧이어 두더지의 탄성이 들려왔다. 두더지가 응접실 문을 홱 열어젖히더니 매우 중요한 일이라는 듯 소리를 질렀다.

"오소리 아저씨야!"

오소리가 정식으로 그들을 찾아오다니 정말로 놀라운 일이었다. 그들이 아니라 그 누구라도 마찬가지였다. 오소리는 누군가를 찾아가는 쪽이 아니었으므로 만나고 싶으면 이른 아침이나 늦은 저녁에 산울타리를 지날 때 조용히 붙잡는 수밖에 없었다. 아니면, 우거진 숲 한가운데에 있는 그의 집까지 매우 힘들게 찾아가야만 했다.

오소리는 무거운 발걸음으로 뒤뚱뒤뚱 들어오더니 사뭇 진지한 표정으로 물쥐와 두더지를 바라보았다. 물쥐가 계란을 먹던 숟가락을 떨어뜨리고 입을 벌린 채 쳐다보았다.

"때가 됐어!"

마침내 오소리가 엄숙한 목소리로 말했다.

"무슨 때요?"

물쥐가 벽난로 선반에 놓인 시계를 힐끗 보며 불안한 듯 물었다. 그러자 오소리가 대답했다.

"누구를 위한 때냐고 묻는 게 정확하겠지. 두꺼비를 위한 때야. 두꺼비 문제를 처리할 시간이라고! 내가 겨울이 끝나는 대로 그 친구 문제를 직접 해결하겠다고 했잖은가! 오늘 그 친구를 손봐 줄 생각이야."

"맞아요! 당연히 두꺼비를 그냥 놔두면 안 되죠. 야호! 이제 기억나요. 우리가 두꺼비를 정신 차리게 해 줘야죠."

두더지가 신나서 맞장구쳤다.

오소리는 팔걸이의자에 앉으며 말을 이었다.

"어젯밤에 믿을 만한 소식통한테 들었네. 두꺼비 저택으로 오늘 아침, 아주 힘센 새 자동차가 도착한다더군. 살지 안 살지는 보고 결정한다고. 아마도 지금쯤 두꺼비는 평소 무척이나 끔찍이 아끼는 옷을 차려입느라 바쁠 거야. 그만하면 괜찮은 편인데도 그 옷만 걸치면 아무리 예의 바르고 점잖은 동물이라도 발작을 일으킬 정도로 끔찍해진단 말이지. 여하튼 늦기 전에 우리

가 얼른 나서야 해. 자네 둘도 곧장 나하고 같이 두꺼비 저택으로 가서 친구 구출 작전을 시작하자고!"

물쥐가 자리에서 벌떡 일어나며 소리쳤다.

"아저씨 말이 맞아요! 불쌍한 친구를 우리가 구해야죠. 우리가 그 친구를 바꿔놔야 해요. 완전히 변하게 만들 거예요."

그들은 친구를 구하는 임무를 띠고 호기롭게 출발했다. 오소

리가 앞장섰다. 동물들이 여럿이 함께 걸을 때는 아무렇게나 흩어져 걷는 것이 아니라 한 줄로 걷는 것이 현명한 방법이다. 제각각 걸으면 갑자기 어떤 문제나 위험이 발생하더라도 서로 도울 수 없기 때문이다.

두꺼비 저택의 마찻길에 들어서자 과연 오소리의 말대로 반짝반짝 빛나는 엄청 크고 빨간 차가 집 앞에 서 있었다. 두꺼비가 가장 좋아하는 색이었다. 그들이 가까이 다가서자 현관문이 확 열렸다. 고글에 모자, 각반(발목부터 무릎까지 덮는 띠─옮긴이), 큼지막한 코트 차림을 한 두꺼비가 기다란 장갑을 낀 채 거들먹거리며 계단을 내려왔다.

두꺼비는 친구들을 보자 쾌활하게 외쳤다.

"안녕하신가, 친구들! 시간 맞춰 잘 왔어요. 나하고 같이 신나게, 그러니까 신나는……."

그러나 말없이 바라보는 친구들의 심각하고 단호한 표정에 두꺼비는 말끝을 얼버무렸다. 오소리가 성큼성큼 계단을 오르며 다른 동물들에게 엄중하게 말했다.

"저 친구, 집 안으로 데려와!"

물쥐와 두더지가 몸부림치며 반항하는 두꺼비를 거칠게 문 안쪽으로 떠미는 사이, 오소리는 새 차를 가져온 운전사에게 말했다.

"오늘은 그만 가 봐도 될 것 같소, 두꺼비 씨의 마음이 바뀌었으니. 두꺼비 씨한테는 그 차가 필요 없어요. 이미 결정된 일이니 기다리지 말고 그만 가 보시오."

오소리는 나머지 동물들을 따라 집 안으로 들어가며 문을 쾅 닫았다. 모두 복도에 멈춰 섰을 때 오소리가 두꺼비에게 명령했다.

"자, 그럼 이제 우선 그 우스꽝스러운 것들 좀 벗도록 해!"

"싫어요! 왜 이렇게 화를 내는 거예요? 당장 이 상황을 설명해야 할 거예요!"

두꺼비가 기세등등하게 소리쳤다.

그러자 오소리가 간단히 지시했다.

"자네들이 벗기게."

발길질을 하고 온갖 욕을 퍼붓는 두꺼비를 두 친구가 바닥에 눕힌 후에야 겨우 제압할 수 있었다. 물쥐가 두꺼비 위에 올라탔다. 이번엔 두더지가 운전용 장비를 하나씩 벗긴 다음 다시 일으켜 세웠다. 멋들어진 장비들이 전부 벗겨져 나가자 두꺼비의 분통함도 함께 사라진 듯했다. '도로 위의 무법자'가 아니라 원래의 평범한 두꺼비로 돌아왔다. 어떻게 된 영문인지 알겠다는 표정으로 힘없이 킬킬거리더니 그제야 호소하는 눈빛으로 친구들을 차례로 쳐다보았다.

오소리가 엄하게 말했다.

"두꺼비, 자네도 언젠간 이런 날이 올 줄 알았을 거야. 자네는 우리 경고를 무시하고 아버지가 남겨 준 재산을 낭비했어. 난폭 운전을 해서 경찰과 말다툼을 하고, 우리 동물들을 전부 망신시켰지. 독립적인 것도 좋아. 하지만 친구가 도 넘는 바보짓을 하게끔 내버려 둘 수는 없어. 자네는 이미 선을 넘었거든. 여러 모로 좋은 친구니까 너무 심하게 몰아붙이고 싶지는 않네. 다만 정신을 차릴 수 있도록 한 가지만 시도해 볼 참이야. 나하고 같이 흡연실로 가세. 가서 그 방에 들어갈 때와 나올 때 변하는 게 없는지 한번 두고 보자고."

오소리는 두꺼비의 팔을 붙잡고 흡연실로 들어갔다.

"저건 하나도 도움이 안 돼! 두꺼비한테는 말이 안 통한단 말이야. 그 친구가 말로는 뭘 못하겠어?"

물쥐가 업신여기듯 말했다. 물쥐와 두더지는 팔걸이의자에 편히 앉아서 참을성 있게 기다렸다. 흡연실에서는 높아졌다 낮아졌다 하는 오소리의 목소리가 한참 동안 울리듯이 들려왔다. 곧이어 흐느끼는 소리도 중간중간 들리는 듯했다. 분명 두꺼비가 우는 소리 같았다. 두꺼비는 원래 착하고 정 많은 친구라 남의 말을 쉽게 받아들였다. 비록 그때뿐이긴 했지만.

사십 분쯤 지났을까. 문이 열리고 오소리가 근엄한 표정으로 나왔다. 기운이 하나도 없어 보이는 두꺼비를 부축하고 있었다. 두꺼비의 얼굴은 축 처져 있었고 다리는 후들거리고 있었다. 뺨에는 오소리의 말에 감동을 받았던지 눈물 자국이 그대로 나 있었다.

오소리가 의자를 가리키며 친절한 말투로 말했다.

"저기 앉게, 두꺼비! 친구들, 두꺼비가 마침내 자기의 잘못을 깨달았다는 소식을 알리게 되어 기쁘네. 두꺼비는 과거의 잘못을 진심으로 뉘우치고 있어. 자동차는 앞으로 영영 포기하기로 했네. 그 점은 확실히 약속받았지."

"그거 정말 좋은 소식이네요."

두더지가 진지하게 대꾸했다.

하지만 물쥐는 의심스러운 듯 중얼거렸다.

"확실히 잘됐네요. 그런데 만약에 말인데요. 만약에⋯⋯"

물쥐는 두꺼비를 똑바로 쳐다봤다. 두꺼비의 눈빛에는 여전히 슬픔이 묻어났지만, 순간 왠지 반짝거린다는 생각이 들었다.

오소리가 만족스럽다는 듯 말했다.

"할 일이 하나 더 있어. 두꺼비, 방금 흡연실에서 나에게 했던 약속을 여기 친구들 앞에서도 똑같이 엄숙하게 말해 주기를 바라네. 우선, 지금까지의 행동을 후회하고 얼마나 어리석은 짓인지 알게 됐다고 했었지?"

매우 긴 침묵이 흘렀다. 두꺼비는 간절한 눈빛으로 이쪽저쪽을 두리번거렸고, 다른 동물들은 말없이 진지하게 기다렸다. 마침내 두꺼비가 용기 내어 입을 열었다.

"아뇨, 난 후회하지 않아요. 절대로 바보 같은 짓도 아니었어요. 아주 멋진 일이라고요!"

두꺼비가 약간 시무룩하면서도 목소리에 힘을 주어 말했다.

"뭐라고?"

오소리가 아연실색하며 소리쳤다.

"이런 못된 놈 같으니라고! 방금 흡연실에서 했던 말은……."

두꺼비가 성급하게 끼어들었다.

"그래요! 거기에서는 무슨 말이라도 했을 거예요. 오소리 아저씨는 워낙 말솜씨가 뛰어나서 감동적이고 설득력까지 있으니까요. 핵심만 조목조목 짚어내시잖아요. 그러니 당연히 저 안에서는 아저씨 마음대로 할 수 있겠죠. 그런데 나와서 다시 한 번 곰곰이 생각해 봤어요. 사실 나는 조금도 후회되지 않아요. 그런데 어떻게 후회된다고 말하겠어요?"

"그럼 다시는 자동차에 손대지 않는다는 약속도 못하겠군?"

"당연하죠! 오히려 자동차가 눈앞에 보이자마자 부릉부릉 달리겠다고 약속하겠어요."

물쥐가 두더지에게 슬쩍 귀띔했다.

"거봐, 내 말이 맞지?"

오소리가 자리에서 일어나며 말했다.

"그래, 잘 알겠네. 자네가 순순히 말을 듣지 않겠다면 우리도 힘을 쓰는 수밖에. 그렇지 않아도 이렇게 될까 봐 걱정스러웠지. 두꺼비, 자네 우리 셋한테 이 멋진 집에서 같이 지내자는 말을 자주 했었지? 좋아, 지금부터 우리가 여기서 자네랑 함께 지내겠네. 자네가 정신 차리기 전까지는 절대로 가지 않을 거야. 너희 둘은 두꺼비를 위층 침실로 데려가서 가두게. 그 후에 필요한 일을 처리하도록 하지."

두 친구는 발버둥치며 저항하는 두꺼비를 위층으로 끌고 갔다. 물쥐가 친절하게 말했다.

"두꺼비, 다 너를 위한 일이야. 생각해 봐. 네가 이번 일을 잘 헤쳐 나가면 예전처럼 다 같이 즐겁게 지낼 수 있다고!"

두더지도 끼어들었다.

"네가 나아질 때까지 우리가 널 보살펴 줄게. 돈도 지금처럼 펑펑 쓰지 않게 될 거야."

두꺼비를 침실에 밀어 넣으며 물쥐가 덧붙였다.

"경찰이랑 껄끄러운 사건도 생기지 않을 거고."

두더지가 방문을 잠그며 마지막으로 말했다.

"병원에 입원해서 간호사한테 명령받을 일도 없을 거야."

그들이 계단을 내려가자 두꺼비는 열쇠 구멍에 대고 큰소리로 욕을 퍼부었다. 이제 물쥐와 두더지와 오소리는 문제 해결을 위해 머리를 맞댔다.

오소리가 한숨을 내쉬었다.

"생각보다 지루한 과정이 되겠어. 두꺼비가 저렇게 단호한 모습을 보인 건 처음이거든. 그래도 포기해선 안 돼. 한시라도 감시의 눈길을 늦출 수 없어. 두꺼비에게서 해로운 기운이 빠져나갈 때까지 교대하면서 감시하자고."

그들은 곧바로 순서를 정했다. 서로 돌아가면서 두꺼비의 방에서 잤고, 낮에도 시간을 나눠 감시했다. 처음에 두꺼비는 빈

틈없이 감시하는 그들을 몹시 애먹였다. 폭력적으로 변할 때는 침실에 있는 의자들을 꼭 자동차 모양으로 세워 놓고 맨 앞에 올라탄 다음 몸을 숙인 채 앞을 노려보면서 무시무시한 소리를 냈다. 절정에 이르러서는 공중제비를 한 바퀴 돌아 의자들과 함께 바닥으로 쓰러졌다. 그 순간만큼은 매우 만족스러운 표정이었다. 다행히 시간이 흐르면서 끔찍한 발작은 차차 줄어들었다. 친구들은 그의 관심을 새로운 곳으로 돌리려고 애썼다. 하지만 다른 곳에 전혀 흥미를 보이지 않았고, 이제는 힘없이 늘어진 채로 우울한 모습만 늘어갔다.

어느 맑은 날 아침이었다. 물쥐가 두꺼비를 감시할 차례가 되어 위층으로 올라가 오소리와 교대했다. 오소리는 다리를 쭉 펴며 기지개를 켰다. 산속을 걷고 땅속에도 들어가고 싶어서 좀이 쑤셨다. 문 앞에서 오소리가 물쥐에게 당부하며 내려갔다.

"두꺼비는 아직 침대에 누워 있어. 그저 자기를 가만히 내버려 두라고만 하더군. 아무것도 필요 없다고, 조금만 시간이 지나면 좋아질 테니 너무 초조해하지 말라면서. 하지만 조심하게, 물쥐! 두꺼비가 저렇게 조용하고 고분고분할 때는 뭔가 꿍꿍이가 있다는 뜻이니까. 분명 일을 벌일 거야. 난 저 친구를 잘 알지. 그럼 이만!"

방으로 들어간 물쥐는 침대 옆에 다가가 기분 좋게 인사했다.

"오늘은 좀 어때, 친구?"

물쥐는 답이 돌아올 때까지 한참 기다렸다. 마침내 두꺼비 입에서 힘없는 목소리가 흘러나왔다.

"정말 고마워, 물쥐야. 그런 걸 물어봐 주다니 넌 정말 좋은 친구구나. 넌 어떤지 먼저 말해 줄래? 두더지는 또 어때?"

"아, 우리는 그럭저럭 잘 지내. 두더지는 오소리랑 나가서 달리기를 하고 있을 거야. 아마 점심 때나 돌아오겠지. 그동안 너랑 나랑 둘이서 오전 시간을 즐겁게 보내자. 내가 최선을 다해서 널 즐겁게 해 줄게. 이제 그만 벌떡 일어나. 이렇게 좋은 아침에 그렇게 누워만 있으면 안 되지!"

그러자 두꺼비가 작게 중얼거렸다.

"마음씨 좋은 물쥐야, 넌 지금 내 상태가 어떤지 잘 몰라. 난 지금 절대로 '벌떡' 일어날 수가 없어. 하지만 나 때문에 너희들을 고생시키고 싶진 않아. 친구들한테 짐이 되기는 싫거든. 정말이지 더 이상은 너희에게 누를 끼치기 싫다고. 진심이야."

"나도 같은 마음이야. 넌 지금까지 우리를 꽤 성가시게 했거든. 하지만 이제 안 그럴 거라 생각하니까 기뻐. 날씨도 정말 좋고 뱃놀이의 계절도 시작되었잖아. 너도 참 안됐어, 두꺼비야! 좀 고생하는 건 괜찮지만 이것 때문에 우리 모두가 못하는 게 너무 많다고."

물쥐의 말에 두꺼비가 힘없이 말했다.

"난 너희들이 나 때문에 고생하는 것 같아서 걱정스러운걸.

충분히 이해할 수 있어. 당연하겠지. 내가 너무 성가시게 해서 지쳤을 거야. 더 이상 너희들을 힘들게 하면 안 돼. 내가 성가신 존재라는 건 나도 잘 알아."

"그래, 그건 사실이야. 하지만 잘 들어. 난 네가 정신을 차리기만 한다면 어떤 고생이든지 할 거야."

그러자 두꺼비는 여느 때보다 더 힘없이 중얼거렸다.

"네 생각이 그렇다니까 말인데, 물쥐야. 마지막으로 부탁 하나만 할게. 최대한 빨리 마을에 가서 의사를 불러와 줘. 어쩌면 이미 늦었을지도 몰라. 아니다, 신경 쓰지 마. 괜히 고생만 시키는 거니까. 그냥 가만히 놔두는 게 낫겠지."

"왜 갑자기 의사를 불러 달라는 거야?"

물쥐는 가까이 다가가서 두꺼비를 살폈다. 두꺼비는 축 늘어진 채 꼼짝 않고 누워 있었다. 목소리에는 기운이 하나도 남아 있지 않았고 평소와 분위기도 달라 보였다.

두꺼비가 계속 중얼거렸다.

"너도 요즘 눈치 챘겠지만…… 아니야, 그럴 리가 없겠지. 그렇게 눈치 챈다는 것도 신경 쓰이고 성가신 일인데. 내일 넌 '아, 내가 조금만 더 일찍 알아차렸다면, 그랬더라면 좋았을 텐데!' 하고 생각할지도 몰라. 하지만 아니야. 성가신 일일 뿐이지, 뭐. 그냥 못 들은 걸로 해."

물쥐는 약간 불안해지기 시작했다.

"이 친구야, 정말 의사가 필요하다면 당연히 가서 불러다 줘야지. 근데 아직 그렇게까지 상태가 나빠 보이진 않은데…… 우리 그냥 다른 이야기나 하자."

하지만 두꺼비는 여전히 슬픈 미소를 띠며 말했다.

"안타깝게도 이런 '대화'는 이 상황에서 아무런 도움이 안 될 거야. 의사도 마찬가지일 테고. 하지만 지푸라기라도 잡는다는 말이 있잖아. 널 성가시게 하고 싶지는 않지만, 의사를 부르러 갈 때 혹시 변호사 사무실을 지나면 변호사도 이리 불러와 주겠어? 의사하고 변호사를 같이 부르면 훨씬 일이 수월해질 테니까. 살다 보면 힘들고 지치더라도 유쾌하지 않은 일들을 해야만 할 때가 있잖아. 지금이 바로 그때인 것 같아!"

몹시 놀란 물쥐가 속으로 생각했다.

'변호사라고? 저 친구, 상태가 정말 나쁜가 보군!'

물쥐는 서둘러 방에서 나갔다. 하지만 밖에서 문을 잠그는 것은 잊어버리지 않았다.

문밖에 서서 그는 잠시 생각했다. 두더지와 오소리는 멀리 나가 있어서 이 문제를 의논하기에는 너무 늦을 것 같았다. 물쥐가 곰곰이 생각에 잠긴 채 중얼거렸다.

"안전한 쪽을 택하는 게 최선이야. 두꺼비가 혼자 말도 안 되는 착각에 빠져 호들갑을 떤 적은 있었지만 변호사를 불러달라고 한 적은 한 번도 없었어! 정말로 별일 아니라면 의사가 기운

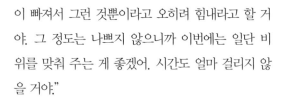

이 빠져서 그런 것뿐이라고 오히려 힘내라고 할 거야. 그 정도는 나쁘지 않으니까 이번에는 일단 비위를 맞춰 주는 게 좋겠어. 시간도 얼마 걸리지 않을 거야."

물쥐는 두꺼비를 위해서 마을로 달려갔다.

한편, 안에 있던 두꺼비는 밖에서 열쇠 돌리는 소리가 나자마자 침대에서 가뿐하게 내려왔다. 그는 잔뜩 들뜬 채 창가에 서서 물쥐가 마찻길로 사라지는 모습을 지켜보았다. 그런 다음 별안간 배꼽을 잡고 웃음을 터뜨리더니 재빨리 옷을 갈아입었다. 가장 멋진 양복으로 골라 입고 화장대 서랍에 있는 돈을 전부 주머니에 챙겨 넣었다. 그리고 침대 시트를 연결해 밧줄처럼 매듭을 만들어 화려한 양식이 돋보이는 창틀 문설주에 묶고 미끄러지듯 아래로 내려갔다. 가볍게 땅에 착지한 두꺼비는 물쥐와 반대 방향으로 걸어갔다. 휘파람까지 불며 가벼운 발걸음으로.

점심시간이 되어 두더지와 오소리가 돌아왔다. 몹시 우울한 표정으로 식탁에 앉아 있던 물쥐가 말도 안 될 만큼 한심한 사건을 전했다. 오소리는 심하지는 않지만 그래도 따끔하게 한마디했다. 오소리의 반응은 충분히 예상했기에 물쥐는 그냥 넘어갈 수 있었다. 다만 두더지가 자기편을 들어주면서도 "바보 같은 실수를 저질렀구나, 물쥐! 두꺼비한테 속아 넘어가다니!"라고 말할 때는 너무 괴로웠다.

물쥐가 풀이 죽은 채로 대꾸했다.

"두꺼비의 연기가 너무 감쪽같았단 말이야."

그러자 오소리가 끼어들었다.

"자네가 감쪽같이 속은 거지. 휴, 이렇게 말한들 무슨 소용이 있겠어? 어쨌든 그 친구, 용케도 빠져나갔군. 그나저나 자기가 무척 똑똑하다는 착각에 바보 같은 짓을 저지를까 봐 그게 걱정이야. 그나마 다행스러운 일은 이제 두꺼비를 감시하느라고 우리의 소중한 시간을 낭비하지 않아도 된다는 거지. 어쨌든 당분간 계속 이 집에서 지내는 게 좋을 것 같군. 두꺼비가 언제 돌아올지 모르니까. 들것에 실려오든, 경찰에 끌려오든 말일세."

오소리 역시 앞으로 어떤 사건이 일어날지는 전혀 모르는 일이었다. 돌이킬 수 없는 일들이 얼마나 많이 벌어져야만 두꺼비가 다시 집으로 돌아와 모두가 편하게 쉴 수 있을지는 알 수 없는 일이었다.

그 시각, 책임감 없는 두꺼비는 집에서 몇 킬로 떨어진 도로를 따라 신나게 걷고 있었다. 처음에는 친구들이 쫓아올까 봐 샛길로 갔다. 몇 번이나 들판을 건너고 방향도 바꾸었다. 이제

잡힐 염려 없이 어느 정도 안전해진 것 같았다. 태양은 환한 미소를 지으며 내리쬐었고, 우주 만물이 두꺼비가 마음속으로 부르는 자화자찬의 노래를 함께 불러 주었다. 두꺼비는 만족감과 자만심에 취해서 춤추듯 걸어갔다.

"정말 똑똑하게 잘해냈어!"

두꺼비가 웃으며 혼잣말을 했다.

"머리와 완력의 싸움에서는 역시 머리가 이길 수밖에 없지. 불쌍한 물쥐 같으니라고! 맙소사, 지금쯤 돌아온 오소리한테 된통 혼나고 있겠지? 물쥐는 좋은 점도 물론 많은 녀석이지만, 머리가 나쁘고 교육을 못 받았다는 게 흠이야. 나중에 내가 한수 가르쳐 줘야겠어, 녀석을 써먹을 수 있을지도 모르니까."

혼자 우쭐한 생각에 젖어 고개를 한껏 쳐든 채 걸었다. 이윽고 작은 읍내에 도착했다. 대로 한가운데쯤에 이르자 길 건너 '빨간 사자'라는 간판이 보였다. 아침 식사를 하지 않은 데다 오래 걸어서 몹시 배가 고팠던 두꺼비는 얼른 여관으로 들어갔다. 그리고 빨리 준비되는 가장 근사한 점심을 주문하고서 찻집에 들어가 앉았다.

한참 식사를 하고 있을 때였다. 두꺼비는 바깥 거리에서 다가오는 소리에 화들짝 놀랐다. 온몸이 떨렸다. 부릉부릉! 소리는 점점 가깝게 들려오더니 여관 마당께 쯤에서 멈춰버렸다. 두꺼비는 주체 못할 감정을 억누르기 위해 식탁 다리를 꽉 붙잡아

야만 했다. 곧이어 한 무리가 찻집으로 들어왔다. 그들은 아침에 있었던 일들과 여기까지 잘 데려다준 자동차의 좋은 점에 대해 즐겁게 떠들고 있었다. 두꺼비는 귀를 쫑긋 세우고 열심히 귀담아들었다. 더 이상 참을 수 없었다. 그는 조용히 일어나 음식 값을 계산하고 여관 마당으로 나왔다.

두꺼비가 중얼거렸다.

"조용히 구경만 하는 건데 괜찮겠지, 뭐!"

마당 한복판에 자동차가 서 있었다. 마구간 일꾼들을 비롯해 다들 점심을 먹으러 간 터라 아무도 지키고 있지 않았다. 두꺼비는 자동차 주위를 천천히 돌면서, 꼼꼼히 살피기도 하고 트집을 잡기도 하고 감탄하기도 했다.

"이런 자동차도 시동이 금방 걸리는지 궁금한걸?"

다음 순간, 두꺼비는 어느새 자동차 운전대를 잡고 돌려 보고 있었다. 익숙한 시동 소리가 들리자 예전의 열정이 두꺼비의 몸과 마음을 완전히 휘감아 버렸다. 그는 꿈꾸듯 운전석에 앉아 마당을 한 바퀴 돌더니 그대로 밖으로 빠져나왔다. 옳고 그름에 대한 판단력도, 나중에 닥칠 두려운 결과도 그 순간 잊어버렸다.

속도를 높여서 도로를 쌩쌩 달리자 탁 트인 시골길이 나왔다. 다시 예전의 두꺼비로 돌아간 기분이었다. 그때는 최고로 멋진 두꺼비, 모두가 경외하는 존재 두꺼비, 도로의 무법자 두꺼비였다. 그는 아무도 없는 도로 위의 왕이었다. 그가 나타나면 모두 길을 비켰다. 안 그랬다가는 흔적도 없이 사라질 수도 있었다. 두꺼비는 신나게 노래를 부르며 씽씽 달렸고, 자동차도 부릉부릉 기분 좋게 화답했다. 어디로 가는지 목적도 없이 몇 마일이나 달렸다. 오직 본능에만 충실했다. 이 순간만을 즐기면서 다가올 일 따위는 걱정하지 않았다.

판사가 명쾌한 말투로 말했다.

"제 생각에 이 사건은 결론이 아주 명백합니다. 다만 어려운 점은 딱 한 가지입니다. 지금 우리 앞에 고개 숙이고 앉은 구제불능 악당이자 상습범에게 어떻게 하면 충분한 벌을 내릴 수 있을까 하는 것이죠. 이 자는 명백한 증거로 인해 유죄가 인정되었습니다. 첫째, 비싼 자동차를 훔친 죄! 둘째, 난폭 운전으로 다른 동물들을 위험에 빠뜨린 죄! 셋째, 경찰에게 무례하게 군 죄입니다. 서기, 이 세 가지 죄목에 각각 어떤 처벌을 내릴 수 있는지 말해 주겠소? 물론 피고인을 조금도 봐줘서는 안 됩니다. 그럴 여지가 없는 사건이니까요."

서기가 펜으로 콧등을 긁적이며 말했다.

"자동차를 훔친 죄가 가장 큽니다. 하지만 경찰에게 무례하게 군 죄도 중벌을 받아 마땅합니다. 절도죄로 12개월형을 선고한다면 꽤 가벼운 형량입니다. 난폭 운전죄로 3년형을 선고하는 것도 관대하죠. 경찰에게 무례하게 군 죄는 15년형을 선고해야 합니다. 증인들의 증언을 10분의 1만 참고한다고 쳐도 상당히 죄질이 무겁습니다. 전부 합치면 19년형입니다."

"좋소!"

판사가 말했다. 그러자 서기가 다시 안을 냈다.

"안전하게 20년형을 선고하는 게 좋을 것 같습니다."

"신중하고도 훌륭한 제안이오!"

판사가 만족한 얼굴로 받아들이며 말을 이었다.

"피고, 똑바로 일어서시오! 피고에게 20년형을 선고하겠소. 다음에 또다시 나타난다면, 무슨 죄목이든지 간에 더 심한 벌을 내릴 테니 명심하시오!"

그때 무시무시하게 생긴 교도관들이 달려와 불쌍한 두꺼비를 쇠사슬로 묶어 법원 밖으로 끌고 나갔다. 두꺼비는 새된 소리를 지르며 애원하고 반항했다. 마침내 시장으로 끌려 나가자 구경꾼들이 야유를 퍼붓고 당근을 던져 댔다. 단지 '지명수배'를 받은 자에게는 동정하고 인정을 베풀지만 그 범죄가 밝혀져 붙잡혔을 때에는 심하게 대하는 법이었다. 학교를 지날 때에는 아이들이 깔깔 웃음을 터뜨렸다. 멀쩡한 신사복 차림의 두꺼비가 끌려가는 모습이 재미있는지 아이들의 순진한 얼굴에 웃음이 퍼졌다.

이제 두꺼비는 다리를 건너 성 입구의 뾰족한 쇠창살 문을 거

154

쳐 낡은 성문 아래로 지나갔다. 성에는 오래된 탑이 하늘 높이 솟아 있었다. 초소 앞에서는 아직 보초 설 시간이 안 된 병사들이 두꺼비를 보고 씩 웃었다. 그리고 마침 보초병들 곁을 지날 때는 비아냥거리듯이 얄밉게 헛기침을 해 대는 소리가 들려왔다. 근무를 서면서 죄수에 대한 혐오감을 표출할 수 있는 방법이었다.

이윽고 오래된 계단을 올라가면서 강철로 된 투구와 갑옷으로 무장한 이들을 지나쳤다. 그들은 철가면 사이로 두꺼비를 차갑게 노려보았다. 뜰을 지날 때는 목줄에 묶인 경비견들이 두꺼비를 향해 앞발을 들고 허공에 마구 휘저어댔다. 나이 많은 간수들의 곁도 지나쳤는데, 파이와 맥주를 먹고 나서 벽에 창을 세워 둔 채 꾸벅꾸벅 졸고 있었다. 고문실을 지나 모퉁이를 돌자 단두대가 나왔다. 그리고 마침내 가장 안쪽 깊숙한 곳에 우중충한 지하 감옥 문이 보였다. 그들은 그 앞에 이르러서야 걸음을 멈추었다. 나이 많은 간수가 어마어마한 크기의 열쇠 뭉치를 만지작거리며 앉아 있었다.

두꺼비를 끌고 온 경찰관이 헬멧을 벗고 이마를 쓱 문지르더니 대뜸 소리쳤다.

"야, 이 늙은이야! 얼른 일어나서 이 사악한 두꺼비 좀 데려가. 엄청난 중죄를 지은 죄수니까 정신 똑바로 차리고 감시하라고! 명심해, 회색 수염 양반! 무슨 일이라도 생기는 날에는 둘

다 큰일 날 테니까."

간수는 무뚝뚝하게 고개를 끄덕이며 불쌍한 두꺼비의 양어깨를 꽉 잡았다. 녹슨 자물쇠를 삐걱 돌리는 소리가 들리고, 잠시 후 커다란 철문이 쾅 닫혔다. 이제 두꺼비는 영국을 통틀어 가장 튼튼한 성에 있는, 가장 엄중한 감시가 이뤄지는 외딴 지하 감옥에 갇혔다.

07

새벽녘 문에서 피리 부는 소리

연노랑솔새가 어두운 강둑에 숨어 작고 가느다란 소리로 노래했다. 밤 열 시가 지났지만 아직도 하늘은 저무는 낮을 붙잡은 채 희미하게 빛을 간직했다. 한낮의 뜨거웠던 열기도 짧은 한여름 밤의 차가운 손가락이 닿자 부서지듯 흩어지고 있었다.

새벽부터 해질 무렵까지 구름 한 점 없는 무더운 날씨 때문이었을까. 두더지는 아직도 헉헉거리며 강둑에 일자로 누워 물쥐가 돌아오기만을 기다렸다. 두더지는 물쥐가 오랜만에 만난 수달과 한가롭게 회포를 풀 수 있도록 다른 친구들과 온종일 강가에 있었다. 그러다 저녁에 돌아와 보니 집은 어둡고 텅 비어 있었다. 물쥐는 수달과 밤늦도록 함께 있을 참인 것 같았다. 여전히 너무 더워서 집 안에 있는다는 생각만으로도 끔찍했던 두더지는 시원한 나뭇잎 위에 누워 지난 며칠 동안 있었던 멋진 일들을 떠올렸다.

그때 풀밭으로 다가오는 물쥐의 가벼운 발자국 소리가 들려왔다.

"와, 시원하다!"

물쥐가 두더지 옆에 다가와 앉았다. 그러고는 곧 생각에 잠긴 표정으로 말없이 강을 바라보았다. 두더지가 물었다.

"저녁 먹고 오느라고 늦었구나?"

"그럴 수밖에 없었어. 저녁 식사 전에 가겠다니까 수달 가족이 절대로 놔주지 않더라고. 너도 알다시피 수달 가족은 항상 친절하잖아. 떠나는 순간까지 즐겁게 해 주려고 모두 애썼지. 하지만 난 내내 마음이 불편했어. 수달 가족이 감추려고 했지만, 사실은 요즘 행복하지 않다는 걸 느낄 수 있었거든. 두더지, 수달 가족한테 큰일이 생겼어. 어린 포틀리가 또 사라졌대. 별다른 말은 안 했는데, 수달이 아들을 얼마나 아끼는지는 너도 잘 알잖아."

그러자 두더지는 아무 일도 아니라는 듯 대답했다.

"아, 그 녀석이 사라졌다고? 하지만 걱정할 필요 없지 않아? 그 녀석은 항상 사라졌다가 다시 나타나곤 하니까. 모험심이 강하지만 나쁜 일이 생긴 적은 없잖아. 다들 어린 포틀리를 알고 좋아하지, 수달을 좋아하는 것처럼. 아마 누군가 포틀리를 만나면 집에 무사히 데려다줄 거야. 예전에 우리가 집에서 몇 킬로나 떨어진 곳에서 정신없이 신나게 노는 포틀리를 발견한 적도 있었잖아!"

"그래. 하지만 이번에는 좀 달라. 심각해. 벌써 며칠이나 지났고, 수달 가족이 사방을 다 뒤졌는데도 흔적조차 발견하지 못했거든. 멀리 떨어져 사는 동물들한테까지 찾아가 수소문해 봤지만 아무도 모른대. 수달은 속으로 엄청 걱정하고 있어. 포틀리는 아직 수영하는 법을 완전히 배우지 못했대. 혹시라도 댐에 들어갔을까 봐 걱정하고 있더라고. 이맘때쯤 댐으로 물이 많이 흘러 내려오잖아. 가뜩이나 포틀리는 평소 댐에 관심이 많았는데 말이야. 덫 같은 위험한 것들도 많아서 수달은 더 걱정하고 있어. 예전에 수달이 아들 때문에 불안해한 적은 없었잖아. 근데 지금은 정말 달라. 내가 떠날 때 수달도 바람이나 쐬겠다며 같이 따라 나왔거든. 알고 보니 그게 진짜 이유가 아니었던 거지. 꼬치꼬치 캐물었더니 결국 실토하더군. 밤새 여울 가를 지킬 거래. 다리가 생기기 전부터 여울이 흐르던 곳 너도 알지?"

"그럼, 알지. 그런데 수달은 왜 거기를 지킨다는 거야?"

"포틀리에게 처음 수영을 가르쳐 준 곳인가 봐. 강둑 근처에 얕은 자갈투성이 웅덩이가 있는데, 녀석에게 낚시를 처음 가르친 곳도 거기고, 녀석이 처음 물고기를 잡아서 으쓱 자랑한 곳도 거기래. 아들이 무척 좋아하는 곳이니까, 지금 어디에 있든 돌아온다면 그렇게 좋아하던 그곳으로 오겠거니 생각하는 거야. 지나가다 혹시 그곳을 본다면 잠깐 놀다 갈 수도 있을 거라고. 그래서 수달은 매일 밤 그곳을 지키려는 거야. 혹시나 하고, 혹시나 하고 말이야!"

둘은 한동안 말이 없었지만 같은 생각을 하고 있었다. 수달이 외롭게 여울 가에 웅크리고 앉아 긴긴밤 한없이 아들을 기다리는 모습을.

잠시 후 물쥐가 입을 열었다.

"자, 그럼 이만 집으로 들어가자."

말은 그렇게 했지만 물쥐는 움직이지 않았다.

두더지가 말했다.

"물쥐야, 난 이대로 집으로 들어갈 수 없을 것 같아. 잠을 잘 수도 없고 그렇다고 가만히 있을 수도 없겠어. 비록 내가 할 수 있는 일은 없는 것 같지만. 일단 배를 타고 위쪽으로 올라가 보자. 한 시간쯤 있으면 달이 뜰 테니까 샅샅이 뒤져보는 거야. 이대로 자러 가서 아무것도 하지 않는 것보단 나아."

그러자 물쥐가 말했다.

"나도 그 생각을 하고 있었어. 도저히 잠이 올 것 같지 않은 밤이거든. 곧 해도 뜰 테니까 새벽에 일찍 움직이는 동물들한테도 한번 물어보자."

둘은 강에 배를 띄웠다. 물쥐가 신중하게 노를 저었다. 강 한

가운데에는 좁지만 분명한 물길이 나 있었고 희미하게 하늘이 비쳤다. 하지만 강둑이나 덤불, 나무 그림자가 드리워진 곳에서는 사방이 똑같아 보였으므로 두더지가 제대로 판단해야만 했다. 주위가 어둡고 아무것도 없었지만 작은 소리와 노랫소리, 바스락거리는 소리가 이따금 들려왔다. 이 시간에 부지런히 돌아다니며 일하다가 뜨는 해와 함께 하루 일과를 마치는 동물들이 있음을 알려 주는 소리였다. 강에서도 낮보다 훨씬 또렷한 소리가 났다. 콸콸 흐르는 소리가 아주 가까이에서 들려왔다. 꼭 말소리 같은 아우성이 들리는 것 같아서 때때로 깜짝깜짝 놀랐다.

하늘과 맞닿은 수평선이 또렷하게 보였다. 한쪽에서는 검은 하늘 사이로 은색 빛이 점점 커졌다. 마침내 기다리던 달이 천천히 떠올랐다. 달이 수평선을 완전히 벗어나 높이 떠오르자 수면이 정면으로 보였다. 넓게 펼쳐진 초원과 고요한 뜰, 강둑 사이로 흐르는 강물이 모두 서서히 모습을 드러내자 신비롭고 두렵던 분위기가 깨끗이 걷히고 낮처럼 환해졌다. 하지만 낮과는 완전히 다른 분위기였다. 물쥐와 두더지가 자주 찾는 곳들은 이제 낮과는 다른 옷을 입고 그들에게 인사했다. 마치 재빨리 새 옷으로 갈아입고 와서 자기를 알아봐 주기를 수줍게 기다리는 것만 같았다.

둘은 버드나무에 배를 묶어 놓고 조용한 은빛 나라에 발을 내디뎠다. 산울타리와 속이 빈 나무들, 작은 터널과 배수로와 도랑은 물론 말라 버린 수로까지 전부 뒤졌다. 다시 배를 타고 상류로 올라가면서 똑같이 그런 식으로 반복했다. 구름 한 점 없는 하늘에 뜬 달은 가까운 듯 멀리서 그들의 작업을 도와주고 있었다. 그러다가 때가 되자 달은 마지못해 땅으로 사라졌고, 또다시 신비로운 분위기가 강과 들판을 감쌌다.

이제 서서히 변화가 일어나기 시작했다. 수평선이 더욱 또렷해지고 들판과 나무가 잘 보였다. 그렇지만 아까와는 다른 모습이었다. 주위를 감싼 신비로움이 벗겨지기 시작했다. 별안간 새 한 마리가 지저귀더니 곧 조용해졌다. 가벼운 바람이 불어와 갈대와 버들이 바스락거렸다. 두더지가 노를 젓는 사이, 지금껏 배 끝에 앉아 있던 물쥐가 벌떡 일어나더니 열심히 귀를 기울였다. 두더지는 계속 천천히 노를 저으면서 가만히 강둑을 살폈다. 그러고는 호기심 어린 눈길로 물쥐를 쳐다보았다.

물쥐가 털썩 주저앉았다.

"사라졌어! 정말 아름답고 신기하고 새로운 소리였는데! 이렇게 금방 끝날 줄 알았으면 차라리 듣지 않는 게 나았을 거야. 내 마음에 가슴 아픈 열망만 심어 놓았어. 다시 한 번 그 소리를 들을 수 있다면, 아니 영원히 들을 수 있다면 얼마나 좋을까! 가만, 다시 들린다!"

물쥐는 한 번 더 열심히 귀를 기울였다. 마법에 걸린 듯 오랫동안 아무런 말이 없었다.

"또 소리가 멈췄네. 아, 다시 슬퍼지려고 해. 두더지, 들리니? 정말 아름다운 소리야! 멀리서 아련히 들려와. 이 소리가 귀를 얼마나 즐겁게 하는지 몰라! 세상에 이런 행복한 음악이 있을 줄이야. 아니, 음악보다 더 강렬해. 얼른 노를 저어, 두더지! 어서! 저 음악 소리가 우리를 부른다고, 지금."

두더지는 의아했지만 물쥐의 말대로 노를 좀 더 빨리 저었다.

"하지만 난 아무 소리도 안 들리는걸. 갈대랑 골풀이랑 고리버들이 바람에 서로 나부끼는 소리만 들리는데."

물쥐는 두더지의 말을 듣고도 대꾸하지 않았다. 그는 이미 몸을 부르르 떨며 한곳에 푹 빠져 있었다. 새롭고 황홀한 그 소리가 물쥐의 영혼까지 붙잡고 흔들었다. 기운을 모두 뺀 채 행복에 겨운 아기처럼 완전히 이 분위기에 몸을 맡기고 있었다.

고요함 속에서 두더지는 묵묵히 노를 저었다. 이윽고 강이 갈라지는 지점에 도달했다. 기다란 물줄기가 갈라져 나와 역류했다. 배의 방향을 찾는 데 사용하는 방향키 밧줄을 한참 전에 떨어뜨렸던 터라 물쥐가 고개를 약간 까닥였다. 두더지에게 역류하는 쪽으로 가라는 뜻이었다. 점점 빛이 환해지더니 이제 물가에 핀 꽃의 색깔이 보이기 시작했다. 물쥐가 기뻐서 소리쳤다.

"소리가 더 분명해지고 가까워졌어. 너도 곧 들릴 거야. 아, 이제 너도 들리는 모양이구나!"

두더지는 얼어붙은 듯 숨이 막혀서 노 젓기를 멈추었다. 새소리가 마치 파도처럼 몰려와 단숨에 그를 사로잡고 집어삼켰다. 두더지는 친구의 뺨에 흐르는 눈물을 보며 고개를 끄덕여 보였다. 이해한다는 뜻이었다. 그렇게 그들은 한동안 그 자리에 있었다. 강둑은 보라색 부처꽃으로 덮여 있었다. 그때 거부할 수 없는 선율이 또렷이 들려와서 두더지는 자기도 모르게 노를 젓기 시작했다. 사방이 점점 환해지고 새벽이 다가왔지만 새들은 평소처럼 노래하지 않았다. 천국의 음악 소리만 들려올 뿐이었다.

앞으로 나아가자 양쪽으로 정말 싱그럽고 푸릇푸릇한 새벽 풍경을 보여 주는 초원이 나타났다. 장미가 이토록 선명하고, 분홍바늘꽃이 이처럼 풍성하고, 조팝나무의 향기가 이렇게 멀리까지 퍼지는지 미처 몰랐다. 그때 댐에 가까워지면서 물 흐르는 소리가 울려 퍼졌고, 그들은 목적지에 가까워졌음을 깨달았다. 어떤 곳인지는 알 수 없지만, 이 여정의 끝에 무언가가 기다리고 있을 터였다.

커다란 반원을 그리는 거품과 반짝이는 햇살, 넘실거리는 푸른빛 물살이 보였다. 강둑 사이로 물이 흐르지 못하도록 댐이 막고 있었으므로 수면 위에는 소용돌이가 생기고 거품이 떠다녔다. 거대한 물소리에 다른 소리는 전부 덮였다. 물 한가운데에

는 버드나무와 자작나무와 오리나무로 둘러싸인 작은 섬이 자리했다. 그 섬은 수줍은 듯 아주 중요한 것을 감추고 있었다. 때가 되면 선택과 부름을 받은 자 앞에 본모습을 드러낼 것이다.

두 친구는 천천히, 하지만 조금의 망설임도 없이 기대감에 찬 모습으로 소란스러운 물살을 지나 꽃으로 둘러싸인 섬 기슭에 배를 댔다. 그들은 가만히 섬에 첫발을 내딛고는 향기로운 내음을 맡으며 꽃 사이를 걸어갔다. 그리고 평평한 땅을 지나 푸릇푸릇한 풀밭에서 멈추었다. 주변은 야생 사과와 앵두와 자두나무가 가득해 자연 그대로의 과수원을 이루고 있었다.

물쥐가 최면에 걸린 듯 속삭였다.

"내가 노래를 듣고 꿈꾸었던 그곳이야. 여기가 바로 그 음악이 나에게 손짓한 곳이야. 이 성스러운 곳에서 우리는 그 아이를 찾을 수 있을 거야."

그때였다. 갑자기 굉장한 경외심이 두더지의 온몸을 감쌌다. 근육이 마치 물처럼 풀리더니 고개가 숙여지고 그 자리에서 발이 바닥에 달라붙었다. 하지만 어떤 무서움이나 두려움 때문이 아니었다. 오히려 그 안에서 평화롭고 행복한 기분이 들었다. 보이지는 않아도 존엄한 존재가 매우 가까이 있음을 알 수 있었다. 두더지는 살짝 고개를 들어 물쥐를 찾았다. 옆에 서 있던 물쥐는 지금 겁에 질린 듯 덜덜 떨고 있었다. 새들이 드나드는 나뭇가지는 고요했고, 날은 점점 환해졌다.

두더지는 감히 눈을 들 수 없었다. 피리 소리도 이제 멈추었다. 하지만 거부할 수 없는 어떤 강렬한 부름 같은 것이 느껴졌다. 기다리는 게 비록 죽음일지라도 거부하지 않겠다고 생각했다. 떨리는 몸을 부여잡고 순종하듯 겨우 고개를 들었다. 동트기 전 청명한 새벽녘 속에서 온갖 색채로 물든 자연이 잠시 숨을 멈춘 듯했다.

바로 그 순간 두더지는 친구이자 조력자인 사나이의 눈을 들여다보았다. 그의 뒤로는 구부러진 뿔이 마치 물처럼 부드럽게 흐르고 있었고, 익살스럽게 아래를 내려다보는 다정한 눈 사이에는 매부리 모양의 근엄한 코가 자리해 있었다. 초리가 살짝 올라간 수염 달린 입에는 미소가 어렸다. 또 넓은 가슴과 잔물결 모양의 근육이 있는 팔이 보였다. 방금까지 입에 대고 불었던 피리를 든 길고 유연한 손, 잔디밭에 편하게 쭉 뻗고 앉아 있는 텁수룩한 팔다리가 보였다. 그리고 그의 발굽 사이에는 작고 동그랗고 통통한 아기 포틀리가 평화롭게 잠들어 있었다. 두더지는 숨을 쉴 수가 없었다. 새벽하늘 아래 모든 것이 강렬하고 생생하고 고요했다. 살아 있는 게 분명했다. 살아 있기에 그것이 더욱 궁금해졌다.

두더지가 떨리는 목소리로 속삭였다.

"물쥐야, 두렵니?"

그러자 물쥐는 뭐라 형언할 수 없는 따스한 눈빛으로 중얼거렸다.

"두렵냐고? 그가 두렵냐고? 아니, 절대 아니야! 그런데……
그런데 두더지야, 윽! 나 사실 두려워!"

두 동물은 땅에 잔뜩 쭈그리고 앉아 그의 앞에 머리를 숙이
고 경배를 올렸다.

바로 그때였다. 갑자기 수평선 위로 커다란 황금색 태양이 둥
그렇게 떠올랐다. 강과 초원으로 아침의 첫 햇살이 눈부시게
쏟아졌다. 다시 고개를 들었을 때는 조금 전의 광경이 다 사라
진 후였다. 새들의 지저귐만 가득 차 있을 뿐이었다.

분명하게 봤던 것이 홀연히 사라져 버리자 둘은 그저 멍하니
허공만 응시했다. 그때 변덕스러운 산들바람이 불어와 강물을
춤추듯 살랑거리게 했다. 산들바람은 사시나무를 휘젓고 이슬
맺힌 장미를 뒤척이다가 마지막으로 두더지와 물쥐의 얼굴을
간질였다. 그 부드러운 손길 때문일까. 둘은 방금 겪은 일을 모
두 잊어버렸다. 망각은 자기 모습을 드러낸 신이 피조물들에게
선사해 주는 선물이다. 떨림의 기억이 남아서 점점 커지면 작은
동물들은 특히 그 기억에 매달려 일상의 다른 즐거움을 잘 누
릴 수 없기 때문이다. 다시 예전처럼 행복하고 밝은 마음으로
살아갈 수 있도록 도와주는 것이다.

두더지는 두 눈을 비비고는 물쥐를 빤히 쳐다보았다. 물쥐 역
시 어리둥절한 표정으로 주변을 둘러보고 있었다.

"물쥐야, 미안한데 방금 뭐라고 했니?"

물쥐가 천천히 입을 열었다.

"바로 여기인 것 같다고 했어. 여기에서 그 애를 찾을 수 있을 거라고 말이야. 저길 봐! 녀석이 저기 있잖아!"

물쥐는 기쁨의 환호성을 지르며 곤히 잠자고 있는 포틀리에게로 달려갔다.

하지만 두더지는 생각에 잠긴 채 그대로 가만히 서 있었다. 꿈에서 갑자기 깨어나면 아무리 그 꿈이 아름다웠다고 하더라도 아무런 기억이 나지 않는 법이다. 그저 막연히 아름다웠다는 기억만 희미하게 떠오를 뿐이다. 곧 그 기억마저 사라지면, 꿈에서 완전히 깨어났다는 냉혹한 현실을 쓸쓸하게 받아들이게 된다. 두더지도 잠시 동안 기억을 되살리려고 애를 써봤지만 곧 슬픈 얼굴로 고개를 저으며 물쥐를 따라갔다.

기분이 좋은 듯 어린 포플리가 끽끽 소리를 내며 일어났다. 예전에 자주 놀아 주던 아빠의 친구들을 보고 무척 반가웠는지 온몸을 꼼지락거렸다. 하지만 곧 멍한 표정으로 칭얼대기 시작했다. 마치 엄마 품에 안겨 행복하게 잠들었던 아이가 낯선 곳에서 혼자 일어났다는 것을 알아채고는 집 안 구석구석을 뒤지며 문이란 문은 다 열어보고 점점 절망에 빠져 가는 행동 같았다. 섬 주위를 빙빙 돌고 쿵쿵대며 곳곳을 뒤지던 포틀리는 마침내 포기하고 주저앉아 엉엉 울기 시작했다.

두더지가 어린 수달을 달래려고 얼른 달려간 사이, 물쥐는 제자리에 서서 풀밭에 선명히 남아 있는 발자국을 유심히 쳐다보았다.

"여기 어떤 멋진 동물이 있었던 것 같은데……"

물쥐가 생각에 잠긴 채 느릿느릿 말했다. 이상하게도 마음이 심란했다.

두더지가 소리쳤다.

"얼른 가자, 물쥐! 여울 가에서 애태우며 기다리는 수달도 생각하자고!"

어린 포틀리는 물쥐 아저씨의 배를 타고 간다는 사실에 기분이 나아진 듯했다. 두 친구는 포틀리를 물가로 데려가 배에 태우고, 자기들 사이에 안전하게 앉혔다. 그러고는 아래쪽으로 노를 저어갔다. 해가 완전히 떠올라 뜨거운 태양이 내리쬐고 있었다. 새들은 활기차게 노래를 불렀다. 강가에서는 꽃들이 웃으며 고개를 끄덕였지만, 얼마 전에 어디선가 본 듯한 꽃들보다는 환한 색감이 아닌 것 같았다. 두 친구는 어디서 꽃들을 봤는지 떠올리지 못해 고개를 갸웃거렸다.

큰 강에 이르자 그들은 배를 상류로 돌렸다. 그러고는 혼자 외롭게 아들을 기다리는 친구가 있는 곳으로 향했다. 이윽고 눈에 익은 여울이 가까워지자 두더지는 배를 강둑에 댔다. 그들은 어린 포틀리를 번쩍 들어 내려다주고는 앞으로 가라고 손

짓했다. 다정하게 등을 두드려 주며 작별 인사를 하고 나서 둘은 다시 배를 끌고 강 한복판으로 나아갔다. 포틀리가 만족스러운 듯 아장아장 오솔길을 걸어가는 모습이 보였다. 그러더니 갑자기 무언가를 발견했는지 즐거운 비명을 지르며 더욱 빠르게 꼬물꼬물 걷기 시작했다. 저 멀리에서 내내 웅크린 채 앉아 있던 수달이 벌떡 일어나는 모습이 보였다. 수달은 기쁨의 환호성을 지르며 버들가지를 헤치고 달려왔다. 두더지는 한쪽 노를 힘차게 저어 배를 빙 돌렸다. 그런 후에 다시 세찬 물살을 따라서 스르르 내려갔다. 그렇게 그들의 임무는 무사히 끝났다.

"물쥐야, 나 이상하게 피곤해. 넌 밤을 새웠기 때문이라고 하겠지만 그건 아무것도 아닌걸. 이맘때 일주일의 절반은 곧잘 그러기도 하니까. 뭔가 아주 신나면서도 두려운 일을 겪은 기분이랄까. 그런데 우리 특별한 일도 없었잖아."

배가 조용히 떠내려가는 동안, 두더지가 지친 몸을 노에 기댄 채 말했다. 물쥐도 눈을 가만 감으며 중얼거렸다.

"정말 놀랍고 멋지고 아름다운 일을 겪은 느낌이야. 나도 너처럼 아주 피곤해. 몸은 그렇지 않은데 그냥 녹초가 된 것만 같아. 집까지 물살을 타고 내려갈 수 있어서 다행이야. 다시 햇살을 실컷 쬐니까 참 기분이 좋아! 갈대 사이로 부는 바람 소리 좀 들어봐."

두더지가 졸린 듯 대답했다.

"음악 소리 같아. 멀리서 들려오는 음악 소리……."

물쥐도 꿈꾸듯 느릿느릿 중얼거렸다.

"나도 그렇게 생각했어. 춤곡 같아. 쉬지 않고 이어지는 경쾌한 음악…… 가사도 있어. 아니, 가사가 들리다가 사라지네. 중간에 가사가 나오다가 다시 춤곡으로 돌아가. 아, 이제 갈대가 부드럽게 속삭이는 소리만 들려."

그러자 두더지가 슬픈 목소리로 말했다.

"넌 나보다 잘 듣는구나. 난 가사는 안 들려."

물쥐가 여전히 눈을 감은 채 다시 말했다.

"그럼 내가 말해 줄게. 지금 다시 가사가 나오고 있거든. 희미하지만 분명하게 들려. '두려워하지 마요. 즐거운 놀이가 초조함으로 바뀌니까요. 도움이 필요할 때는 내 힘을 빌려 보세요. 하지만 그 후에는 잊어야 해요!' 이제 갈대들의 노래야. '잊어요, 잊어버려요.' 갈대들이 한숨을 내쉬다가 소리가 작아지고 바스락거리는 속삭임이 들려와. 아, 다시 노랫소리가 들려. '팔다리가 붉어지고 찢어지지 않도록 내가 덫을 치워 놓을게요. 덫을 치우면 거기서 나를 보겠죠. 그리고 잊어야 해요!' 두더지야, 배를 저쪽 가까이 대 봐. 갈대밭으로 더 가까이! 무슨 말인지 잘 알아듣기가 힘들어. 계속 희미해지고 있어. '내가 도와주고 치료해 줄게요. 숲속의 작은 방랑자여, 그대가 다치면 내가 고쳐 주리. 그리고 모두 잊어 주세요!' 아, 조금만 더 가까이, 가까이 가봐! 이런, 이젠 소용없네. 갈대들의 속삭임으로 완전히 바뀌어 버렸어."

"그런데 그 노래가 무슨 뜻일까?"

두더지가 궁금해하며 물었다.

"나도 몰라. 들리는 대로 너한테 읊어 준 거니까. 잠깐! 노랫소리가 또 들린다. 이번에는 크고 또렷하게 들려. 정확히 알아들을 수 있어. 단순하고 열정적이고 완벽한 노래야."

"그래? 그럼 어디 한번 들어 보자."

두더지는 뜨거운 태양 아래 졸음을 이겨가며 한참을 기다렸다.

하지만 물쥐에게서 더 이상 아무런 대답도 없었다. 두더지는 물쥐를 쳐다보고야 그 이유를 알았다. 물쥐는 음악 소리에 열심히 귀 기울이던 표정 그대로 행복한 미소를 띤 채 곤하게 잠들어 있었다.

08

두꺼비의 모험

두꺼비는 컴컴하고 악취 풍기는 지하 감옥에 갇혀 있었다.

이제야 중세의 요새가 바깥세상과 자기 사이를 가로막고 있다는 사실을 깨달았다. 한때 밝은 햇살이 빛나고, 마치 영국의 모든 도로를 차지한 것처럼 쌩쌩 달릴 수 있는 바깥세상에서 행복하게 살았었다. 두꺼비는 바닥에 대자로 누워 비통한 눈물을 흘리며 어두운 절망에 빠졌다.

"모든 게 끝이야. 적어도 이 두꺼비 님의 인생은 끝이라고. 그 말이 그 말이지만, 인기 많고 잘생긴 두꺼비, 돈 많고 친절한 두꺼비, 자유롭고 여유 있고 당당한 두꺼비! 다시 그렇게 될 수 있다는 희망이나 있을까?"

두꺼비는 계속해서 중얼거렸다.

"대담하게도 그 멋진 자동차를 훔쳐 버렸지. 그런데다 얼굴 벌건 뚱뚱이 경찰에게 무례하게 구는 바람에 감옥에 갇혀 버린 신세라니!"

그만 흐느낌에 목이 메었다.

"난 정말 멍청한 동물이었어. 내가 이 감옥에 있는 동안, 나를 아는 걸 자랑스러워했던 모든 동물들이 두꺼비라는 존재를 까맣게 잊어버리겠지? 아, 지혜로운 오소리 아저씨! 영리한 물쥐와 분별 있는 두더지! 모두들 얼마나 판단력이 뛰어나고 인간과 사물에 대한 지식이 풍부했었는지! 이제 난 외로워. 불행한 두꺼비야!"

두꺼비는 지난 몇 주 동안 밤낮없이 괴로워하면서 식사는 물론 간식도 입에 대지 않았다. 늙은 간수는 두꺼비의 주머니가 두둑한 것을 알고 바깥에서 편리하고 고급스러운 것들을 들여올 수 있다고 누누이 귀띔해 줬지만 아무 소용이 없었다.

그 간수에게는 명랑하고 마음씨 착한 딸이 있었다. 딸은 비교적 간단한 일을 맡아 아버지를 거들어 주곤 했다. 이 아가씨는 동물을 무척 좋아했는데, 낮에는 카나리아가 든 새장을 감옥 벽에 걸어 두었다. 그 결과, 점심 식사 후 죄수들은 새소리 때문에 낮잠을 방해받기 일쑤였다. 다행히 밤에는 응접실 탁자에 그 새장을 올려놓고 장식 달린 덮개로 덮어두었기에 밤잠은 편히 잘 수 있었다. 그밖에도 간수의 딸은 얼룩무늬 생쥐 여러 마리와 쉴 새 없이 쳇바퀴를 돌리며 움직이는 다람쥐도 한 마리 키우고 있었다. 동물을 사랑하는 마음씨 착한 아가씨는 두더지가 불쌍했는지 어느 날 아버지에게 말했다.

"아버지, 가여운 동물이 저렇게 갈수록 말라가는 모습을 더 이상 지켜볼 수가 없어요. 제가 두꺼비를 돌보게 해 주세요. 제가 얼마나 동물을 좋아하는지 잘 아시잖아요. 제가 직접 음식을 먹이고 일어나서 좀 움직이도록 만들어 볼게요."

간수는 딸에게 마음대로 하라고 했다. 그렇지 않아도 간수는 항상 부루퉁하니 고약하게 구는 두꺼비가 지겹던 참이었다. 그래서 바로 그날, 간수의 딸은 점심 식사를 가지고 두꺼비의 감방 문을 가볍게 두드렸다. 아가씨가 안으로 들어서며 달래듯 말했다.

"자, 두꺼비야. 기운 내고 일어나서 앉아 봐. 눈물 닦고 정신 좀 차려. 내가 음식을 좀 가져왔는데 먹어 볼래? 이것 봐. 내가 집에서 정성스럽게 만든 점심이야. 오븐에서 막 꺼내서 따뜻해!"

두 개의 접시 사이에는 감자와 양배추 볶음이 그릇에 담겨 있었다. 좁은 감방에 음식 냄새가 진동했다. 비탄에 빠진 채 바닥에 엎어져 있던 두꺼비는 양배추 냄새를 맡자, 인생이 생각만큼 절망적이지 않다는 느낌이 잠시나마 들었다. 그러다가 곧 다시 울고 발버둥 치면서 아가씨의 위로를 거부했다. 현명한 아

103 - 847

가씨는 나중에 다시 오기로 하고 잠시 물러갔다. 당연히 따끈한 양배추 냄새는 한동안 남아 있었다. 그 때문인지 흐느끼며 코를 훌쩍이던 두꺼비에게 차츰 힘이 나는 새로운 생각들이 떠오르기 시작했다. 기사도 정신, 시, 아직 해야 할 일들, 넓은 초원, 그 속에서 햇빛과 바람을 받으며 풀 뜯는 소들, 채소밭과 약초들, 벌떼로 뒤덮인 금붕어꽃, 그리고 두꺼비 저택의 식탁에 접시가 놓이는 기분 좋은 소리와 식탁에 가까이 앉으려고 의자를 당기는 소리가 머릿속에서 지나갔다. 그러자 갑자기 좁은 감방이 장밋빛으로 물들었다. 두꺼비는 친구들을 떠올렸다. 친구들이 분명히 어떻게든 해 줄 수 있을 것이라는 생각이 들었다. 그의 사건을 맡아 주려 했던 변호사들도 생각났다. 왜 바보처럼 변호사를 쓰지 않았을까? 끝으로 자기 자신이 매우 똑똑하고 돈이 많다는 사실도 떠올렸다. 맘만 먹으면 뭐든지 할 수 있다는 데 생각이 미치자 완전히 기운을 되찾았다.

몇 시간 후 아가씨가 다시 쟁반을 들고 돌아왔다. 그 쟁반에는 향기롭고 따끈한 찻잔과 양쪽을 노릇노릇하게 구워 버터를 듬뿍 바른 두툼한 토스트가 접시 위에 수북이 놓여 있었다. 버터 향을 은근히 풍기는 토스트가 두꺼비에게 또렷한 목소리로 말을 걸어왔다. 토스트는 매서운 겨울날 따뜻한 부엌에서 먹는 아침 식사와 바깥에서 돌아와 응접실 난롯가에서 젖은 발을 녹이며 먹는 저녁 식사에 대해서 이야기해 주었다. 그리고 기분 좋은 듯 갸릉갸릉 하는 고양이 소리와 졸면서 지저귀는 카나리아 소리에 대해서도 이야기해 주었다. 두꺼비는 자리에서 일어나 눈물을 닦았다. 마침내 차를 마시고 토스트를 먹더니 말문을 떼기 시작했다. 자기가 살았던 집과 거기서 뭘 했는지, 자기가 얼마나 중요한 인물이었고, 많은 친구들이 자신을 어떻게 생각했는지에 대해 막힘없이 털어놨다.

아가씨는 그런 이야기가 따뜻한 차만큼이나 두꺼비에게 이롭다는 사실을 알고 계속 말할 수 있도록 용기를 북돋워 주었다.

"너희 집에 대한 이야기를 더 해 줘. 아름다운 곳 같구나."

"독립적인 신사의 집으로는 안성맞춤이에요. 아주 독특한 저택이죠. 14세기에 지어졌지만, 현대적인 시설들이 가득해요. 위생 시설도 최신식인 데다, 오 분 거리에 교회, 우체국, 골프장도 있고요."

두꺼비가 으쓱하며 말했다.

그러자 처녀가 웃음을 터뜨렸다.

"맙소사, 난 그 집을 지금 살려는 게 아니잖아. 네가 그 집에서 뭘 했는지 이야기해 주렴. 잠깐만 기다려 봐. 차와 토스트를 좀 더 가져올게."

잠시 후에 아가씨는 쟁반을 들고 돌아왔다. 토스트를 잔뜩 먹고 기운을 되찾은 두꺼비는 보트를 두는 창고와 연못, 채소밭, 돼지우리, 마구간, 비둘기장, 닭장에 대해 이야기해 주었다. 버터 공장과 세탁실, 그릇장에 대한 이야기도 들려주었다. 특히 다림질방 이야기를 할 때 아가씨가 좋아했다. 연회장에 대한 이야기도 빠뜨리지 않았다. 두꺼비가 잘나갈 때 다 같이 그곳에 모여 노래하고 떠들고 즐겁게 어울렸던 에피소드였다. 이번에는 아가씨가 두꺼비에게 동물 친구들에 대한 질문을 했다. 동물들이 어떻게 살고 뭘 하며 지내는지 말해 주자, 아가씨는 몹시 즐거워했다. 물론 아가씨는 동물을 애완동물로서 좋아한다는 말은 하지 않았다. 두꺼비가 그 말에 화낼지도 모른다는 걸 느꼈기 때문이다. 아가씨는 두꺼비의 병에 물을 채우고 짚더미로 된 잠자리를 매만져 주고는 "잘 자!"라는 인사와 함께 밖으로 나갔다. 이제 두꺼비는 예전처럼 자신감 넘치는 동물이 되어 있었다. 그는 연회장에서 즐겨 부르던 노래를 조용히 한두 곡조 읊조렸다. 그러고는 짚더미에 누워 기분 좋은 꿈을 꾸며 푹 잠들었다.

그 후로도 두꺼비는 아가씨와 재미있는 대화를 많이 나누었다. 그렇다 해도 지루한 나날이 계속되었다. 간수의 딸은 여전히 두꺼비를 불쌍하게 여겼다. 별것 아닌 일 같은데 감옥에 갇혀 있는 작은 동물이 너무도 가여웠다. 그런데 허영심 많은 두꺼비는 아가씨가 친절을 베풀다가 자기를 좋아하게 됐다고 착각했다. 얼굴까지 예쁜 아가씨가 자기에게 무척 호감을 가지고 있다고 생각했지만 서로 사회적인 신분이 차이 나므로 한편으론

아쉬워했다.

어느 날 아침, 아가씨는 생각에 잠겨 있었다. 두꺼비의 말에 건성으로 대답하고 재치 넘치는 말에도 관심을 보이지 않는 듯했다. 그러다 아가씨가 입을 열었다.

"두꺼비야, 내 말 좀 들어 봐. 나한테는 숙모가 있는데 세탁부로 일하셔."

그러자 두꺼비가 나긋나긋하게 대답했다.

"아이고, 나는 또 뭐라고! 나도 숙모가 몇 명 있는데 세탁부를 시켜야겠네요."

"아니, 잠깐만 내 말을 들어 봐. 넌 말이 너무 많다는 게 단점이야. 생각 좀 하려는데 너 때문에 머리가 아플 지경이야. 방금 말했지만 나한테는 세탁부로 일하는 숙모가 계셔. 이 성에 갇힌 죄수들의 옷을 세탁해 주는 일을 하신단다. 우리 집안사람들은 돈벌이가 되는 거라면 뭐라도 하려고 하거든. 숙모는 월요일 아침에 빨랫감을 내가고 금요일 저녁에 여기로 다시 가져와. 오늘은 목요일이지? 방금 이런 생각이 떠올랐어. 넌 돈 많은 부자고, 어쨌든 네 입으로 부자라고 말했잖아. 그런데 우리 숙모는 아주 가난해. 몇 파운드쯤은 너에게 아무것도 아니겠지만 숙모한테는 제법 큰돈이야. 이럴 때 너희 동물들은 '구슬린다'고 말한다지? 그러니까 숙모한테 말만 잘하면, 숙모가 자기 옷과 모자를 너한테 줄 거야. 그 옷과 모자를 이용해서 세탁부로 변장하면 이 성을 빠져나갈 수 있어. 넌 숙모랑 비슷한 점이 많거든. 특히 몸매는 똑같아."

두꺼비가 발끈했다.

"그렇지 않아요! 내 몸매는 아주 우아하단 말이에요. 실제로 멋지지 않아요?"

"우리 숙모도 멋져. 그래, 이제 네 마음대로 해. 난 네가 가여워서 도와주려고 하는데, 넌 잘난 체만 하고 고마워할 줄은 모르는구나."

두꺼비가 서둘러 말을 이었다.

"그래요, 그래. 도와주려고 하는 건 정말 고마워요. 하지만 이봐요, 두꺼비 저택에 사는 천하의 두꺼비 님더러 세탁부로 변장하라니?"

아가씨도 지지 않고 소리쳤다.

"여기서는 너도 그냥 두꺼비일 뿐이잖아! 난 네가 마차를 타고 싶어 할 줄 알았는데!"

솔직한 두꺼비는 고개를 끄덕였다. 그는 언제나 자신의 잘못을 기꺼이 인정하는 편이었다.

"당신은 영리하고 따뜻한 아가씨예요. 나는 잘난 척만 하는 멍청한 두꺼비고요. 당신이 진정 친절하시다면 숙모님을 소개시켜 주세요. 그럼 나와 숙모님 둘 다 만족스러운 거래를 할 수 있을 거예요."

다음 날 저녁, 아가씨는 두꺼비의 감방으로 자신의 숙모를 데려왔다. 숙모는 이번 주 두꺼비의 빨래를 수건으로 잘 감싸서 들고 있었다. 그녀는 미리부터 이 일을 준비했는지 두꺼비가 테이블에 올려 둔 금화를 보더니 별로 의논할 필요도 없다는 듯 일사천리로 거래를 진행했다. 두꺼비는 금화를 건네준 대가로 면 재질의 원피스와 앞치마, 숄, 그리고 낡은 검은색 모자를 받았다. 그녀가 내건 조건은 단 한 가지였는데, 자기한테 재갈을 물리고 몸을 묶어서 한쪽 구석에 팽개쳐 놓으라는 것이었다. 썩 괜찮은 방법은 아니지만 자신이 생생하게 이야기를 꾸며서 설명하면 의심스러운 상황을 무사히 넘길 수 있을 거라고 덧붙였다.

두꺼비는 그 제안이 마음에 들었다. 위험한 동물이라는 명성을 그대로 살리면서 아주 멋지게 감옥을 빠져나갈 수 있기 때문이었다. 그는 간수의 딸을 도와 세탁부가 미처 저항하지도 못하고 봉변을 당한 것처럼 꾸몄다.

"이제 네가 변장할 차례야, 두꺼비. 코트랑 조끼를 벗어. 그것까지 입으면 너무 뚱뚱해 보일 테니까."

아가씨가 웃음을 터트리면서 말했다. 그리고 두꺼비에게 면 원피스를 입히고 고리단추를 채웠다. 능숙하게 숄을 두르고 턱 아래로 모자 끈도 매 주었다.

아가씨가 또다시 킥킥 웃었다.

"어머, 우리 숙모하고 똑같아! 너는 평생 동안 이렇게 초라한 차림으로 있었던 적이 없겠지? 자, 그럼 잘 가. 두꺼비, 행운을 빌어 줄게. 처음 왔던 길로 쭉 내려가. 누가 말을 걸지도 몰라. 남자들은 으레 그러니까. 분명히 말을 걸 거야. 그럼 그냥 농담으로 대꾸해. 참, 넌 지금 남편 없이 세상에 홀로 남겨진 부인이라는 사실도 명심하고!"

두꺼비는 고개를 끄덕인 뒤에 단단히 맘먹고 출발했다. 무모하고 위험한 일이라 조심스러웠지만, 생각보다 의외로 일이 술술 풀렸다. 세탁부 복장이 사람들에게 인기가 많았고, 게다가 여자라는 점도 한몫한다는 생각이 들 정도였다. 면 원피스를 입은 땅딸막한 세탁부의 모습은 익숙한 듯 꽉 닫힌 문을 지날 때마다 통행증이 되어 주었다. 두꺼비가 어느 길로 가야 할지 몰라 망설일 때도 다음 문을 지키는 간수가 도와주었다. 빨리 차를 마시러 가고 싶었던 그 간수는 길을 몰라 머뭇하는 두꺼비에게 얼른 오지 않고 뭐 하냐며, 밤새 자신을 그 자리에 세워 둘 참이냐고 딱딱거렸다. 사실 간수들의 장난이나 농담에 신속하고 적절하게 반응하는 것이 가장 위험한 일이었다. 두꺼비는 원래 자존심 강한 동물인지라 간수들의 농담이 워낙 서투르고 재미도 없다고 생각하고 있었다. 대번에 누르는 게 쉽지 않은 일이었지만 그래도 성질을 죽이면서 세탁부에 걸맞은 반응을 했다. 물론 수준이 너무 낮아지지 않도록 최선을 다했다.

마지막 간수가 작별의 포옹을 하자며 확 뻗는 팔을 살짝 피한 두꺼비는 뜰을 지날 때까지 몇 시간이 흘러간 느낌이었다. 곧이어 바깥문이 닫히는 소리와 함께 신선한 공기가 이마에 와 닿자, 그는 마침내 자유의 몸이 되었다는 사실을 깨달았다.

무모해 보이기만 하던 모험이 성공하자 두꺼비는 머리가 잠시 아찔해졌다. 그는 서둘러 불빛이 환한 읍내로 발걸음을 옮겼다. 앞으로 어떻게 해야 할지 알 수 없었지만 가능한 한 빨리 그곳에서 벗어나야 한다는 건 분명한 사실이었다. 세탁부는 근처에서 잘 알려진 데다 사람들에게 인기가 많기 때문이었다.

앞으로의 일에 대해 고심하면서 걷던 두꺼비는 약간 떨어진 곳에서 빨간색과 초록색으로 빛나는 불빛을 보았다. 읍내 한쪽에서 요란한 엔진 소리와, 선로가 바뀔 때마다 화물칸이 부딪히는 소리가 들려왔다.

"아, 운이 좋군! 기차역이야말로 지금 나한테 가장 필요한 거지. 게다가 기차를 타면 읍내로 들어가니까 이제 더 이상 창피하게 세탁부 노릇을 하지 않아도 되는 거잖아. 나한테는 자존심 상하는 일이었어."

두꺼비는 당장 역으로 뛰어가서 시간표를 살폈다. 그리고 집이 있는 방향으로 가는 기차를 발견했다. 삼십 분 후 출발 예정이었다.

"아, 난 정말 운이 좋아!"

더욱 신이 난 두꺼비는 기차표를 사러 매표소 앞으로 갔다.

두꺼비 저택이 있는 마을에서 가장 가까운 역 이름을 대고 습관처럼 돈을 꺼내려고 조끼 주머니로 손을 가져갔다. 그런데 자기가 지금 입고 있는 옷이 면 원피스라는 사실을 까맣게 잊어버리고 있었다. 두꺼비는 그 낯선 옷에서 돈을 찾으려고 손을 마구 휘저었다. 뒤에 줄지어 선 사람들이 성급하게 별로 도움도 되지 않을 조언을 하거나 뾰족하게 날이 선 말을 던지기도 했다. 허둥대던 두더지는 마침내 조끼 주머니가 있던 익숙한 위치를 찾는 데 성공했지만 돈은커녕 조끼도, 주머니도 없었다.

그제야 두꺼비는 경악하면서 코트와 조끼를 감방에 두고 왔다는 사실을 떠올렸다. 거기에는 지갑과 돈, 열쇠, 시계, 성냥, 만년필 통 등 인생을 가치 있게 만들어 주는 것들도 함께 있었다. 주머니가 많거나 혹은 하나밖에 없거나 아예 없어서 제대로 된 물건을 가지고 다니지 못하는 수준 낮은 동물들과 자신을 구분해 주는 것들인데 전부 두고 와 버렸다.

두꺼비는 빨리 그 자리를 벗어나야 했기에 절박한 심정으로 단 하나의 방법을 시도했다. 평소의 정중한 태도로, 꼭 지주와 대학교수를 합쳐놓은 것처럼 이렇게 말했다.

"실례합니다. 제가 그만 지갑을 두고 왔네요. 표를 주시면 내일 돈을 바로 보내 드리죠. 전 이 부근에서 잘 알려진 사람이니까요."

역무원은 두꺼비의 얼굴과 낡은 검은색 모자를 아래위로 빤히 쳐다보더니 곧 웃음을 터뜨렸다.

"매번 이런 수작을 부렸다면 이 부근에서 꽤나 유명하겠군요. 창구에서 좀 비켜 주시죠, 부인. 다른 손님들을 막고 있잖아요!"

그러자 아까부터 뒤에서 재촉하던 노인이 두꺼비를 밀쳐 냈다. 그것도 모자라 "못생긴 아줌마!"라고 말했다. 두꺼비는 더욱 화가 치밀었다.

당황하고 절망에 빠진 두꺼비는 기차가 서 있는 플랫폼으로 무작정 걸어갔다. 양쪽 콧등을 타고 눈물이 흘러내렸다. 집까지 무사히 가기가 참 힘들다는 생각이 들었다. 그깟 돈 몇 푼이 없어서 역무원한테 사기꾼 취급까지 받았다. 머잖아 감옥에서 탈출한 일이 밝혀져 추적이 시작될 것이다. 다시 붙잡혀 쇠사슬에 묶이고 감옥으로 돌아가서 빵하고 물만 먹으며 짚더미에서 자게 될 터였다. 감시도 두 배로 심해지고 형량도 두 배로 늘어날 게 뻔했다. 아, 간수의 딸은 또 얼마나 비웃을까! 이제 어떻게 해야 하지? 두꺼비는 걸음이 빠른 편도 아니고 누가 봐도 눈에 띄는 외모였다. 객차 좌석 아래로 끼어들어갈 수는 없을까? 두꺼비는 어린 학생들이 부모에게 받은 용돈을 딴 데 써 버리고 나서 그런 방법을 쓰는 것을 본 적이 있었다. 문득 두꺼비는 자기도 모르는 사이에 벌써 기관차 맞은편에 와 있다는 것을 알아챘다. 한 손에는 기름통을, 다른 손에는 솜뭉치를 든 건장한 체격의 기관사가 열심히 기름칠하고 닦는 모습이 보였다. 기관사가 두꺼비에게 먼저 인사했다.

"안녕하세요, 부인! 무슨 걱정이라도 있나요? 우울해 보이시네요."

그러자 두꺼비는 또다시 울음을 터뜨리며 말했다.

"아, 기관사님. 나는 불쌍한 세탁부랍니다. 돈을 전부 잃어버려서 기차표 살 돈도 없어요. 오늘 밤에 꼭 집으로 돌아가야 하는데 어떻게 해야 할지 모르겠어요. 아, 어쩌면 좋을까?"

"정말 안됐네요. 돈을 다 잃어버려서 집에도 갈 수 없다니…… 집에서 아이들이 기다리고 있겠군요?"

"애가 한둘이 아니랍니다. 다들 배가 고플 텐데…… 성냥을 가지고 놀거나 등잔을 엎거나 항상 말썽을 피우고 그런답니다. 아, 어쩌면 좋을까요?"

두꺼비는 흐느꼈다.

마음씨 착한 기관사가 말했다.

"부인, 진정하고 좀 들어 보세요. 부인은 세탁 일을 하시잖아요? 저는 기관사라 옷이 심하게 잘 더러워집니다. 셔츠를 수없이 빨아야 하니까 이젠 아내가 빨래에 지쳤어요. 부인이 집에 가서 셔츠 몇 벌만 세탁해서 보내 주겠다고 약속하면 제 기관

차에 태워 드리겠습니다. 회사 방침에 어긋나지만 여기는 한가한 역인지라 특별히 신경 쓰지 않거든요."

조금 전만 하더라도 절망에 빠져 있던 두꺼비가 몹시 기뻐하며 기관실에 잽싸게 올라탔다. 당연히 두꺼비는 평생 셔츠를 빨아 본 적도 없었고, 어떻게 하는지도 몰랐으며, 해 볼 마음도 없었다. 다만 이렇게 생각할 뿐이었다.

'무사히 저택에 도착하기만 한다면 다시 돈이 생길 텐데, 뭐. 기관사에게 세탁비나 두둑이 챙겨서 보내줘야지. 그걸로 됐어. 기관사 입장에서는 그게 더 나을 수도 있고.'

역무원이 깃발을 흔들자 기관사는 기적을 울려 화답했다. 기차가 역을 빠져나가고 속도가 점점 빨라지자 양옆으로 들판과 나무와 산울타리, 소떼와 말떼가 휙휙 지나갔다. 두꺼비는 저택과 친구들, 주머니를 가득 채울 돈과 푹신한 침대, 맛있는 음식과 그동안의 모험담, 그리고 그의 영리함에 쏟아지는 감탄의 말들과 점점 가까워진다고 생각했다. 두꺼비는 이리저리 폴짝폴짝 뛰면서 환호성을 지르고 노래를 부르기 시작했다. 기관사는 가끔씩 세탁부를 만나보긴 했지만 이런 세탁부는 처음이라 깜짝 놀랐다.

한참을 달렸을까. 두꺼비는 벌써부터 집에 도착하면 저녁으로 뭘 먹을지에 대해 궁리하고 있었다. 그때, 기관사가 어리둥절한 표정을 하며 한쪽으로 몸을 숙이더니 가만히 소리에 귀 기

울이는 시늉을 했다. 석탄 더미로 올라가 밖을 내다보고는 돌아와서 말했다.

"이상한 일이네요. 오늘 밤 이쪽 방향으로 가는 기차는 이게 막차인데, 다른 기차가 바짝 따라오는 소리가 들려요."

두꺼비는 까불대던 행동을 당장 멈추었다. 이내 기운이 빠지는가 싶더니 허리부터 다리까지 뻑적지근해졌다. 자리에 털썩 주저앉아 앞으로 일어날 수도 있는 부정적인 일들을 생각하지 않으려고 애썼다.

그때 달빛이 환하게 비쳤다. 기관사는 다시 석탄 더미 위에 올라가 멀리 철로를 내려다보았다. 이내 그의 외침이 들렸다.

"이제 분명하게 보이네요. 우리 철로로 기관차 한 대가 엄청난 속도로 달려오고 있어요. 우리를 쫓아오는 것 같아요."

두꺼비는 석탄가루를 뒤집어쓴 채 쭈그리고 앉았다. 어떻게 해야 할지 머리를 쥐어짰지만 성공 가능성은 희박했다. 기관사가 또 소리쳤다.

"점점 빠르게 따라붙고 있네요. 저 기관차에 이상한 사람들이 잔뜩 탔어요. 늙은 간수가 창을 흔들어 대고, 헬멧 쓴 경찰관이 곤봉을 흔들고 있어요. 중산모에 허름한 차림을 한 남자들도 있는데 멀리서 봐도 사복형사 같네요. 총이랑 지팡이를 흔들고 있거든요. 모두 뭔가를 흔들면서 '멈춰! 멈춰!' 소리치는 것 같아요."

그때 두꺼비가 석탄 더미에 무릎을 꿇었다. 간절히 손 모아 울면서 애원했다.

"살려 줘요. 날 좀 살려 주세요, 친절한 기관사 양반! 전부 다 솔직히 털어놓겠어요. 난 보이는 것처럼 소박한 세탁부가 아니에요. 날 기다리고 있는 자식들도 없어요. 난 두꺼비랍니다. 유명하고 인기 많은 땅부자, 두꺼비예요. 적들이 나를 끔찍한 지하 감옥에 처넣었지만 방금 용기와 기지를 발휘해서 탈출했어요. 지금 뒤따라오는 자들한테 붙잡히면, 또다시 쇠사슬에 묶여 빵과 물만 먹으면서 짚더미에서 자야 하는 비참하고 불쌍한 두꺼비 생활로 돌아간다고요!"

그러자 기관사는 아까와는 완전히 다른 사람처럼 싸늘한 표정으로 두꺼비를 내려다보며 물었다.

"사실대로 대답해. 감옥에 왜 들어갔지?"

두꺼비는 약간 꾸며서 설명했다.

"별일 아니었어요. 자동차 주인들이 점심을 먹는 동안 자동차를 아주 잠깐 빌렸을 뿐이에요. 그들이 자동차가 필요하지 않은 시간에 말예요. 훔칠 마음이 전혀 없었는데 사람들이, 특히 판사들이 경솔하고 의욕만 앞선 행동이었다면서 너무 심하게 판결을 내려 버린 거예요."

기관사가 진지한 표정으로 말했다.

"정말 심한 짓을 저질렀으니 경찰에 넘기는 게 마땅하겠지. 하지만 이렇게 괴로워하고 있는데 모른 척할 수는 없겠군. 나는 원래 자동차를 좋아하지 않는 데다 내 기관차를 운전하면서 경찰의 명령을 받는 것도 싫어해. 근데 참, 동물의 눈물을 보면 이상하게 마음이 약해진다니까. 일단은 기운 내라, 두꺼비! 내가 최선을 다할 테니 저들을 앞지를 수 있을 거야!"

둘은 미친 듯 석탄을 퍼 넣었다. 화로가 뜨겁게 용솟음치더니 엔진이 폭발할 듯 앞으로 나아갔다. 그러나 뒤따라오는 기차와 거리는 좀체 좁혀지지 않았다. 기관사는 크게 한숨을 내쉬며 솜뭉치로 이마에 흐르는 땀을 닦았다.

"아무래도 소용없는 일인 것 같구나. 저 기차는 엔진이 이것보다 뛰어나서 속도가 빨라. 이제 할 수 있는 일은 한 가지밖에 없군. 유일한 기회니 내 말 잘 들어. 조금만 가면 기다란 터널이 나오는데, 터널을 지나면 울창한 숲이 있어. 나는 최대 속도로 그 터널을 지날 테지만, 저들은 터널 안에서 혹시라도 사고가 날까 봐 속도를 줄일 거야. 터널을 지나는 순간, 증기를 차단하고 브레이크를 최대한 세게 밟을 테니까 그때 기차에서 뛰어내려서 숲속에 숨어. 그리고 난 다시 최대 속도로 달릴 거야. 저들은 아마도 계속 날 따라오겠지. 얼마나 멀리까지 따라오든 상관없지만. 자, 준비하고 있다가 내가 신호를 보내면 뛰어내려!"

석탄을 더 많이 넣자 기차가 빠르게 터널로 돌진했다. 엔진이 요란한 소리를 내는 가운데 터널을 지나자 신선한 공기와 환한 달빛이 그들을 맞이했다. 철로 양쪽으로 나무가 빽빽이 들어서 있는 숲이 보였다. 기관사는 증기를 차단하며 브레이크를 밟았고, 두꺼비는 계단으로 내려섰다. 기차가 보통 걷는 속도만큼 느려졌을 때 기관사가 소리쳤다.

"지금이야! 뛰어내려!"

두꺼비가 기차에서 뛰면서 야트막한 제방으로 굴렀다. 그러고는 무사히 숲속으로 들어가서 숨었다.

가만히 밖을 엿보니, 방금 뛰어내렸던 기차가 다시 속도를 내며 저 멀리 사라지는 모습이 보였다. 곧이어 터널에서 시끄러운 기적 소리와 함께 다른 기차가 빠져나왔다. 기차에 탄 사람들이 각종 무기를 흔들며 소리 질렀다.

"멈춰! 멈추라고!"

기차가 모두 지나가자 두꺼비는 한바탕 웃음을 터뜨렸다. 감옥에 갇힌 이후로 그렇게 크게 웃어 보기는 처음이었다.

하지만 사방이 깜깜하고 알지도 못하는 추운 숲에 와 있다는 데 생각이 미치자 웃음이 사라졌다. 돈도 한 푼 없고 저녁 식사는 꿈도 못 꾸었다. 집과 친구들은 저 멀리 있었다. 기차가 지나가자 사방은 충격적일 만큼 고요해졌다. 최대한 철로에서 멀어져야 한다는 생각이 들어 계속 숲에 숨어 있기로 했다.

여러 주 동안 감옥에 갇혀 있어서인지 두꺼비는 숲이 낯설었

다. 꼭 자기를 겁주려고 한다는 기분까지 들었다. 쏙독새의 울
음소리는 꼭 간수들이 그를 찾으러 다가오는 소리 같았다. 부
엉이가 소리도 없이 다가와 날개로 어깨를 스치자, 두꺼비는 순
간 간수의 손인 줄 알고 펄쩍 뛰었다. 부엉이는 낮은 소리로 "후
우! 후우! 후우!" 하고 웃으며 휙 지나갔다. 심보가 참 고약했

다. 그런가 하면 여우는 가던 걸음을 멈추고 비웃듯이 두꺼비를 위아래로 훑어보았다. 그리고 "안녕하세요, 세탁부 아줌마! 이번 주에 양말 한 짝이랑 베갯잇 하나가 안 왔어요. 앞으로는 그런 일이 없도록 주의해 주세요."라고 조롱하며 홱 가 버렸다. 두꺼비는 돌을 던지려고 주변을 둘러봤지만 눈에 띄는 게 없었다. 그래서 더욱 화가 났다. 춥고 배고프고 피곤한 두꺼비는 은신처로 적당한 속이 빈 나무를 찾아냈다. 그 속에 나뭇가지와 나뭇잎으로 최대한 편안하게 이부자리를 만들었다. 그러고는 아침까지 푹 잤다.

09

누구나 나그네

물쥐는 줄곧 초조하고 불안했다. 이유는 몰랐다.

아름다운 여름 풍경은 여전히 한창이었다. 초록 들판이 조금씩 황금색으로 물들고 마가목 열매가 붉어지고 숲 여기저기가 갈색을 띠고 있었지만, 빛과 따사로움과 풍부한 색채는 조금도 줄어들지 않았다. 서늘함도 전혀 느껴지지 않았다. 다만 과수원과 울타리 사이의 끝없는 합창 소리가 가벼운 저녁 기도 소리만큼 작아졌다. 울새들이 한 번 더 힘을 내어 노래할 준비를 했다. 확실히 하늘에는 새들이 떠나가는 분위기가 감돌았다. 뻐꾸기 소리가 쏙 들어간 지도 오래되었다. 몇 달 동안 익숙했던 새들의 움직임도 사라지고 있었다. 매일 새들의 숫자가 꾸준히 줄어드는 것 같았다. 새들을 지켜보던 물쥐는 날마다 많은 새들이 조금씩 남쪽으로 이동해 가는 습성이 있음을 알게 되었다. 심지어 야밤에 침대에 누워서도 새들이 절대적인 부름에 복종해 밤하늘을 지나는 것이 느껴졌다.

자연의 호텔 역시 어디나 마찬가지로 한철이 있다. 손님들이 하나둘 짐을 꾸리고 숙박료를 지불한 뒤 떠나면 쓸쓸하게도 식사 때마다 테이블의 빈자리가 늘어난다. 그러면 객실을 닫고, 카펫을 걷고, 웨이터들도 내보낸다. 호텔에 계속 머무는 손님들은 내년에 다시 문을 열 때까지 이별에 영향을 받을 수밖에 없다. 어디로 가야 할지, 새로 어디에 묵는 것이 좋을지 대화하기도 하고, 매일 줄어드는 친구들을 떠나보내는 경험을 공유하기도 한다. 불안하고 우울해져서 짜증도 늘어난다.

"왜 하나같이 변화를 원하는 거지? 우리처럼 남아서 좀 조용하고 즐겁게 지내면 안 되나? 떠나 있는 계절 동안 이 호텔이 어떠한지, 남은 우리가 얼마나 재미있게 지내는지 모르고 있을 거잖아. 일 년 내내 신나는 일이 정말 많은데."

떠나는 이들도 그렇다고는 대답한다.

"우리도 너희들이 부러워. 하지만 우린 지금 약속이 있는걸. 문 앞에 버스가 와 있잖아. 이제 떠날 시간이 됐어."

그들은 미소와 함께 고개를 끄덕이며 떠나고, 남은 이들은 그들을 그리워하기도 하고 원망하기도 한다.

물쥐는 자급자족하는 동물이라 땅에 뿌리내리고 살았다. 물

쥐는 누군가 떠나도 관계없이 남았다. 그래서인지 지금 하늘에서 일어나는 변화와 그것이 자신에게 끼치는 영향을 알아차릴 수밖에 없었다.

누군가 떠나는 계절이 되면 물쥐는 마음이 심란해져서 일이 손에 잡히지 않았다. 물쥐는 골풀이 높게 자라고 물살이 약해진 강가를 나서며 시골길을 돌아다녔다. 어느덧 칙칙해지고 말라 가는 들판과 풀밭을 지나 밀밭으로 들어섰다. 노란 밀이 파도처럼 넘실거리며 조용하고도 나지막이 속삭였다. 물쥐는 밀밭 사이에서 걸어 다니는 것을 좋아했다. 우뚝 솟아난 줄기들이 물쥐의 머리 위로 황금빛 하늘을 만들어 주었다. 그 하늘은 언제나 춤추듯 넘실거리거나 부드럽게 이야기를 들려주었다. 때론 세찬 바람을 따라 흔들리다가 즐거운 웃음을 터뜨리면서 원위치로 돌아가기도 했다.

물쥐는 이곳에 작은 친구들이 많았다. 친구들은 밀밭에서 혼자 힘으로 바쁘게 살아가면서도 손님이 오면 꼭 시간을 내어 새로운 소식을 들려주었다.

그런데 오늘따라 들쥐들과 멧밭쥐들이 격식을 차리긴 했지만 정신은 딴 데 팔린 듯 보였다. 삼삼오오 여럿이 바쁘게 땅을 파기도 하고, 또 몇몇은 작고 멋진 집의 설계도를 살펴보며 가게와 가까운 곳에 위치해 있느니 어쩌니 하기도 했다. 먼지 투성이 가방과 옷 바구니를 들고 나오거나 벌써 짐을 싸는 들

쥐들도 있었다. 도처에 밀, 귀리, 보리, 밤, 도토리 묶음이 쌓여
있었다.

"물쥐 왔어? 이리 와서 좀 거들어, 가만히 서 있지 말고!"

그들은 물쥐를 보자마자 소리쳤다.

"이게 다 무슨 일이야? 벌써 겨울에 지낼 집을 준비하는 거
야? 아직 멀었는데?"

물쥐가 심각하게 외쳤다.

"그래, 우리도 알아. 근데 미리미리 해서 나쁠 건 없잖아. 안
그래? 끔찍한 기계가 들판을 다 밀어 버리기 전에, 어서 가구랑

짐들이랑 비축해 놓은 식량을 옮겨야만 해. 요즘 좋은 집은 다들 빨리 차지하잖아. 조금만 늦었다간 아무 데서나 살아야 한다고. 이사 가기 전에 꾸릴 짐도 너무 많아. 아직 이르기는 하지만 일단 시작해 보는 거야."

들쥐가 겸연쩍게 설명했다. 그러자 물쥐가 제안했다.

"아휴, 그런 시작이라면 그만둬! 오늘 날씨가 얼마나 좋은데. 배를 타러 가든지, 산울타리를 산책하든지, 아니면 숲속으로 소풍 가자."

"고맙지만 오늘은 안 돼. 오늘 말고 다음에…… 좀 한가해지면 그때……."

들쥐의 대답에 물쥐는 콧방귀를 뀌며 휙 돌아서다가 그만 모자 상자에 걸려서 넘어지고 말았다. 순간 점잖지 못한 비명 소리가 툭 튀어나왔다. 들쥐가 딱딱하게 한마디했다.

"좀 신중하게 보고 다니면 다칠 일도 없을 텐데. 거기 여행 가방을 조심해, 물쥐! 차라리 어디 앉아 있는 게 좋겠다. 한두 시간쯤 지나면 널 상대해 줄 여유가 생길 테니까 기다려 봐."

"크리스마스 때까지도 그 여유란 게 생기지 않을 것 같은데."

물쥐는 무릎을 툭툭 털며 퉁명스럽게 말하고는 들판을 떠났다. 그리고 풀이 잔뜩 죽어서 강으로 돌아왔다. 언제나 믿음직하게 흘러가는 강은 짐을 싸지도, 떠나지도, 겨울 집으로 이사하지도 않았다.

　강둑을 둘러싼 버들가지에 앉아 있는 제비가 보였다. 곧 한 마리가 더 날아왔고, 또 한 마리가 날아왔다. 모두 세 마리의 제비가 가지에 내려와 앉아서 낮은 목소리로 진지하게 대화하고 있었다.

　물쥐가 제비들에게 슬쩍 다가갔다.

　"뭐야, 벌써? 왜 그렇게 서두르는 거야? 정말 말도 안 되잖아."

　그러자 첫 번째 제비가 대답했다.

　"지금 떠나려는 건 아니야. 계획을 세우고 준비를 하는 것뿐이야. 올해는 어떤 길로 갈지, 어디에서 멈출지 그런 거 말이야. 제일 재미있는 부분이지!"

물쥐가 물었다.

"재미라고? 난 이해가 안 되는걸. 이렇게 정든 곳을 떠나야 하잖아. 친구들이 보고 싶을 거고 포근한 집도 그리울 텐데. 물론 때가 되면 너희들은 용감하게 떠나야만 하겠지. 그리고 온갖 고생과 불편과 변화와 새로움과 맞닥뜨리겠지. 자기들이 불행하지 않다고 애써 믿으면서. 하지만 아직 때가 되지도 않았는데 벌써부터 떠나는 이야기를 하고 싶니? 지금 그런 생각을……."

이번엔 두 번째 제비가 말했다.

"아니, 넌 몰라. 일단 지금 우리는 마음이 동요되는 걸 느껴. 기분 좋은 긴장감이라고나 할까. 추억이 하나씩 떠올라. 마치 집을 찾아오는 비둘기들처럼 말이야. 꿈속에 추억이 나타나고 낮에는 우리와 함께 날아다니지. 그러면 다들 그런 경험을 했는지 서로 묻고 싶어지고, 오랫동안 잊고 있었던 냄새와 소리와 이름이 하나씩 되살아나."

물쥐가 아쉬운 듯 말했다.

"올해만 떠나지 않으면 안 되니? 너희들이 여기서 편안하게 지내도록 우리가 최선을 다할게. 너희들이 떠나 있는 동안 이곳이 얼마나 좋은지 잘 모르잖아."

세 번째 제비의 대답이 이어졌다.

"어느 해더라? 사실 떠나지 않으려고 한 적이 있었어. 이곳이

210

정말 좋아서, 다들 떠나는데도 나 혼자 남았지. 몇 주 동안은 괜찮았는데, 그 후로 밤이 얼마나 지독하게 길던지! 낮에는 햇살이 하나도 없어서 몸을 덜덜 떨어야만 했어. 공기는 너무 차갑고 땅에는 벌레 한 마리도 보이지 않았지. 하나도 좋지 않았어. 내 용기와 신념은 다 꺾인 거야. 결국 어느 춥고 바람 부는 밤, 난 동쪽으로 향하는 강풍을 타고 날아갔지. 산을 지날 때는 눈이 많이 와서 얼마나 힘들었는지 몰라. 푸르고 잔잔한 호수로 내려갈 때 쏟아지던 따뜻한 햇살과 처음 먹어본 통통한 벌레의 맛은 아마도 영원히 잊을 수 없을 거야! 남쪽으로 날아갈수록 과거는 악몽이고 미래는 달콤한 휴가처럼 느껴졌어. 그 후로는 늦게까지 남아 게으름을 부리기보다는 언제나 부름에 귀를 기울이지. 이미 경고를 받았으니까 다시는 거역할 꿈조차 꾸지 않아."

나머지 제비들도 황홀한 듯 외쳤다.

"그래, 맞아! 남쪽의 부름! 남쪽에서 부르는 소리! 남쪽 나라의 노래와 색깔과 눈부신 하늘! 너희들 모두 기억하지?"

물쥐는 안중에도 없다는 듯 자기들끼리 신이 나서 옛 추억에 젖어 들고 있었다. 물쥐는 그 이야기를 듣노라니 이상하게도 심장이 점점 타들어 가는 느낌이었다. 갑자기 가슴이 떨리기 시작했다. 남쪽으로 날아가는 새들의 이야기를 듣는 것만으로 새로운 감각이 깨어나 흥분에 사로잡혔다. 실제로 남쪽의 햇살을 받고 냄새를 맡는다면 어떤 기분일까? 물쥐는 눈을 감고 꿈에 빠져들었다. 다시 눈을 떴을 때는 강이 너무도 차가워 보였고, 초록 들판은 칙칙해 생기 없어 보였다. 하지만 마음속 한편에서는 그런 생각들이 이곳에 대한 배신이라는 외침도 들렸다.

물쥐는 제비들을 시샘하며 물었다.

"그렇게 좋으면 왜 돌아왔니? 이 칙칙한 시골 동네가 뭐가 좋다고?"

첫 번째 제비가 대답했다.

"때마다 다른 부름이 있다는 걸 모르니? 푸른 초원, 촉촉한 과수원, 따뜻하고 벌레가 가득한 연못, 풀 뜯는 소 떼, 말린 건초, 처마 밑에 둥지 짓기 같은 것들 말이야."

두 번째 제비가 한마디했다.

"뻐꾸기의 울음소리가 다시 들리기를 간절하게 기다리는 게 너뿐이라고 생각하니?"

세 번째 제비가 덧붙였다.

"때 되면 우리는 수련이 떠 있는 고요한 영국의 연못을 그리워하곤 해. 하지만 오늘은 모든 게 흐릿흐릿하고 옅고 멀리 있는 것 같아. 지금은 다른 음악에 맞춰 피가 뛰고 있으니까."

제비들은 또 자기들끼리 흥분하며 수다를 떨기 시작했다. 이번에는 보랏빛 바다와 갈색 모래, 도마뱀이 나오는 담장에 대한 이야기였다.

시끄러운 제비들한테서 벗어난 물쥐는 지치지도 않고 다시 또 여기저기 돌아다녔다. 북쪽의 강둑에서 시작되는 언덕으로 올라가 눈앞에 펼쳐진 거대한 초원을 내려다보았다. 남쪽은 언덕진 초원에 가려 더 이상 보이지 않았다. 그곳이 물쥐의 소박한 지평선이고, 달처럼 생긴 산이며, 경계였다. 물쥐는 그 너머는 보려고 하지도 않았고, 알려고 하지도 않았다. 그런데 오늘은 이상하리만치 마음이 꿈틀거려 남쪽을 쳐다보았다. 길고 낮은 지평선 너머로 보이는 맑은 하늘이 희망으로 가득해 보였다. 오늘만큼은 눈에 보이지 않는 것들이 소중하게 느껴졌다. 자기가 모르고 있는 것이 어쩌면 인생의 유일한 진실인 것처럼. 언덕 이쪽은 썰렁했지만, 저쪽은 복잡하고 화려한 풍경이 파노라마처럼 펼쳐졌다. 보이지 않아도 머릿속으로 그려졌다. 한없이 넘실거리는 푸르른 바다, 햇살이 쏟아지는 해변을 따라 올리브 숲을 등진 하얀 별장, 포도주와 향신료가 있는 보랏빛 섬을 향해 출발하는 배들로 가득한 항구!

물쥐는 자리에서 벌떡 일어나 다시 강둑으로 내려갔다. 가는 중에 마음이 바뀌어서 먼지 낀 길가로 들어섰다. 그는 빼곡하고 시원한 울타리 아래에 몸을 파묻었다. 그곳에서 잘 닦인 도로와 그 길이 데려다줄 멋진 세상에 관해 상상했다. 그리고 그 길을 지나갔을 방랑자들과 그들이 찾아 나선 행운과 모험과 세상에서 겪었을 모든 일들에 관해!

그때, 멀리서 발자국 소리와 함께 힘없이 걸어오는 동물의 모습이 보였다. 먼지를 수북하게 덮어쓴 쥐였다. 방랑자는 물쥐에게 점점 다가오더니 약간 낯설게 느껴지는 인사를 정중히 건넸다. 그리고 잠시 머뭇거리는가 싶더니, 유쾌한 미소와 함께 물쥐 옆에 앉았다. 너무 피곤해 보이는 얼굴이었다. 물쥐는 아무런 질문도 하지 않은 채 쉬도록 내버려 뒀다. 물쥐는 방랑자가 무슨 생각을 하는지 알았으며, 피곤한 몸과 마음을 재충전할 때 아무런 말없이 있어 주는 시간이 얼마나 중요한지도 잘 알고 있었다.

방랑자는 마른 체구에 날카로운 외모를 가지고 있었다. 어깨가 약간 굽어 있었고, 발은 가늘고 길었으며, 눈가에는 주름이 많이 잡혀 있었다. 반듯하게 잘생긴 귀에는 조그만 금귀고리를 달고 있었다. 전체적으로 빛바랜 파란색 니트에다 기운 자국과 얼룩이 있는 바지를 입고 있었는데, 작은 소지품들은 파란색 손수건에 꽁꽁 동여맨 채 들고 다녔다.

방랑자는 잠깐 휴식을 취한 후에 한숨을 크게 쉬더니 코를 킁킁거리며 주변을 둘러보기 시작했다.

"따뜻한 바람에 토끼풀 냄새가 실려 오네요. 뒤쪽에서 소들이 풀 뜯는 소리도 들리고, 멀리서 추수하는 소리도 들리는군요. 숲 저쪽에 있는 오두막집에서는 푸른 연기가 솟아나네요. 쇠물닭 소리가 나는데 아마 가까운 곳에 강이 있나 봐요. 체격을 보아하니, 강가에 사는가 보군요. 모든 게 잠든 것처럼 평화롭지만 다들 쉬지 않고 움직이고 있네요. 친구여, 당신은 정말 멋진 인생을 살고 있군요. 그런 삶을 살 만큼 강인해 보입니다!"

"네, 그게 바로 삶이죠. 살아 볼 만한 가치가 있는 유일한 인생……."

물쥐는 아련한 어조로 대답했다. 평소와 달리 자신감 없는 목소리였다. 방랑자가 조심스럽게 말했다.

"꼭 그렇다는 말은 아니었지만 그런 삶도 좋지 않을까 하는 거예요. 나도 살아 봐서 알거든요. 여섯 달 정도 그렇게 살아 봤기 때문에 그런 생활이 좋다는 걸 잘 알아요. 그래서 지금도 아픈 발을 이끌고 굶주린 배를 붙잡고 남쪽으로 걸어가고 있답니다. 옛 생활로 어서 돌아오라는 부름을 따라서 말이죠. 그게 바로 내 인생이고, 또 나를 붙잡아 줄 삶이니까요."

물쥐는 '역시 남쪽으로 가는 건가?'라고 속으로 생각하며 물었다.

"지금 어디에서 오는 길인가요?"

어디로 가는지는 묻지 않았다. 그 대답은 뻔하다고 생각해서였다.

방랑자는 북쪽을 향해 고개를 까딱이며 곧바로 대답했다.

"저쪽에 있는 작고 멋진 농장에서 오는 길이에요. 괜찮아요.

나는 원하는 걸 전부 가지고 있었거든요. 살면서 원할 수 있는 모든 걸 가지고 있었죠. 그래서 지금 이렇게 여기에 있잖아요. 여기에 있다는 사실이 기뻐요. 오래 걸을수록, 더 많은 시간을 보낼수록 정말로 내가 원하는 것에 가까워지는 법이거든요."

방랑자는 반짝이는 눈으로 지평선 너머를 쳐다보았다. 그는 들판에서부터 들려오는 소리에 귀를 기울이는 것 같았다. 목초지와 농장 뜰에서 기분 좋은 음악이 들려오는 모양이었다.

물쥐가 말했다.

"당신은 우리 같은 부류가 아니군요. 농부도 아니고, 여기 출신은 더더욱 아닌 것 같고요."

그러자 방랑자가 대꾸했다.

"그래요. 나는 바다를 항해하는 쥐랍니다. 원래 콘스탄티노플 출신이에요. 따지고 보면 거기서도 외지 동물이지만. 친구여, 혹시 콘스탄티노플에 관해 들어 봤나요? 멋지고 오래되고 화려한 도시죠. 노르웨이 왕 시구르에 관해서도 들어 본 적 있죠? 그가 배 60척을 이끌고 항해했다는 사건 말이에요. 부하들과 함께 보라색과 황금색 차양이 쳐진 거리를 지나다녔대요. 콘스탄티노플의 황제와 황후가 그의 배에서 연회를 벌인 건 또 어떻고요. 나중에 시구르 왕은 노르웨이로 돌아갔지만, 많은 부하들이 남아서 황제의 경호원이 되었죠. 노르웨이에서 태어난 내 조상도 시구르 왕이 황제에게 선물해 준 배에 남았답니다. 그때부터 우리

가문은 바다의 항해자였던 거죠. 나에게는 태어난 도시뿐만 아니라 콘스탄티노플과 런던 강 사이의 항구들도 전부 집처럼 느껴져요. 나는 그 항구들을 잘 알고 그 항구들도 나를 잘 알죠. 어떤 물가에 내놔도 집에 돌아온 기분을 느낀다니까요."

물쥐가 점점 더 흥미를 느끼며 말했다.

"당신은 정말 멋진 항해를 하나 보군요. 그런데 몇 달이고 육지가 보이지 않는 바다에 있으면 식량은 점점 떨어지고 물도 한 번에 조금밖에 못 마시고, 거대한 바다와 소통해야만 하는 항해를 했겠군요."

그러자 방랑자가 솔직하게 대답했다.

"그건 아니에요. 당신이 말한 생활은 나하고 전혀 맞지 않아요. 나는 해안 무역업을 하기 때문에 육지가 잘 안 보이는 경우는 거의 없답니다. 난 바다를 항해하는 것도 좋지만 해안에서 즐거운 시간을 보내는 것도 좋아하거든요. 아, 남쪽의 항구! 그 냄새, 한밤에도 환한 불빛, 정겨운 화려함!"

물쥐는 약간 미심쩍어하며 말했다.

"그래요. 어쩌면 그게 더 나은 선택일지도 모르죠. 그럼 무역업에 대해서 말해줄래요? 어떤 걸 보통 집으로 가져오는지, 난롯불 옆에 앉아 즐겁게 이야기할 만한 추억거리가 있는지 궁금해요. 사실 오늘따라 내 삶이 너무 좁다는 생각이 들었거든요."

바다의 방랑자가 기다렸다는 듯 이야기를 시작했다.

"마지막 항해에서 이곳에 내리게 됐어요. 육지의 농장으로 가면 재미있고 멋진 생활을 할 수 있을 거라는 희망이 가득했죠. 그날도 평소와 마찬가지로 가정불화가 원인이었어요. 집안에 큰 사건이 터질 것 같아서 무작정 콘스탄티노플에서 출발하는 작은 무역선을 탔어요. 파도마다 불멸의 추억을 간직한 바다를 항해해서 그리스의 섬들과 레반트로 갔죠. 낮에는 황금빛이고 밤에는 온화했어요. 그런 가운데 항구를 늘 들락날락했답니다. 어디 가든 옛 친구가 있었거든요. 더운 낮에는 시원한 사원이나 부서진 물탱크에서 잤죠. 해가 저문 후에는 별이 가득한 밤하늘 아래 파티가 열렸고 노래를 불렀어요. 그런 다음 아드리아 해를 항해하기도 하고, 노랗고 붉고 푸른 해안에서 수영도 했죠. 육지에 둘러싸인 항구에 늪거나 오래된 화려한 도시도 돌아다니고요. 그리고 어느 날, 아침 해가 떠올랐을 때 황금길을 따라 베니스로 갔답니다. 아, 베니스는 정말 멋져요. 우리 같은 쥐들이 편안하게 돌아다니면서 즐겁게 놀 수 있는 곳이거든요. 돌아다니다 지치면 친구들과 또 파티를 즐기죠. 별이 가득한 밤하늘 아래 울려 퍼지는 음악 소리를 들으면서 말이에요. 지나가는 곤돌라에서는 철로 된 뱃머리가 반짝반짝 빛나죠. 곤돌라들이 운하에 가득 떠 있기 때문에 그 위를 걸어서 수로를 건너갈 수도 있을 정도랍니다. 베니스는 음식도 굉장해요. 조개 요리 좋아하나요? 아, 지금 음식 이야기는 그냥 지나가는 게 좋겠군요."

방랑자 바닷쥐는 한동안 가만히 있었다. 물쥐도 말없이 어느새 곤돌라를 타고 운하를 떠다니는 상상에 젖었다. 파도가 방파제에 부딪히며 노랫소리가 높게 울려 퍼지는 듯했다.

마침내 바닷쥐가 다시 입을 열었다.

"우리는 이탈리아의 해변을 따라 다시 남쪽으로 항해했어요. 결국 팔레르모에 도착했죠. 나는 거기서 잠깐 항해를 중단했어요. 해변에서 길고 행복한 휴가를 보내기 위해서 말이죠. 나는 한 배에 오래 머물지 않거든요. 그러면 마음도 좁아지고 편견도 생기니까요. 시칠리아는 내가 좋아하는 사냥터이기도 해요. 아는 사람도 많은 데다 그곳의 생활 방식이 나하고 잘 맞아요. 그 섬에서 몇 주나 있었어요. 친구 집에서 지냈죠. 하지만 또다시 좀이 쑤셔서 사르데냐와 코르시카로 가는 무역선을 탔어요. 시원한 산들바람과 파도의 물거품을 또 얼굴에 맞으니 너무 행복했어요."

물쥐가 물었다.

"그런데 갑판 밑에 있는 짐칸에서 잘 때 덥고 답답하지 않던가요?"

바닷쥐는 눈을 찡긋하더니 물쥐를 쳐다보며 간단하게 답했다.

"나는 베테랑이거든요. 선장실은 뭐 그럭저럭 견딜 만해요."

물쥐가 곰곰이 생각에 잠긴 채 중얼거렸다.

"정말 힘든 생활일 것 같은데……."

"선원이라면 그렇겠죠."

바닷쥐는 또 살짝 한쪽 눈을 찡긋하면서 진지하게 말을 이었다.

"코르시카에서는 육지로 포도주를 옮기는 배를 탔어요. 저녁 무렵 알라시모에 도착해 포도주 상자를 끌어냈죠. 그리고 배 밖으로 내려 긴 줄이 되도록 전부 묶었어요. 선원들이 작은 배를 타고 해안으로 노를 저었죠. 노래를 부르면서 마치 돌고래가 헤엄쳐 가듯 포도주 상자를 끌고 갔어요. 때마침 모래밭에서 기다리던 말들이 포도주 상자를 싣고 요란한 소리와 함께 울퉁불퉁한 시골길을 지나 읍내로 갔죠. 마지막 상자까지 무사히 나르고 우리는 신선한 공기를 쐬러 나갔어요. 밤늦게까지 친구들하고 술을 마셨죠. 다음 날 아침에는 올리브 숲으로 들어가서 쉬었어요. 섬을 실컷 구경하고 항구도 실컷 봤으니 농부들 틈에서 여유롭게 지냈죠. 농부들이 일하는 모습도 구경하고 푸른 지중해가 내려다보이는 언덕에 누워 쉬기도 했어요. 그런 다음에는 걷기도 하고 배를 타기도 하면서 마르세유로 갔어요. 그곳에 가서 예전에 같이 배를 탔던 친구들을 다시 만났어요. 바다로 나가는 큰 배를 구경하고 파티도 열곤 했죠. 맛있는 조개 요리도 잔뜩 먹었어요. 난 요즘도 가끔씩 마르세유의 조개 꿈을 꾸다가 엉엉 울면서 일어난다니까요!"

물쥐가 예의 바른 투로 말했다.

"그 말을 들으니 아까 당신이 음식 이야기를 했던 게 생각나
네요. 진작 말을 꺼냈어야 했는데…… 나랑 같이 가서 점심 식
사를 하겠어요? 근처에 우리 집이 있거든요. 벌써 정오가 지났
는데 얼마든지 같이 가도 좋아요."

"당신은 정말 형제같이 친절하군요. 여기 앉았을 때부터 사
실 배가 고팠는데 조개 이야기가 나온 후로는 도저히 참을 수
없을 지경이었어요. 그런데 미안하지만 여기로 음식을 좀 가져
다줄 수 있겠어요? 난 집 안으로 들어가는 걸 좋아하지 않거든
요. 꼭 그래야 할 때만 빼고요. 점심 식사를 하는 동안, 항해와
즐거웠던 생활에 대해 더 이야기해 주죠. 나한테는 즐거운 경험
인데 그렇게 관심을 기울이는 걸 보니 당신에게도 즐겁게 느껴
지는 모양이군요. 실내로 들어가면 왠지 곧장 잠들어 버릴 것만
같아서요."

"좋은 생각이에요."

물쥐는 서둘러 집으로 갔다. 그리고 바구니를 꺼내 간단히
먹을거리를 챙겼다. 바닷쥐의 고향과 취향을 떠올리면서 기다
란 프랑스빵과 마늘 소시지와 치즈, 그리고 목이 길고 짚으로
둘러싸인 병에 담긴 포도주도 잊지 않았다. 포도주는 머나먼
남쪽 언덕에서 자란 포도로 만든 것이었다. 물쥐는 최대한 빨리
바닷쥐가 있는 곳으로 돌아갔다. 그들은 함께 길가 풀밭에 앉

아 바구니에 담긴 음식을 펼쳤다. 탁월한 선택이라는 바닷쥐의 칭찬에 물쥐의 얼굴이 빨개졌다.

바닷쥐는 어느 정도 허기가 가시자 최근에 했던 여행 이야기를 계속해서 들려주었다. 그의 이야기를 들으며, 물쥐는 스페인의 항구를 누비다가 리스본, 오포르토, 보르도에 내렸고 콘월과 데번의 항구까지 기분 좋게 갔다. 채널 해협에 이르니 바람이 심해지고 날씨가 사나워져 마지막 부둣가에 내려야 했다.

바닷쥐는 곧 다가올 봄을 그리며 육지를 따라 오랫동안 걸었다. 험난한 바다를 벗어나 조용한 농장에서 지내는 새로운 생활을 한 번쯤 꿈꾸기도 했다. 물쥐는 흥분한 나머지 몸을 바르르 떨며 바닷쥐가 들려주는 모험을 따라갔다. 폭풍우 치는 해변을 지나 북적거리는 길을 지나고 파도가 출렁거리는 항구도 지나쳤다. 넘실대는 강 때문에 읍내들이 보이지 않았고, 갑자기 모퉁이를 돌자 농장이 나왔다. 하지만 물쥐는 이제 따분한 농장 이야기 같은 건 듣고 싶지 않았다.

식사가 끝나자 바닷쥐는 완전히 기운을 차렸고 목소리도 더욱 생생해졌다. 두 눈은 꼭 바다 저 멀리에서 보이는 등대처럼 반짝거렸다. 바닷쥐는 남쪽 나라의 포도주를 잔에 가득 따르더니 물쥐에게 몸을 기울인 채로 계속 이야기했다.

물쥐의 몸과 영혼은 완전히 매혹당했다. 바닷쥐의 눈은 거품이 일다가 변하는 회녹색의 북쪽 바다 같았고, 그가 든 잔에 담긴 포도주는 남쪽 나라의 심장처럼 붉은빛을 발했다. 마치 용감하게 모험에 나선 바닷쥐를 응원하는 듯했다.

　변하는 잿빛과 변치 않는 붉은색의 두 빛이 물쥐를 사로잡았다. 조용한 바깥세상의 빛은 점점 멀어지더니 사라져 버렸다. 바닷쥐의 이야기는 때때로 노래가 되었다. 닻을 던지는 선원들의 구령 소리, 거센 북동풍에 펄럭이는 돛대 소리, 해질 무렵 살굿빛 하늘 아래 그물을 당기는 어부들의 노랫소리, 곤돌라와 작은 범선에서 울려 퍼지는 기타와 만돌린 소리가 들렸다. 그리고 애처롭다가 성난 듯 휘몰아치는 바람 소리, 귀가 찢어질 듯한 휘파람 소리, 바람을 가득 안은 돛의 가장자리에서 들리는 음악 소리로 바뀌었다. 온통 정신을 빼앗겨 버린 물쥐는 그 소리들이 정말로 들리는 것만 같았다.

　배고픈 갈매기들의 울음과 부서지는 파도 소리, 또 조약돌이 바다에 쓸리는 소리도 들렸다. 이런 소리들에서 다시 물쥐의 말소리로 돌아갔다. 물쥐는 바닷쥐의 이야기에 푹 빠져 열두 개의 항구에서 벌어지는 싸움, 탈출, 모임, 우정, 용맹함에 관한 모험담을 들었다. 섬으로 보물을 찾아다니기도 하고, 잔잔한 호수에서 물고기를 잡기도 하고, 따뜻한 백사장에서 온종일 나른하게 졸기도 했다. 깊은 바다에서 낚시할 때는 엄청나게 기다란 그물에 걸린 은색 물고기들이 힘차게 움직이는 소리가 들려오기도 했고, 갑자기 위험에 처하기도 했으며, 달빛 속에서 침묵을 깨는 파도가 치기도 했다.

저 멀리 안개 속에서 큰 배의 뱃머리가 불쑥 나타났다. 이제 집으로 돌아가 낚시한 물고기를 요리할 생각에 신이 나서 반짝이는 부둣가로 향했다. 부둣가에서 환호하는 소리를 들으며 닻줄을 기분 좋게 바다에 던졌다. 붉은 커튼이 드리워진 창에서 새어나오는 은은한 불빛을 보며 가파른 길을 걸어 올라갔다.

한낮의 꿈이었다. 마침내 물쥐가 꿈에서 깨어났을 때, 바닷쥐는 자리에서 일어났다. 여전히 그는 잿빛 눈으로 물쥐를 바라보며 말했다.

"이제 나는 다시 길을 떠날 거예요. 며칠간 먼지를 맞으며 남쪽으로 걷다 보면 내가 잘 아는 바닷가 마을이 나오겠죠. 그 마을의 항구 한쪽에는 가파른 절벽이 있어요. 어두운 문을 지나면 분홍색 쥐오줌풀로 둘러싸인 돌계단이 나오고, 그 계단을 내려가면 푸른 바다가 나와요. 방파제 기둥에 작은 배들이 묶여 있는데 내가 어릴 때 타던 배처럼 밝은색으로 칠해져 있어요. 연어들이 물이 들어올 때 뛰어오르고, 고등어 떼가 부둣가와 해안을 빠르게 지나쳐 가죠. 엄청나게 큰 배들이 밤낮으로 계류장으로 들어오거나 넓은 바다로 나갑니다. 전 세계 방방곡곡에서 모인 배들이에요. 내가 타기로 결정한 배도 때맞춰 닻을 올리겠죠. 나는 마음에 드는 배가 나타날 때까지 여유 있게 기다릴 참이에요. 정박된 배들 중에서 발견할 때까지요. 작은 배를 타든, 닻줄에 매달려서 가든 그런 배가 나타나면 곧바로 올라탈 거예요. 다음 날 아침에는 선원들의 발소리와 닻줄 감아 올리는 소리에 눈을 뜨겠죠. 돛이 펼쳐지고 해변의 하얀 집들이 우리 곁을 천천히 스쳐 지나가는 순간, 항해가 시작돼요. 돛을 휘날리면서 거대한 초록빛 바다로 나아가는 거예요. 바람을 타고 남쪽으로! 젊은 형제여, 당신도 나랑 같이 갑시다. 흘러간 시간은 다시 돌아오지 않아요. 남쪽은 지금도 당신을 기다리고 있어요. 모험을 합시다. 다시는 오지 않을 시간이에요. 어서 부름에 응답해요. 문을 닫고 앞으로 걸음을 내딛는 순간, 옛 생활에서 벗어나고 새로운 인생을 살게 되는 거예요. 모험을 끝내고 시간이 흘러 집으로 돌아왔을 때는 추억을 벗 삼아 조용한 강가에 앉아 있는 걸로 만족하면 돼요. 당신은 젊으니까 나를 따라잡는 데는 문제가 없을 거예요. 나는 나이가 들어서 천천히 걸을 거니까요. 걸음을 멈추고 종종 당신이 잘 따라오나 뒤돌아볼 거예요. 그럼 남쪽 나라에 대한 열정을 온 얼굴에 담은 채 힘차게 따라오는 당신의 모습이 보이겠죠."

　바닷쥐의 목소리가 점점 작아지더니 완전히 멈추었다. 마치 곤충의 나팔 소리가 빠른 속도로 줄어들다가 조용해지는 것처럼. 물쥐는 우두커니 있다가 어느새 저 멀리 길 위의 하얀 점으로 보이는 바닷쥐를 바라보았다.

물쥐는 기계적으로 벌떡 일어나 점심 바구니를 도로 챙겼다. 결코 다급해하지 않았다. 집으로 돌아가 몇 가지 필수품과 특히 아끼는 귀중품을 가방에 챙겼다. 그는 일부러 느리게 움직였다. 입술을 약간 벌린 채 줄곧 귀를 기울이면서 몽유병자처럼 방 안을 돌아다녔다. 가방을 어깨에 메고 나서 여행길에 어울리는 튼튼한 지팡이를 골랐다. 서두르지도 않았고, 주저하지도 않았다. 문지방을 지나고 있는데 두더지가 나타났다.

두더지는 깜짝 놀라며 물쥐의 손을 잡았다.

"어디 가는 거야, 물쥐?"

"다른 동물들처럼 남쪽에. 일단 바다로 가서 배를 타려고. 나를 부르는 해변으로 갈 거야!"

물쥐가 꿈꾸듯 중얼거렸다.

그리고 물쥐는 앞으로 나아갔다. 조급하게 행동하는 건 아니었지만 조금의 망설임도 없는 단호한 움직임이었다. 놀란 두더지가 가로막았다. 물쥐의 눈동자는 흐리멍덩했고 회색으로 변해 있었다. 평소의 그가 아닌 다른 눈이었다! 두더지는 물쥐를 꽉 움켜잡고 안으로 끌고 갔다.

잠시 동안 심하게 발버둥치던 물쥐의 몸에서 갑자기 힘이 쭉 빠지는 게 느껴졌다. 그는 기진맥진한 상태로 바닥에 누웠고 눈을 꼭 감은 채 덜덜 떨고 있었다. 두더지는 물쥐를 일으켜 의자에 앉혔다. 의자에 주저앉은 물쥐는 계속 심하게 떨면서 울부짖었다. 두더지는 재빨리 문 쪽으로 달려가 짐 가방을 서랍에 넣은 후 잠가 버리고 물쥐가 진정하기를 가만히 기다렸다. 물쥐는 흠칫 놀라거나 알 수 없는 소리를 중얼거렸다. 두더지가 도무지 이해할 수 없는 이상한 말이었다. 그러더니 곧 깊은 잠에 빠졌다.

물쥐를 혼자 내버려 두고 일하려니 몹시 불안했지만 두더지는 일단 빠르게 집 안을 정리했다. 날이 어둑해졌을 때 응접실로 가 보니 어느새 물쥐가 일어나 있었다. 기운 없는 모습에 아무런 말도 없었다. 두더지가 물쥐의 눈을 들여다보니 다행히 예전처럼 맑고 짙은 갈색이었다. 두더지는 물쥐에게 대체 무슨 일이 일어났던 건지 털어놓을 수 있도록 기운을 북돋워 주었다.

물쥐는 있는 힘을 다해 설명하려고 했지만 그 느낌을 어떻게 말로 쉽게 옮길 수 있을까? 노래처럼 감미롭게 들리던 바다의 목소리와 꿈결과도 같았던 바닷쥐의 생생한 모험 이야기를 어떻게 있는 그대로 되살릴 수 있을까? 마법이 풀려 버린 탓인지 물쥐는 몇 시간 전까지만 해도 또렷하게 느껴지던 경험이 스스로도 정리되지 않았다. 두더지에게 제대로 설명할 수 없는 게 당연했다.

두더지는 깊이 생각하지 않기로 했다. 비록 여전히 몸을 떨고 기운이 없는 모습이지만, 울부짖고 기절하던 물쥐가 그나마 제정신으로 돌아왔으니까. 그런데 물쥐는 일상생활에 완전히 흥미를 잃은 것처럼 보였다. 곧 계절이 바뀌고 새로운 일들이 잔뜩 기다리고 있는데도 별로 기대되지 않는 것 같았다.

두더지는 짐짓 무심한 표정으로 한창 이루어지고 있는 추수 이야기를 꺼냈다. 일단 짐차에 가득 실린 곡식과 열심히 일하는 일꾼들, 차곡차곡 쌓이는 건초더미, 그리고 추수가 끝난 후 군데군데 보릿단이 놓인 텅 빈 밭을 은은히 비추는 보름달에 대해 이야기했다. 사방에서 익어가는 빨간 사과와 밤, 각종 잼과 절인 음식, 음료를 만드는 이야기도 했다. 그리고 조금씩 계절을 바꿔 한겨울 이야기로 넘어갔다. 겨울에 만끽할 수 있는 재미와 아늑한 집에 대해서도 열정적으로 말했다.

시간이 흐르자 물쥐는 몸을 일으키기 시작했다. 같이 공감하며 대화하기도 했다. 멍하던 눈이 어느새 환해졌고 기운을 되찾아 갔다.

눈치 빠른 두더지는 조용히 연필과 종이를 가져와 테이블에 놓았다.

"네가 시를 쓴 지도 오래되었잖아. 오늘 저녁에 다시 한 번 써 보면 어떨까? 그렇게 생각에만 빠져 있지 말고, 글로 적다 보면 훨씬 기분이 좋아질 거야."

물쥐는 힘없이 종이를 밀어냈다. 하지만 두더지가 방을 나가서 나중에 몰래 엿보니 과연 물쥐는 시 쓰는 데 정신이 팔려 있었다. 뭉툭한 연필심에 침을 묻혀가며 쓰는 데 몰두했다. 사실 글씨를 쓰는 것보다 연필심을 빨 때가 더 많았다. 드디어 친구의 상태가 좋아진 모습에 두더지는 몹시 기뻤다.

10

두꺼비의 또 다른 모험

나무 구멍의 앞부분이 어느덧 동쪽을 향했다. 이른 시간이지만 두꺼비는 잠에서 깼다. 구멍으로 밝은 햇살이 비치기 때문이기도 했고 발이 시려서이기도 했다. 두꺼비는 지난 밤 꿈을 꾸었다. 추운 겨울날, 두꺼비 저택의 멋진 침실에 누워 있는 꿈이었다. 꿈속에서 이불이 벌떡 일어나더니 너무 추워서 더 이상 못 견디겠다고 불평하면서 아래층 부엌으로 뛰어 내려가 난롯가에서 불을 쬐었다. 두꺼비는 얼음장처럼 차가운 돌바닥을 맨발로 끝없이 달려 이불에게 정신 차리라고 소리치며 쫓아갔다. 두꺼비가 몇 주 동안 돌바닥 위에 깔린 짚더미에서 잠을 청하지 않았더라면, 두툼한 담요를 턱밑까지 덮고 난 후의 포근한 느낌을 끝내 잊어버리지 않았더라면, 더 일찍 깨어났을지도 몰랐다.

자리에서 일어난 두꺼비는 눈을 비비면서 발가락이 시리다고 투덜거렸다. 문득 이곳이 어디인지 어리둥절해하며 늘 보던 돌 벽과 창살 쳐진 창문부터 찾았다. 그때 가슴이 철렁하면서 모 든 게 기억났다. 감옥에서 탈출한 일, 기차를 타고 가다가 추적 당한 일, 무엇보다 이제 자유가 된 것까지 전부 다!

자유! 그 말은 생각만으로도 담요 오십 장만큼의 가치가 있었 다. 앞으로 펼쳐질 즐거운 바깥세상에 대해 상상하자, 두꺼비는 머리부터 발끝까지 따뜻해지는 걸 느꼈다. 세상은 그가 어서 당 당하게 돌아오기를 간절히 기다리고 있었다. 모든 불행이 닥치 기 전에 그랬던 것처럼, 시중을 들어주고 재미있게 해주고 친구 가 되어 주려는 것 같았다. 두꺼비는 몸을 흔들어 나뭇잎을 우 수수 털어냈다. 그리고 머리에 붙은 나뭇잎은 손으로 빗어 떼어 냈다. 몸단장이 끝나자 두꺼비는 밝은 아침 햇살 속으로 걸어 나갔다. 춥지만 당당하게, 배고프지만 희망에 넘친 발걸음이었 다. 충분히 잠자고 휴식을 취한 덕분인지, 따사로운 햇살 덕분 인지 어제의 불안과 두려움을 떨쳐낼 수 있었다.

이른 여름날 아침이었다. 세상은 온통 두꺼비의 차지였다. 이 슬 맺힌 숲은 조용하고 한적했다. 혼자였기 때문에 두꺼비는 나 무가 줄지어 선 푸른 들판을 마음대로 휘젓고 다닐 수 있었다. 그는 길 잃은 개처럼 초조하게 친구를 찾아 헤맸다. 길을 가르처 줄 상대를 찾고 있었다. 만약 걱정거리가 없고 정신이 맑고 주머니에 돈도 있고 다시 감옥으로 끌려갈 위험이 없다면, 그냥 상관하지 않고 아무 길로나 가도 괜찮을 것 같았다. 하지만 현실의 두꺼비는 신중하게 생각해야만 했다. 일분일초가 중요한 이때에 입을 꾹 다물고 있는 이 길이 어찌나 얄미운지 그만 걷어차고 싶었다.

한적한 시골길은 운하로 이어졌다. 위풍당당하게 흘러가는 물길도 역시나 이방인에게는 입을 꾹 다물고 있었다. 두꺼비가 혼자 중얼거렸다.

"아휴, 지긋지긋해! 하지만 한 가지는 분명해. 저 물은 어디선가 흘러왔고 또 어디론가 흘러간다는 거지. 물이 운하를 그냥 뛰어 넘어갈 수는 없잖아, 두꺼비야!"

두꺼비는 스스로를 다독이며 참을성 있게 물가를 따라 걸어갔다.

운하가 굽이지는 곳에 다다르자, 상심에 잠긴 말이 고개를 푹 숙인 채 걷고 있었다. 말의 긴 목줄에서 물이 뚝뚝 떨어졌다. 두꺼비는 말을 그냥 보내고 어떤 운명이 다가올지를 기다렸다.

조용한 물가로 작은 거룻배가 떠내려 왔다. 뱃전이 밝은색으로 칠해진 배였다. 선박 위에 챙이 넓은 모자를 쓴 튼튼해 보이는 부인이 우람한 두 팔로 키를 잡고 있었다.

"좋은 아침이네요, 부인!"

배에 타고 있던 여인이 물가를 따라 걷고 있는 두꺼비와 나란히 떠가면서 먼저 인사를 건넸다. 두꺼비 역시 배와 나란히 걸어가며 예의 바르게 대답했다.

"정말 그러네요. 저처럼 여유로운 사람들에게는 굉장히 멋진 아침이죠. 참, 저에게는 결혼한 딸이 하나 있는데, 당장 와 달라고 전갈을 보냈지 뭐예요. 무슨 일인지 모르겠지만 나쁜 일이 생긴 건 아닌지 좀 걱정되긴 해요. 부인도 자식이 있다면 이해하겠죠? 잠시 사업까지 접어 두고 이렇게 가고 있답니다. 저는 세탁 일을 하고 있어요. 사실 어린 자식들을 집에 남겨 두고 왔는데, 어찌나 말썽이 심한지 말도 못하죠. 아, 근데 지금 돈도 다 잃어버리고 길까지 잃은 것 같아요. 결혼한 딸한테는 대체 무슨 일이 생긴 건지!"

"결혼한 딸이 어디에 살아요?"

배에 탄 부인이 물었다.

"강 근처에 산답니다, 부인. 두꺼비 저택이라고 아주 멋진 집이 있다는데, 그 근처에 살죠. 아마 이 부근일 텐데 부인도 들어 봤을걸요."

"두꺼비 저택이라고요? 마침 그쪽으로 가는 길이에요. 이 운하를 타고 몇 마일만 더 내려가면 강이랑 합쳐지거든요. 그곳에서 조금만 더 가면 두꺼비 저택이 나오죠. 금방이에요. 나하고

235

이 배를 타고 같이 가요. 태워다 드리죠."

부인은 배를 둑으로 가까이 댔다. 두꺼비는 겸손한 태도로 고 맙다는 인사를 여러 번 하고 올라탔다. 그러고는 만족스러워하 며 자리를 잡고 앉았다.

'다시 예전의 운 좋은 두꺼비로 돌아가는구나. 난 항상 최고 의 운이 따른단 말이야!'

배가 미끄러지듯 나아가면서 부인이 예의 바르게 물었다.

"세탁업을 하신다고요? 실례가 될지 모르겠지만 아주 좋은 사업을 하시네요."

그러자 두꺼비가 대수롭지 않다는 듯 거들먹거리며 대답했다.

"세상에서 제일 좋은 사업이죠. 상류층 신사들이 전부 나를 찾아오거든요. 돈을 준다고 해도 아마 다른 세탁부한테 가지 않을걸요. 내 실력은 정평이 나 있기 때문이죠. 세탁 일에 관 해서라면 모르는 게 없고 워낙 꼼꼼히 일하거든요. 빨래, 다림 질, 풀 먹이기까지 완벽하게 해서 신사들이 저녁 모임에 입을 셔츠를 깔끔하게 준비해 드리죠. 모든 과정이 내 눈을 거친답 니다."

"하지만 설마 그 많은 일을 당신 혼자서 하는 건 아니겠죠?"

배를 몰면서 부인이 감탄하며 물었다.

"늘 일하러 오는 아가씨가 스무 명쯤 된답니다. 하지만 요즘 아가씨들이 어떤지 부인도 잘 아시죠? 어찌나 버르장머리가 없는지!"

부인이 진심으로 맞장구쳤다.

"그렇죠. 게다가 얼마나 게으른지! 하지만 왠지 그 부분은 당신이 바로잡았을 것 같네요. 당신은 세탁 일을 무척 좋아하나봐요?"

"좋아하죠. 홀딱 빠져 있답니다. 빨래통을 안고 있을 때가 가장 행복해요. 나한테는 식은 죽 먹기처럼 쉬운 일이거든요. 전혀 힘들지 않아요. 정말 즐거워요!"

배를 모는 부인이 생각에 잠긴 표정으로 말했다.

"당신을 만나다니 정말 나는 운이 좋네요. 우리 둘 다에게 모두 잘된 일이에요."

"그게, 무슨 뜻이죠?"

두꺼비가 초조한 투로 물었다.

"내 얘기를 들어 보세요. 나도 당신처럼 빨래하는 걸 좋아한답니다. 이렇게 자주 돌아다니니까 좋든 싫든 빨래를 직접 다할 수밖에 없죠. 그런데 남편은 너무 게을러서 아무것도 하지 않아요. 배도 나한테 맡겨 버려서 도무지 빨래할 시간이 없어요. 원래라면 남편이 배를 조종하든가 말이라도 돌보는 게 당연한데 말이에요. 다행히 말이 착해서 뒤에 혼자 잘 따라오네요. 남편은 개를 데리고 사냥을 하러 갔어요. 저녁거리로 토끼를 잡아 온다나요. 다음 수문에서 만나자면서요. 뭐, 그럴 수도 있지만 나는 남편을 믿지 않아요. 자기보다 더 형편없는 개를 데리고 갔으니까요. 아무튼 사정이 이러니 내가 어떻게 빨래를 하겠어요?"

"아, 빨래는 신경 쓰지 말고 남편이 잡아 올 토끼 생각만 해 보세요. 분명히 통통하고 어린 토끼를 잡아 올 거예요. 양파는 있나요?"

빨래 이야기를 더 이상 하고 싶지 않았던 두꺼비가 화제를 돌렸다.

"빨래를 생각하지 않을 수가 없어요. 아니, 당신은 빨래처럼 재미있는 일거리가 있는데 지금 어떻게 토끼 이야기를 할 수 있죠? 저쪽 선실 구석에 내가 쌓아 놓은 빨랫감이 있어요. 배를 타고 가는 동안 우선 꼭 해야 할 걸로 한두 가지 가져다가 빨래통에 넣고 좀 싹싹 빨아 주세요. 꼭 집어서 말하지 않아도 당신은 뭐부터 빨아야 하는지 단번에 알잖아요. 당신은 빨래를 할 수 있어서 좋고, 또 나는 도움이 필요하니 일석이조 아닌가요? 가까이에 빨래통이랑 비누도 있고 스토브에 올려놓은 물주전자도 있어요. 양동이가 있으니 운하의 물을 퍼 쓰면 되고요. 지루하게 주변 풍경이나 보며 꾸벅꾸벅 조느니 당신은 빨래를 하는 게 더 재미있을 거예요."

두꺼비는 완전히 겁에 질렸다.

"내가 키를 잡을게요! 빨래는 부인이 제대로 해야죠. 내가 옷을 망칠 수도 있고 부인이 원하는 대로 못할 수도 있잖아요. 난 남자들 옷에 더 익숙해요. 그쪽이 내 전문이거든요."

그러자 배의 주인이 웃음을 터뜨렸다.

"하하, 당신이 키를 잡는다고요? 이런 배를 제대로 조종하려면 꾸준한 연습이 필요해요. 게다가 이건 지루한 일이라고요. 나는 당신이 즐거워하는 일을 하길 바란답니다. 그러니 당신은 당신이 좋아하는 빨래를 하세요. 운전에 대해선 내가 더 잘 아니까 내가 할게요. 당신에게 즐거움을 주고 싶은 내 마음을 이제 그만 외면하지 말아 주세요!"

두꺼비는 너무도 걱정이 되었다. 여기서 빠져나갈 방법을 궁리해 보았지만 강둑이 멀리 있어서 뛰어내릴 수도 없었다. 운명에 맡겨야만 했다. 그는 절망에 잠긴 채 생각했다.

'이렇게 된 이상 어쩔 수 없지. 아무렴, 바보라도 빨래 정도야 할 수 있을 거야!'

두꺼비는 선실에서 빨래통과 비누 등 필요할 만한 물건들을 가져왔다. 일단 쌓여 있는 빨랫감 중에서 아무 옷이나 집어 들었다. 그리고 두꺼비 저택의 세탁실 유리창 너머로 이따금씩 보았던 광경을 떠올리려고 애썼다.

삼십 분쯤 지나자, 두꺼비는 점점 짜증이 치솟았다. 아무리 열심히 해도 나아지지 않았다. 빨래를 살살 비벼 보기도 하고 찰싹찰싹 치다가 주먹을 날려 보기도 했다. 하지만 빨래는 아무

요동 없이 빨래통 속에 담긴 채 미소만 지었다. 그는 한두 번 어깨 너머로 배 주인을 쳐다봤지만 그녀는 앞만 보며 열심히 배를 몰 뿐이었다. 두꺼비는 등이 무척 아팠다. 게다가 쪼글쪼글해진 앞발을 보고는 경악을 금치 못했다. 그가 항상 자랑스럽게 생각하던 앞발이었다. 그는 세탁부라는 사실을 망각한 채 점잖은 두꺼비라면 입에 담지도 않을 말들을 중얼거렸다. 중간에 오십 번도 넘게 비누를 놓쳤다.

한바탕 웃음소리가 들려 두꺼비는 등을 펴고 뒤돌아보았다. 배의 주인인 여자가 선실 벽에 기대어 서서 마구 웃고 있었다. 어찌나 웃어댔는지 눈물을 줄줄 흘릴 정도였다.

"계속 당신을 지켜봤어요. 허풍이 지나치기에 전부 다 거짓말일지도 모른다고 생각했죠. 세탁부 좋아하시네, 평생 빨래라고는 한 번도 해 본 적 없으면서!"

그렇지 않아도 속에서 분노가 끓어오르고 있던 터라 두꺼비는 더 이상 참지 못하고 폭발했다. 그는 고래고래 소리 질렀다.

"이 천하고 못돼 먹은 뚱보 여편네야! 감히 누구한테 함부로 입을 놀리는 거야? 세탁부 좋아하네? 그래, 사실 나는 그 유명하고 존경받는 잘난 두꺼비 님이시다. 지금은 약간 형편이 이렇지만, 뱃사공 여편네한테까지 비웃음을 당할 정도는 아니란 말이다."

그러자 부인이 가까이 다가와 모자 아래로 두꺼비를 흘겨보며 빈정대듯 말했다.

"아하, 네가 바로 그 못돼 먹고 고약한 두꺼비란 말이지! 내 깨끗한 배에 타 놓고 뭐라고 칭얼거리는 거야? 더 이상 배에 태우지 않겠어."

부인은 잠시 키를 놓았다. 그러고는 거대한 팔을 내밀어 두꺼비의 앞다리를 잡더니 다른 팔로는 뒷다리를 확 낚아챘다. 갑자기 세상이 거꾸로 돌고 배가 하늘로 휙 날아가는 기분이 들었다. 귓가에 바람이 휙 스쳤다. 두꺼비는 빙글빙글 돌면서 공중을 날아가고 있었다.

첨벙 소리와 함께 두꺼비가 물에 빠졌다. 물은 차가웠지만, 두꺼비의 의기양양함이나 부글부글 끓는 화를 가라앉히기에는 역부족이었다. 두꺼비는 컥컥거리며 겨우 수면으로 떠올랐다. 얼굴에 붙은 개구리밥을 털어내니 여전히 배에 앉아 껄껄 웃고 있는 여자가 제일 먼저 눈에 들어왔다. 두꺼비는 계속 캑캑 기침을 하면서 꼭 이 수모를 돌려주고야 말겠다고 다짐했다.

물가로 헤엄쳐 나가려고 했지만 거추장스러운 원피스 때문에 쉽지가 않았다. 그리고 마침내 땅에 발을 내디뎠을 때는 강둑이 워낙 비탈져서 누군가의 도움 없이는 올라가기가 힘들었다. 잠시 숨을 고른 두꺼비는 젖은 치맛단을 움켜쥔 채 마지막 남은 힘까지 쥐어짜서 배를 향해 쫓아가기 시작했다. 복수심에 불타오르고 있었다.

두꺼비가 배를 어느 정도 따라잡았을 때 부인은 여전히 비웃고 있었다. 그녀가 두꺼비를 보고 소리쳤다.

"세탁부 아줌마, 다리미로 얼굴 좀 다림질하지그래. 그러면 그 얼굴에 좀 봐 줄 만한 두꺼비상이 될 것 같은데!"

두꺼비는 대답하려고 멈춰 서는 행위 따위는 하지 않았다. 오직 복수하고픈 마음밖에 없었다. 퍼부어 주고 싶은 말이 있기는 했지만 겨우 한두 마디 말로 장황하게 복수를 하고 싶진 않았다. 바로 그때, 눈앞에 그가 원하는 그것이 보였다. 말이었다. 그는 더욱 빠르게 달려가 그 말을 붙잡았다. 동여맨 밧줄을 풀고 올라탄 다음 옆구리를 힘껏 걷어차자 금세 말이 달리기 시작했다. 두꺼비는 운하 옆길에서 서서히 벗어나 탁 트인 들판에 바퀴 자국이 있는 길로 말을 몰아갔다. 뒤돌아보니 저 멀리 운하 쪽에서 뱃사공 여자가 마구 손을 휘두르며 고래고래 소리치고 있었다.

"거기 서! 멈춰! 멈추라고!"

두꺼비는 '어디서 많이 들어본 소리군.' 하고 생각하며 웃음을 터뜨렸다.

계속 내달렸지만 말은 멀리까지 질주하지 못했다. 이내 종종걸음으로 느려지는가 싶더니 곧 터벅터벅 걸었다. 그래도 두꺼

비는 만족스러웠다. 어쨌든 계속 어디론가 가고 있었고, 배는 이곳 육지까지 뒤따라올 수 없었다. 그제야 분통이 풀리는 것 같았고 본인이 정말로 똑똑하게 일처리를 잘했다는 생각까지 들었다. 햇살을 받으며 조용하게 걸으니 흡족한 기분마저 들었다. 운하가 뒤편에서 완전히 멀어질 때까지는 밥을 먹은 지 오래되었다는 사실조차 애써 잊었다.

얼마나 걸었을까. 뜨거운 태양 때문인지 말도 두꺼비도 졸음이 쏟아졌다. 어느새 말이 걸음을 멈추고 고개를 숙인 채 풀을 뜯기 시작했다. 말에서 떨어질 뻔한 상황에서 가까스로 중심을 잡은 두꺼비는 정신이 번쩍 들었다. 주변을 둘러보니, 가시금작화와 검은딸기나무가 군데군데 보이는 탁 트인 벌판이었다. 근처에는 거무칙칙한 집시 포장마차가 서 있었는데, 그 옆에서 한 남자가 엎어 놓은 양동이 위에 앉아 담배를 피우며 벌판을 바라보고 있었다. 부근에 모닥불이 피워져 있었고 불 위에 쇠 냄비가 걸려 있었다. 냄비에서는 모락모락 피어오르는 김과 함께 보글보글 끓는 소리가 났다. 따뜻하고 풍부하고 다양한 냄새가 섞여 완벽하고 기분 좋은 내음을 풍겼다. 마치 자연이 어머니의 모습을 하고서 자식들을 안아 주는 것 같은 포근함이 느껴졌다. 그제야 두꺼비는 엄청난 허기가 졌다. 아침에 느꼈던 배고픔 따위는 아무것도 아니었다. 지금 눈앞에 진짜 음식이 놓여 있었다. 또 무슨 일이 생길지도 모르는데 되도록 빨리 저 음식을 먹어야겠다는 생각밖에 없었다. 두꺼비는 그 집시 남자를 자세히 살펴보면서 음식을 두고 한바탕 싸우는 게 쉬울지, 살살 꼬드기는 게 쉬울지 고심했다. 잠자코 코를 훌쩍거리면서 집시를 가만히 바라보았다. 그러자 앉아서 담배를 피우던 집시도 두꺼비를 올려다보았다.

집시가 입에서 파이프를 빼더니 가볍게 물었다.

"그 말을 팔고 싶은가요?"

두꺼비는 깜짝 놀랐다. 두꺼비는 집시들이 말 거래를 좋아해서 절대로 기회를 놓치지 않는다는 사실을 몰랐다. 집시들은 보통 포장마차로 이동하기 때문에 그 마차를 끌고 다닐 말이 필요하다는 것도 생각해 본 적이 없어서 잘 몰랐다. 두꺼비는 말을 팔아서 돈을 벌어 본 적도 없었다. 하지만 집시의 제안을 받아들인다면 두 가지 절실한 문제를 한꺼번에 해결할 수 있다는 것만은 알았다. 수중에 넣을 수 있는 현금과 든든한 아침 식사!

두꺼비가 집시에게 되물었다.

"뭐라고요? 이렇게 예쁘고 어린 말을 팔라고요? 아뇨, 그건 말도 안 되는 소리예요. 말이 없으면 매주 손님들에게 어떻게 세탁물을 가져다주겠어요? 게다가 나는 이 말을 몹시 아낀답니다. 말도 나를 아주 좋아하죠."

그러자 집시가 말했다.

"당나귀를 사서 잘 길들여 보세요. 그러는 경우도 있더군요."

"이 말이 얼마나 대단한지 모르는군요. 순수 혈통을 가진 대단한 말이라고요. 한창 때는 상금도 탔어요. 예전 일이기는 하지만 말에 대해 좀 아는 사람이라면 지금도 척 보면 알아요. 내 말을 팔겠다는 건 상상도 해 본 적 없어요. 그나저나 이 멋진 말을 얼마에 사려고 했던 거죠?"

집시는 말을 찬찬히 훑어보더니 두꺼비를 쳐다봤다. 그러고는 다시 한 번 말을 살폈다.

"다리 하나에 1실링씩이요."

집시는 짧게 대답하더니 고개를 휙 돌려 버렸다. 뒤이어 담배를 물면서 너른 벌판을 바라보았다.

"다리 하나에 1실링이라고요? 그럼 다 합해서 얼마가 되는지 계산을 좀 해 봐야겠군요."

두꺼비는 말이 풀을 뜯게 내버려 둔 채 말에서 뛰어내렸다. 집시 옆에 앉더니 손가락으로 셈을 했다.

"다리 하나에 1실링이라고 했죠? 그럼 음, 정확히 4실링이군요. 이 멋진 말을 4실링에 팔 생각은 절대로 없어요."

"좋아요. 그럼 이렇게 합시다. 5실링을 주겠소. 원래 제값보다 1실링이나 더 얹어 부른 거예요. 더 이상은 안 돼요."

두꺼비는 열심히 머리를 굴렸다. 배고프고 돈은 한 푼도 없고 집까지는 얼마나 먼지 모르겠지만, 적들이 아직 그를 찾고 있을

지도 모르는 일이었다. 그런 상황에서 5실링은 큰돈이긴 했다. 게다가 이 말은 공짜로 얻은 게 아닌가! 얼마에 팔든 분명히 이익이었다. 마침내 두꺼비가 단호하게 말했다.

"이봐요, 집시 양반! 이번엔 내 생각을 말하죠. 나도 더 이상은 안 돼요. 6실링 6펜스를 현금으로 내고, 배불리 먹을 만큼 아침 식사를 나눠 줘요. 맛있는 냄새를 풍기는 저 냄비에 든 음식이면 돼요. 그러면 이 기운이 넘치는 말을 넘기겠어요. 멋진 말고삐와 줄은 덤으로 드리죠. 조건이 마음에 안 든다면 난 그냥 가겠어요. 사실 이 근처에 사는 사람이 몇 년 전부터 말을 팔라고 난리였거든요."

집시는 뭐라고 중얼거리더니 이런 거래를 몇 번만 더 했다간 망하겠다고 말했다. 결국 바지에서 때 묻은 주머니를 꺼내 6실링 6펜스를 두꺼비의 앞발에 떨어뜨렸다. 그는 마차 안으로 들어가서 커다란 쇠 접시와 나이프, 포크, 숟가락을 들고 왔다. 냄비를 기울여 일단 접시에 뜨거운 수프를 수북하게 담았다. 그것은 꿩, 닭고기, 토끼, 공작, 뿔닭 외에도 한두 가지 고기가 더 들어간 세상에서 가장 맛있는 수프였다. 두꺼비는 접시를 무릎에 올려놓고 마구마구 먹었다. 바닥이 보이면 계속해서 더 달라고 했고, 집시 남자는 아낌없이 퍼 주었다. 두꺼비는 평생 그렇게 맛있는 아침 식사는 처음이라고 생각했다.

기분 좋게 수프를 잔뜩 먹은 두꺼비는 자리에서 일어나 집시

와 말에게 다정하게 작별 인사를 건넸다. 강가 쪽 길을 잘 아는 집시는 두꺼비에게 이제부터 어디로 가야 하는지 일러 주었다. 두꺼비는 한껏 기운을 차리고 다시 길을 떠났다. 한 시간 전과는 전혀 다른 두꺼비가 되어 있었다. 햇살에 옷도 전부 말랐고, 주머니에 돈도 두둑했고, 집과 친구들도 점점 가까워지고 있었다. 무엇보다 따뜻하고 영양가 풍부한 음식을 배불리 먹은 덕분에 힘도 솟고 자신감도 넘쳤다.

두꺼비는 지금까지의 탈출과 모험 과정을 떠올리며 힘차게 걸었다. 최악의 상황에서도 항상 최고로 빠져나왔다는 생각에 우쭐함과 자만심이 샘솟았다. 턱을 똑바로 들고 당당히 걸으며 혼잣말을 했다.

"하하, 난 정말 똑똑한 두꺼비 님이야! 세상에 나처럼 똑똑한 동물은 또 없을걸! 적들이 나를 감옥에 가두고 밤낮으로 간수들이 지켰지만, 난 그들을 전부 지나쳐 걸어왔지. 뛰어난 능력과 용기 덕분에 말이야. 총 든 경찰이 기차를 타고 쫓아오기도 했어. 하지만 난 그들에게 손가락을 딱 튕기며 비웃듯 사라졌어. 그러다가 뚱뚱하고 못된 여자한테 걸려서 운하에 빠졌어. 하지만 어떻게 했지? 물가로 헤엄쳐서 그 여자의 말을 잡아타고 멋지게 내달렸지. 그 말을 팔아 두둑하게 돈도 챙기고 아침 식사까지 근사하게 해결했어. 하하, 나는야 잘생기고 인기 많고 똑똑한 두꺼비라네!"

두꺼비는 스스로 우쭐해진 나머지 자기를 칭찬하는 노래를 만들어 부르며 호쾌하게 걸었다. 아무도 들어주는 이가 없었지만 목청껏 크게 불렀다. 아마도 동물들이 직접 만든 노래 중에서 가장 으스대는 노래일 것이다.

세상에는 영웅이 많아
역사책에도 나오지
하지만 두꺼비만큼 명예로운 이름은 없다네!

옥스퍼드 대학에 다니는 이들은
지식이 정말 풍부하지
하지만 똑똑한 두꺼비 님의 지식에 비하면 절반도 안 된다네!
노아의 방주에 있던 동물들이
홍수 속에서 울며 소리쳤지
"저기 땅이 있을 거야!"라고 위로한 건
똑똑한 두꺼비 님이었다네!

군대가 길을 따라 행진하다가
거수경례를 하네
왕에게? 요리사에게?
아니, 두꺼비 님에 대한 경례였다네!

여왕이 시녀들과 창가에 앉아

바느질을 하다가 외쳤지

"저기 저 미남이 누구냐?"

시녀들이 대답했다네! "두꺼비 님입니다."

두꺼비는 그 후로도 비슷한 노래를 잔뜩 불렀지만 어찌나 자만심이 넘치는지 여기에 적을 수가 없을 정도다. 그나마 이 노래는 들어줄 만한 편이다.

노래하면서 계속 걷던 두꺼비는 점점 더 의기양양해졌다. 하지만 그것도 잠시였다. 얼마 지나지 않아 그의 자만심은 땅으로 추락했다.

시골길을 한참 걸어가자 큰길이 나왔다. 도로로 들어서자 저 멀리 희뿌연 길 끝에서 먼지구름이 보였다. 먼지는 작은 점에서 물방울만 하게 되더니 곧 익숙한 모습으로 바뀌었다. 두 번 경적 소리가 울리는데 너무나도 잘 아는 낯익은 물체였다.

두꺼비가 흥분해서 소리쳤다.

"그래, 바로 이거야! 이거야말로 진짜 인생이야. 내가 그리워한 위대한 세상이야! 저들을 불러서 지금까지의 성공담을 들려주는 거야. 분명히 나를 태워 주겠지? 그럼 더 많은 모험 이야기를 들려줘야지. 운이 좋으면 두꺼비 저택까지 자동차로 쉽게 갈 수 있어. 오소리가 보면 과연 뭐라고 할까?"

두꺼비는 자신 있게 도로 중앙으로 뛰어가 자동차를 향해 손을 흔들었다. 천천히 달려오던 자동차의 속도가 점차 느려졌다. 그런데 그 순간, 갑자기 두꺼비의 얼굴이 창백해지고 무릎에 힘이 풀려 버려 주저앉았다. 배가 욱신거려서 도저히 그대로 서 있을 수 없었다. 통증 때문에 그 자리에서 곧바로 고개를 숙이며 쓰러졌다. 운 없게도 그것은 모든 불행이 시작된 그날, 두꺼비가 '빨간 사자 호텔' 마당에서 훔친 바로 그 차였다! 차에 탄 사람들도 역시 거기서 앉아 점심을 먹던 그날 그 사람들이었다!

절망에 빠진 두꺼비는 초라하고 불쌍한 모습으로 힘없이 길에 쓰러진 채 중얼거렸다.

"이젠 다 끝났어! 끝이야! 또다시 쇠사슬을 차고 경찰에 끌려가겠지. 감옥으로 돌아가야겠지. 마른 빵과 물만 먹겠지. 아, 난 정말 바보였어! 이렇게 대낮에 대로에서 으스대는 노래나 불러가며 돌아다니고 자동차를 불러 세우다니. 밤까지 숨어 있다가 뒷길로 몰래 집까지 갔어야지. 아, 이 못 말리는 두꺼비야! 운도 없는 동물아!"

무시무시한 자동차가 점점 다가와 두꺼비 바로 앞에 멈춰 섰다. 신사 둘이 내려 길에 쓰러진 채 몸을 떠는 두꺼비에게 다가왔다.

"세상에, 이렇게 슬플 데가 있나! 불쌍한 늙은이야. 세탁부처럼 보이는데, 길에 쓰러져 있다니! 더위를 이기지 못하고 쓰러졌나 봐. 불쌍해라. 오늘 아무것도 못 먹은 건가? 차로 옮겨서 가까운 마을로 데려가세. 분명히 아는 사람들이 있을 거야."

그들은 두꺼비를 살며시 들어 차 안쪽 푹신한 자리에 앉히고는 다시 출발했다.

그들의 친절하고 동정심 있는 태도를 본 두꺼비는 자기를 알아보지 못한다는 것을 깨닫고 조금씩 용기가 되살아났다. 그는 조심스레 한쪽 눈을 살짝 뜨더니 나머지 눈도 떴다.

"저것 봐! 부인이 이제 정신을 차렸나 보군. 신선한 공기를 쐬니 도움이 된 모양이야. 좀 어때요, 부인?"

신사 한 명이 말했다.

"고맙습니다. 한결 좋아졌어요."

두꺼비가 힘없이 대답했다.

"잘됐네요. 가만히 계세요. 말하지 마시고요."

"네, 그럴게요. 하지만 운전석 옆자리에 앉으면 신선한 공기를 잔뜩 쐴 수 있으니 더 빨리 기운이 날 텐데……."

"지혜로운 부인이군요! 당연히 그렇게 해 드려야죠."

신사들은 조심스럽게 두꺼비를 도와서 조수석으로 앉혔다. 자동차는 다시 출발했다.

이제 두꺼비는 본래의 두꺼비로 거의 돌아왔다. 똑바로 펴고 앉아 주위를 쓱 둘러보았다. 어느새 자동차를 향한 뜨거운 열정이 스멀스멀 샘솟기 시작했다. 그는 온몸의 떨림과 뜨거운 열정을 물리치려고 노력하다가 결국 속으로 외쳤다.

'이건 운명이야! 참을 이유가 없다고!'

그는 운전사에게로 고개를 돌리며 말했다.

"제발 잠깐만 운전을 해 볼 수 있게 해 주세요. 아까부터 옆에서 지켜보니 아주 쉽고 재미있어 보이네요. 자동차를 운전해봤다고 친구들에게 자랑할 수 있다면 얼마나 좋을까요!"

운전사가 크게 웃음을 터뜨리자 뒷자리에 앉은 신사가 무슨일인지 물었다. 이야기를 전해 들은 신사가 말했다.

"멋지군요, 부인! 부인의 기백이 마음에 듭니다. 한번 운전하게 해 드려. 옆에서 잘 봐 드리고. 별일 없을 거야."

두꺼비는 몹시 기뻐하며 운전사가 내준 자리로 옮겨 앉았다. 운전사의 설명에 열심히 귀 기울이면서 시동을 걸었다. 신중해야 한다는 생각에 처음에는 천천히 조심스럽게 몰았다.

신사들은 손뼉을 치며 칭찬했다.

"와, 정말 잘하시네요! 세탁부가 처음부터 이렇게 운전을 잘하다니!"

그 말을 듣고 있던 두꺼비가 속도를 점점 냈다. 그러자 신사들이 걱정스러운 듯 소리쳤다.

"조심해요, 세탁부 아줌마!"

순간 두꺼비는 그 말에 이성을 잃기 시작했다. 운전사가 말리려고 했지만, 두꺼비는 팔꿈치로 그를 눌러 버리고 전속력으로 달렸다. 얼굴에 닿는 바람과 윙윙대는 엔진 소리, 차가 가볍게 튀어 오르는 느낌에 푹 빠져 버렸다.

"세탁부 아줌마 좋아하시네! 하하, 난 두꺼비 님이시다! 자동차도 뺏고 감옥에서도 탈출한 두꺼비 님이라고! 언제든지 도망칠 수 있는 두꺼비 님이지. 가만히 앉아 있어. 내가 운전이 뭔지 알려 줄 테니까. 솜씨 좋고 겁 없기로 유명한 두꺼비 님이 지금 운전하고 계시잖아!"

신사들이 공포에 질려 비명을 질렀다. 곧장 두꺼비에게 모두 달려들었다.

"잡아! 두꺼비를 잡아! 우리 자동차를 훔친 나쁜 놈이었어. 꽁꽁 묶어서 경찰서로 끌고 가야 해. 궁지에 몰리면 무슨 위험한 짓을 또 벌일지 몰라."

맙소사! 신사들은 좀 더 신중했어야만 했다. 어떻게든 차부터 먼저 세워야 했다. 두꺼비가 운전대를 반 바퀴 확 돌리자 차는 도로가의 낮은 산울타리를 뚫고 가 버렸다. 차는 한 번 심하게 튀어 오르더니 엄청난 충격과 함께, 말을 씻기거나 물을 먹이는 연못에 처박혀 버렸다. 진흙탕에 빠진 차바퀴가 미친 듯이 돌아갔다.

두꺼비의 몸이 그대로 튀어나와 제비처럼 공중을 날았다. 하늘을 날아가는 느낌이 좋았지만 이러다가 문득 날개가 생겨 새가 되는 건 아닐까 생각했다. 그리고 그 순간, 푹신한 풀밭으로 폭 빠졌다. 일어나 보니 연못에 반쯤 잠긴 자동차가 눈에 들어왔다. 신사들과 운전사는 거추장거리는 기다란 코트 때문에 어쩔 줄 모르고 허우적거리고 있었다.

두꺼비는 재빨리 일어나 시골길을 달려갔다. 산울타리를 넘어 도랑을 건너고 들판을 마구 달렸다. 어느새 숨이 차고 힘이 빠져서 천천히 걸었다. 잠시 숨을 돌리고 차분히 생각할 수 있게 되자, 안심이 되며 갑자기 킥킥 웃음이 새어 나왔다. 킥킥 소리는 곧 요란하게 깔깔 소리로 변했다. 어찌나 헉헉 웃어 댔던지 잠시 울타리 밑에 털썩 앉았다. 두꺼비는 자만심에 한껏 빠져서 말했다.

"하하, 역시 두꺼비 님이야! 최고라니까! 차에 태워 달라고 부탁한 게 누구였지? 신선한 공기 좀 마시게 앞좌석에 앉고 싶다고 한 건 또 누구였지? 사람들을 설득해서 운전 좀 한다는 걸 확인시킨 게 누구였지? 저들을 연못에 처박히게 한 건 누구였지? 소풍 나온 속 좁은 사람들을 진흙탕 속에 내버려 두고 상처 하나 없이 바람과 함께 사라진 건 누구였지? 그래, 당연히 두꺼비 님이지! 똑똑한 두꺼비 님, 잘나신 두꺼비 님!"

두꺼비는 또다시 목청껏 노래를 부르기 시작했다.

자동차가 부릉부릉

도로를 달려가네

누가 그 차를 연못에 처박았지?

그건 바로 기발한 두꺼비 님!

아, 난 정말 똑똑해! 난 정말로 정말로 똑똑⋯⋯.

그때였다. 멀리 뒤쪽에서 별안간 소음이 들려와서 뒤돌아보았다. 아, 이런! 무서워라! 또 불행한 일이! 이젠 정말 끝장이다!

들판 너머로 가죽 각반을 찬 운전사와 몸집 큰 시골 경찰 두 명이 보였다. 그들은 두꺼비를 향해 힘껏 달려오고 있었다.

가여운 두꺼비는 다시 벌떡 일어나 내달리기 시작했다. 가슴이 철렁해서 심장이 튀어나올 것만 같았다. 그는 헉헉거리며 소리쳤다.

"맙소사, 난 정말 멍청이야! 잘난 체만 하고 바보 같아. 또다시 잘난 척을 하다니! 또 목청껏 노래나 부르다니! 한가하게 앉아서 허풍이나 떨다니! 맙소사! 세상에, 맙소사!"

힐끗 돌아보니 그들이 점점 가까이 쫓아오고 있었다. 두꺼비는 절박한 심정으로 달리면서도 계속 뒤돌아보았다. 거리는 점점 좁혀지기만 했다. 죽을힘을 다해 있는 힘껏 달렸지만, 원체 뚱뚱하고 다리도 짧았다. 어느새 그들은 바짝 다가왔다. 두꺼비는 숨을 돌릴 틈도 없이, 이제 어디로 갈지 고민할 틈도 없이 죽어라 달리기만 했다. 그리고 어깨 너머로 의기양양한 얼굴의 적들이 보이는 순간, 갑자기 발아래 땅이 사라지더니 풍덩 소리가 났다. 깊은 물에 빠져 귀까지 잠겨 버렸다. 물살이 너무 세서 저항할 수도 없었다. 허둥대며 당황하다가 강에 빠져버린 것이다. 그 사실을 깨닫자 공포가 몰려왔다.

두꺼비는 수면으로 떠올라 강가의 갈대와 들풀을 붙잡으려고 했지만 물살이 너무 세서 불가능했다. 불쌍한 두꺼비는 가쁜 숨을 몰아쉬며 헉헉거렸다.

"맙소사, 앞으로는 절대로 자동차를 훔치지 않을래! 잘난 체하는 노래도 안 부를래!"

두꺼비는 허우적거리며 그대로 떠내려갔다. 잠시 후, 머리 바로 위 강둑에 뚫려 있는 크고 시커먼 구멍이 보였다. 두꺼비는 물살을 타고 스쳐가는 순간 앞발을 뻗어 구멍 끝을 붙잡고 매달렸다. 그런 다음 천천히 힘겹게 물 밖으로 몸을 끌어올리기 위해 애썼다. 마침내 구멍 가장자리에 팔꿈치를 올려놓았다. 온몸에 기운이 다 빠져서 주저앉은 채로 계속 헉헉거렸다.

두꺼비는 한숨을 내쉬면서 어두운 구멍 안을 찬찬히 들여다보았다. 어둠 속에서 뭔가 작은 것이 반짝거리면서 그를 향해 다가오고 있었다. 그것은 점점 가까워지면서 얼굴이 드러났다. 그가 알고 있는 얼굴이었다.

수염이 난 갈색의 작은 얼굴.

진지하고 둥근 얼굴에, 잘생긴 귀와 부드러운 털.

바로 물쥐였다!

11

여름 장대비처럼 쏟아지는 눈물

물쥐는 작고 깨끗한 앞발로 두꺼비의 목덜미를 꽉 잡고 힘껏 끌어당겼다. 물에 흠뻑 젖은 두꺼비가 천천히 구멍 쪽으로 끌어올려졌고 곧 완전히 올라섰다. 두꺼비의 온몸에는 진흙과 잡초투성이였다. 물이 뚝뚝 흘러내렸지만 친구의 집이라는 사실에 예전처럼 기운이 샘솟고 행복해졌다. 이제는 숨는 것도 도망 다니는 것도 끝이었다. 두꺼비는 지금까지 변장하고 있던 모습을 벗어던지고 이제 정말로 하고 싶은 일들을 할 수 있을 것만 같았다.

두꺼비가 소리쳤다.

"아, 물쥐야! 우리가 마지막 만난 이후로 얼마나 많은 일들이 있었는지 넌 모를 거야. 힘든 일이 많았지만 훌륭하게 참아냈어. 탈출하고 변장하고 속이고…… 모든 걸 잘 계획해서 멋지게 해냈지. 감옥에 갇혔지만 물론 가뿐히 빠져나왔어. 운하에도 빠졌지만 헤엄쳐 나왔고! 말을 훔쳐서 비싸게 팔기도 했어. 모두를 감쪽같이 속여서 내가 원하는 대로 하고야 말았어. 아, 난 정말 똑똑한 두꺼비라니까. 당연하고말고! 또 마지막에는 무슨 일이 있었는지 알아? 지금부터 내 말……."

"두꺼비!"

물쥐가 엄중하고 단호한 표정으로 말했다.

"당장 위층으로 올라가서 그 세탁부 옷처럼 보이는 지저분한 것 좀 벗어. 깨끗하게 목욕하고 내 옷으로 갈아입도록 해. 가능하면 좀 신사다운 모습으로 단장하고 내려와. 내 평생 이렇게 더럽고 끔찍한 모습은 처음이야. 잘난 척은 그만하고 당장 올라가, 이따 너한테 할 말이 있으니까!"

처음엔 친구 물쥐에게 뭐라고 한마디라도 해 주고 싶었다. 명령이라면 감옥에서 지긋지긋할 정도로 들었는데 또 명령이라니! 그것도 물쥐한테! 하지만 그때 모자걸이 위에 붙어 있는 거울에 비친 자기 모습을 보고는 마음이 바뀌었다. 낡고 거무튀튀한 여자용 모자가 한쪽 눈을 가린 채 삐딱하게 씌어 있었다. 한결 고분고분해진 두꺼비는 이 층에 있는 물쥐의 옷방으로 올라갔다. 몸을 깨끗하게 박박 씻고 옷을 갈아입은 후, 한동안 거울에 비친 모습을 쳐다보았다. 왠지 우쭐하고 기분이 좋아졌다. 한순간일지라도 자기를 세탁부로 착각한 사람들이 정말로 멍청하기 짝이 없다고 생각했다.

다시 아래층으로 와 보니 식탁에 점심 식사가 차려져 있었다. 집시한테 아침 식사를 얻어먹은 뒤로는 온갖 고생을 다 하고 힘들게 달린 터라 음식을 보니 기분이 좋았다. 두꺼비는 함께 식사를 하는 동안, 그동안 겪은 모험에 대해 들려주었다. 급박한 상황에서 똑똑하게 상황을 헤쳐 나갔다는 이야기가 주였다. 전적으로 즐겁고 멋진 일이었던 것처럼 꾸며서 말했다. 하지만 두꺼비가 자랑을 늘어놓을수록 물쥐는 더더욱 심각한 표정이 되었고 끝내 아무 말도 없었다.

마침내 두꺼비의 무용담이 끝나자 한동안 침묵이 흐른 후에 물쥐가 입을 열었다.

"두꺼비야, 지금까지 많이 고생한 너한테 또 아픔을 주긴 싫어. 하지만 넌 네가 얼마나 형편없는 짓을 했는지 정말 모르겠니? 수갑을 차고, 감옥에 갇히고, 쫄쫄 굶고, 목숨에 위협을 받고, 모욕과 비웃음을 당하고, 심지어 여자가 물에 집어던지기까지 했다면서! 그게 뭐가 대단하니? 도대체 어디가 재미있어? 그게 다 네가 자동차를 훔친 순간부터 시작된 거잖아. 자동차를 처음 본 그때부터 문제만 생겼다는 걸 모르겠어? 차에 시동을 걸고 오 분만 달렸다 하면 문제가 생기는데 대체 왜 차를 훔쳐? 그걸 그렇게 재미있어 하면 결국엔 불구자가 되고 빈털터리가 될 뿐이야. 굳이 범죄자까지 되어야겠니? 도대체 언제 정신 차릴래? 언제 친구들을 생각해 주고, 그 친구들에게 믿음을 줄 건데? 밖에 나가면 다들 전과자랑 친구라고 손가락질하는데, 난 뭐 좋은 줄 아니?"

두꺼비는 원래 마음씨 좋은 동물인지라 친구의 잔소리라면 그리 개의치 않았다. 게다가 아무리 심각한 상황이라도 좋게좋게 생각하려는 성격이었다. 그래서 물쥐가 아무리 심각하게 말해도 속으로 '하지만 재미있었는걸. 정말 신났다고!' 하며 생각하고 있었다. 몰래 억눌렀던 킥킥 웃음이나 콧방귀 뀌는 소리, 음료수 병마개를 딸 때 나는 소리를 내기도 했다. 그러나 물쥐의 말이 끝나자 두꺼비는 깊은 한숨을 쉬고는 짐짓 겸손한 태도로 말했다.

"네 말이 맞아, 물쥐! 넌 항상 옳은 말만 하지. 그래, 내가 너무 으스댔어. 나도 이제는 알겠어. 앞으로는 착한 두꺼비가 될게. 참, 아까 강에 처박힌 이후로 정말 자동차가 싫어졌어. 구멍에 매달려서 헉헉거릴 때 갑자기 어떤 생각이 떠올랐어. 아주 훌륭한 생각인데, 모터보트에 관계된 거야. 아, 너무 심각하게 생각하지 마. 그냥 생각만 한 거라니까, 친구야. 더 이상 그 얘기는 안 할게. 커피나 같이 마시자. 담배도 한 대씩 피우고 조용히 이야기나 하자. 그다음에 두꺼비 저택으로 천천히 걸어가서 내 옷으로 갈아입고 정리를 좀 해야겠지. 모험은 충분히 했어.

이제 조용하고 안정적이고 존경받을 만한 생활을 할 거야. 내 땅을 거닐면서 보살피고, 정원도 가꿔야지. 친구들이 찾아오면 언제든 식사를 대접할 거야. 조랑말이 끄는 마차를 마련해서 시골길 구경도 다녀야지. 또 평정심을 잃고 사고를 치기 전에, 늘 하던 대로 말이야."

그러자 물쥐가 흥분해서 소리쳤다.

"천천히 두꺼비 저택으로 걸어간다고? 지금 무슨 말을 하는 거야? 아직 소식 못 들었어?"

"무슨 소식?"

두꺼비의 얼굴이 순간 창백해졌다.

"어서 말해, 물쥐야! 얼른 말해 줘! 내가 무슨 소식을 아직 못 들었다는 거야?"

물쥐가 작은 주먹으로 테이블을 쾅 치며 소리쳤다.

"담비랑 족제비에 관한 얘기를 하나도 못 들었단 말이야?"

"뭐? 우거진 숲에 사는 동물들? 아니, 몰라! 녀석들이 뭘 어쨌는데?"

두꺼비의 팔다리가 부들부들 떨렸다.

"걔네가 두꺼비 저택을 차지했어. 정말 몰랐던 거야?"

두꺼비가 식탁에 양쪽 팔꿈치를 올린 채 앞발에 얼굴을 묻었다. 두 눈에 가득 고인 구슬 같은 눈물방울이 뚝뚝 떨어졌다.

"계속 말해 줘, 물쥐야. 전부 다 말해 줘. 최악의 상황은 끝났어. 난 다시 두꺼비로 돌아왔어. 무슨 일이든 견딜 수 있어."

물쥐가 차분히 설명하기 시작했다.

"네가 문제를 일으켰을 때, 그러니까 한동안 동네에서 사라졌을 때 말이야. 너도 알다시피 자동차 때문에 일이 생겨서……."

두꺼비는 가만히 고개만 끄덕였다.

"당연하겠지만 여기에서 말들이 많았어. 강가뿐만 아니라 우거진 숲에서도 시끄러웠어. 언제나 그렇듯 동물들은 두 편으로 갈라졌지. 강가에 사는 동물들은 네 편을 들었고, 네가 억울한 대접을 받았다고 했어. 요즘은 정의가 사라졌다면서 말이지. 하지만 우거진 숲에 사는 동물들은 심하게 말했어. 그렇게 당해도 싸다면서, 결국 곪았던 일이 터진 거라고. 이번에야말로 네가 끝장이라고 기고만장하게 떠들어 댔어. 다시는 돌아오지 못할 거라고, 다시는!"

두꺼비는 여전히 끄덕이기만 했다. 물쥐가 덧붙였다.

"다들 그렇게 속이 좁아터졌다니까. 하지만 두더지와 오소리 아저씨는 네가 곧 돌아올 거라고 했어. 어떤 상황에서도 뜻을 굽히지 않았지. 언제가 될지는 모르지만 머잖아 꼭 올 거라고!"

두꺼비는 자세를 고쳐 앉으며 쓴웃음을 지었다. 물쥐가 계속해서 말을 이었다.

"두더지와 오소리 아저씨는 지금까지 있었던 재판들의 결과를 근거로 들었어. 너처럼 뻔뻔하고 말주변 좋고 돈이 많다고 해서 법적으로 처벌까지 한 적은 없었다고 말이지. 그 후로 그 둘은 짐을 싸들고 두꺼비 저택으로 갔어. 거기서 지내면서 집 안 환기도 시키고 네가 돌아오면 맞이할 준비를 했지. 무슨 일이 벌어질지도 모르고 말이야. 물론 우거진 숲 동물들을 경계하고 의심하기는 했어. 지금부터는 정말 듣기 힘들고 비참한 이야기를 해야겠다. 어느 컴컴한 밤, 정말 칠흑같이 어두운 날이었어. 바람도 심하고 억수가 쏟아졌지. 그날 족제비 떼가 완전 무장을 하고 마찻길을 통해 대문으로 조용히 들어왔어. 같은 시각에 흰담비 떼는 채소밭으로 들어와서 뒷마당과 사무실을 차지했어. 물불 가리지 않는 담비들은 온실과 당구장을 점령하고 잔디밭으로 나가는 창문을 활짝 열어 놨어. 두더지와 오소리 아저씨는 아무것도 모른 채 흡연실 난롯가에 앉아 이야기를 나누고 있었지. 그날 밤은 동물들이 밖에 나올 날씨가 정말 아니었거든. 그런데 갑자기 못된 악당들이 문을 부수고 들어와서 두더지와 오소리 아저씨를 에워싼 거야! 둘은 최선을 다해 싸웠지만 무슨 소용 있었겠어? 무기도 없고 급습을 당했는데, 둘이서 어떻게 수백 마리를 상대하겠어? 가엾게도 둘은 막대기로 심하게 두들겨 맞았어. 우정을 지키려던 그들은 불쌍하게도 엄청나게 심한 욕을 들으면서 춥고 비까지 내리는 바깥으로 쫓겨나고 말았던 거야!"

그때 무신경한 두꺼비의 입에서 뜬금없이 냉소가 터져 나왔지만, 이내 정신을 차리고 심각한 표정을 짓기 위해 애썼다. 물쥐가 또 말하기 시작했다.

"그 후로 우거진 숲 동물들이 두꺼비 저택에서 쭉 살고 있어. 아주 마음 편하게 지내고 있대. 하루의 절반은 누워 있고, 아무 때나 일어나 아침밥을 먹고, 들은 바로는 집 안을 엉망진창으로 해 놔서 눈 뜨고는 못 봐 줄 지경이래. 네가 마련해 둔 음식과 술도 싹 다 먹어 치우고, 너에 대해선 비웃고 욕하면서 상스러운 노래를 부른대. 듣자 하니 감옥과 판사와 경찰이 나오는 끔찍한 노래라더군. 거기를 찾는 장사치든 뭐든 모든 동물들한테 그 집에 영영 살려고 온 거라고 말한대."

그러자 이번에는 두꺼비가 벌떡 일어나 막대기를 움켜잡았다.

"맙소사, 정말이야? 내가 가서 봐야겠어!"

물쥐가 등에 대고 소리쳤다.

"소용없어, 두꺼비! 이리 와서 얌전히 앉는 게 좋을걸. 그래 봤자 문제만 생길 뿐이야."

하지만 두꺼비는 그대로 밖으로 뛰쳐 나갔고 물쥐는 미처 붙잡지 못했다. 두꺼비는 막대기를 어깨에 걸친 채 빠르게 걸어갔다. 자기 집 현관문에 도착할 때까지 화난 얼굴로 중얼거리고 있었다.

그때 갑자기 뒤에서 노랗고 길쭉한 족제비가 총을 들고 뛰어 나왔다. 그러고는 날카롭게 물었다.

"누구냐?"

두꺼비가 엄청 화를 내며 소리쳤다.

"헛소리 집어치워! 네가 뭔데 나한테 그런 소리를 하는 거야? 당장 이리 오지 않으면……"

족제비는 아무런 말없이 어깨 높이로 총을 올렸다. 놀란 두꺼비는 재빨리 땅에 넙죽 엎드렸다. 탕 소리와 함께 총알이 머리 위를 스쳐 지나갔다.

두꺼비는 당장 일어나 왔던 길로 냅다 달려가기 시작했다. 있는 힘껏 뛰어가고 있는데, 뒤에서 족제비의 웃음소리가 들려왔다. 뒤이어 다른 웃음소리들까지 더해지더니 한동안 낄낄대는 소리가 이어졌다.

두꺼비는 침울하게 돌아와 물쥐에게 좀 전에 있었던 일을 설명했다.

"내가 뭐랬어? 소용없다고 했잖아. 녀석들은 보초도 서고 완전 무장까지 했다고. 당분간 좀 기다려 보는 게 좋을 거야."

하지만 두꺼비는 포기할 마음이 없었다. 그는 밖으로 나가서 강에 배를 띄우고는 두꺼비 저택의 정원과 맞붙은 물가로 노를 저어갔다.

자신의 옛집이 시야에 들어오자 두꺼비는 노를 세우고 조심스럽게 주변을 살폈다. 사방이 평화롭고 고요했다. 아무도 보이지 않았다. 저택의 대문이 저녁노을에 붉게 빛났다. 지붕에는 비둘기가 삼삼오오 모여 있었고, 정원에는 꽃들이 피어나 눈부시게 아름다웠다. 배를 두는 창고로 이어지는 시내와 그 시냇물을 가로지르는 나무다리도 있었다. 이 모든 것들이 마치 집주인의 귀환을 간절히 기다리고 있는 것처럼 느껴졌다. 두꺼비는 제일 먼저 창고에 가 보기로 했다. 조심스럽게 시내 입구 쪽으로 노를 저어 막 다리를 지났을 때였다. 갑자기 또 쾅 하는 소리가 들렸다.

위에서 커다란 돌이 떨어져 배의 바닥을 박살 냈다. 금세 배에 물이 차서 가라앉아 버렸다. 두꺼비는 깊은 물속에서 허우적거렸다. 위를 올려다보니 흰담비 두 마리가 다리 난간에 기대선 채 고소하다는 듯 내려다보고 있었다.

"다음에는 네 머리에 명중시킬 거다, 두꺼비!"

흰담비들이 두꺼비에게 소리쳤다. 두꺼비는 화가 머리끝까지 난 상태에서 물가로 헤엄쳤다. 흰담비들은 계속 깔깔거렸다. 어찌나 심하게 웃어 대는지 서로 넘어지지 않도록 잡아 주기까지 했다.

힘없이 돌아온 두꺼비는 또다시 물쥐에게 실망스러운 결과를 전했다. 물쥐가 몹시 화내며 대꾸했다.

"그러게 내가 뭐랬어? 이게 다 뭐야? 네가 저지른 짓을 보라

고! 내가 아끼던 배를 괜히 끌고 가선 잃어 버렸잖아! 내가 빌려
준 멋진 옷도 엉망진창이 됐고! 두꺼비, 정말 너같이 구제 불능
인 동물한테 붙어 있을 친구가 세상천지에 또 어디 있겠냐?"

두꺼비는 자신이 얼마나 바보 같은 짓을 저질렀는지 그제야 깨
달았다. 그래서 자신의 잘못과 실수를 인정하고, 물쥐의 배를 잃
고 옷을 망쳐서 미안하다고 진심으로 사과했다. 솔직히 인정하고
사과하면 친구들이 더 이상 비판하지 않고 자기편을 들어준다는
사실을 잘 알기에 두꺼비는 마지막으로 이렇게 덧붙였다.

"물쥐, 내가 괜한 고집을 부렸다는 걸 이제야 알겠어. 지금부
터는 겸손하고 말 잘 듣는 두꺼비가 될게. 믿어 줘. 너의 친절한
충고와 승낙 없이는 절대로 아무런 행동도 하지 않을게."

마음씨 좋은 물쥐는 기분이 한결 풀어졌다. 물쥐가 두꺼비에
게 다시 말했다.

"정말로 네 생각이 그렇다면 내 충고를 잘 들어. 지금은 시간
이 늦었으니까 우선 앉아서 저녁을 먹자. 식탁 금방 차릴게. 그
리고 인내심을 가지고 기다려. 두더지와 오소리 아저씨가 돌아
오기 전에는 가만히 있는 게 좋아. 둘이 돌아오면 최근 소식을
듣고 회의를 여는 거야. 이 힘든 상황에서 어쩌면 좋을지 둘의
조언에 따르자고."

그러자 두꺼비가 가볍게 물었다.

"아, 맞다! 두더지와 오소리 아저씨가 있었지. 둘은 어떻게 됐

어? 까맣게 잊어버리고 있었네."

물쥐가 나무라듯 말했다.

"그걸 이제야 물어보다니! 네가 비싼 자동차를 훔쳐 타고 시
골길을 누비고 자랑스럽게 말을 몰면서 배 터지게 아침 식사를
얻어먹는 동안, 그 가엾고 헌신적인 친구들은 어땠는지 알아?
밖에 천막을 치고 지내면서 밤이고 낮이고 네 집을 지키고, 네
땅을 순찰하고, 담비와 족제비 녀석들을 감시했다고. 어떻게 하
면 네 집을 온전히 돌려줄 수 있을지 궁리하면서 말이야. 두꺼
비, 넌 정말 그렇게 진실하고 의리 있는 친구들을 가질 자격이
없어. 한참이나 지나서야 그들의 가치를 몰랐던 걸 후회할 날이
올 텐데, 그럼 뭐 해? 그땐 이미 너무 늦었다고!"

두꺼비는 비통한 눈물을 흘리며 흐느끼기 시작했다.

"그래, 난 고마움도 모르는 동물이야. 나가서 친구들을 좀
찾아봐야겠다. 이렇게 춥고 캄캄한 밤에 밖에서 고생하고 있
는데…… 아, 잠깐만! 방금 쟁반 위에 접시를 올려놓는 소리가
났지? 야호, 드디어 저녁 식사가 준비되었구나! 어서 먹자, 물
쥐야!"

물쥐는 가여운 두꺼비가 오랫동안 감옥에 갇혔던 사실을 떠
올리고 푸짐하게 음식을 준비해 놨다. 그래서 두꺼비를 따라 식
탁으로 가서 그동안 잘 먹지 못했을 테니 배불리 실컷 먹으라고
일러두었다.

저녁 식사를 끝마치고 팔걸이의자에 앉아 쉬고 있을 때였다. 누군가 문을 두드리는 육중한 소리가 들려왔다.

두꺼비는 잔뜩 긴장했지만, 물쥐는 수수께끼 같은 표정으로 고개를 끄덕이더니 곧장 달려가서 문을 열었다. 오소리였다.

오소리는 한눈에도 며칠 밤을 집에 다녀오지 못하고 고생한 표가 났다. 구두는 온통 진흙투성이에, 얼굴은 까칠하고, 머리털은 헝클어져 있었다. 사실 평소에도 말쑥한 차림이 아니긴 했다. 오소리는 엄숙한 표정으로 두꺼비에게 다가와 악수를 건네며 말했다.

"집에 잘 왔네, 두꺼비! 아, 내가 무슨 말을 하는 거지? 집이라니? 돌아왔지만, 이렇게 슬플 데가 또 있을까? 불쌍한 두꺼비!"

오소리는 뒤돌아 식탁으로 가서 의자에 앉았다. 그러고는 차가운 파이 한 조각을 먹었다.

오소리의 진지하고도 불길한 인사말은 두꺼비를 더욱 불안하게 만들었다. 물쥐가 옆에서 속삭였다.

"걱정하지 마. 신경 쓸 것 없어. 아직은 오소리 아저씨에게 아무 말도 하지 마. 원래 아저씨는 배고플 때 항상 저기압이고 우울하잖아. 삼십 분만 지나면 완전히 달라질 거야."

두꺼비와 물쥐는 말없이 기다렸다. 잠시 후, 가볍게 문 두드리는 소리가 또다시 들렸다. 물쥐는 두꺼비에게 고개를 끄덕이고 문으로 가더니, 두더지와 함께 돌아왔다. 두더지도 며칠 동안 씻지 못한 듯 초라한 행색이었다. 온몸에 마른 풀과 지푸라기가 붙어 있었다.

두더지가 환한 얼굴로 소리쳤다.

"야호, 두꺼비가 돌아왔네! 돌아와서 정말 기뻐!"

두더지는 두꺼비 주위를 빙빙 돌며 춤까지 추었다.

"네가 이렇게 금방 돌아올 줄 몰랐는데. 아, 그래! 탈출한 거구나. 역시 똑똑한 천재 두꺼비!"

놀란 물쥐가 두더지의 팔꿈치를 재빨리 붙잡았지만, 이미 늦었다. 두꺼비는 그새 우쭐해져서 다시 자기 자랑을 늘어놓기 시작했다.

"똑똑하다고? 아니! 친구들은 내가 별로 똑똑하지 않다던데. 그저 영국에서 가장 튼튼한 감옥에서 탈출했을 뿐이야. 야밤에 기차 타고 탈출한 것뿐이라고. 변장하고 다니면서 사람들을 속인 게 전부인걸, 뭐! 똑똑하다니? 난 멍청해. 내가 그동안 겪었던 모험담을 한두 가지 들려줄 테니까 두더지 네가 직접 판단해 봐!"

두더지가 음식이 차려진 식탁으로 옮겨 가면서 말했다.

"그래, 내가 먹는 동안 얘기해 봐. 사실 아침 식사 이후에 아무것도 못 먹었거든. 이런, 맙소사!"

두더지는 자리에 앉자마자 차가운 쇠고기와 피클을 맘껏 먹기 시작했다. 두꺼비는 난로 앞에 깔린 양탄자로 다가가 바지 주머니에서 은화 한 줌을 꺼냈다.

"이걸 봐. 몇 분 동안 일해서 번 것치고는 굉장하지? 내가 이걸 어떻게 벌었다고 생각해, 두더지? 말을 팔았어. 그래, 말을 팔아서 벌었다니까!"

"계속해 봐, 두꺼비."

두더지는 엄청난 흥미를 느끼며 말했다.

그때 물쥐가 소리쳤다.

"두꺼비, 제발 조용히 좀 해! 그리고 두더지, 넌 두꺼비의 성격을 잘 알면서 부추기지 좀 말라고! 그냥 지금 상황이 어떤지나 말해 줘. 앞으로 어떻게 해야 좋을지, 가장 좋은 방법이 뭔지나 말이야. 이제 두꺼비도 돌아왔으니까."

두더지가 우울하게 말했다.

"지금 상황은 최악이야. 그 가장 좋은 방법이 뭔지, 나도 제발 알았으면 좋겠다. 오소리 아저씨랑 밤낮없이 저택 주위를 돌고 있지만, 항상 똑같아. 사방에 널린 보초병들이 우리를 발견하면 총을 겨누고 돌을 던져. 늘 지키고 서 있어. 게다가 우리를 보면, 맙소사! 어찌나 깔깔 웃어대는지! 그게 제일 짜증난다니까."

물쥐가 깊은 생각에 잠긴 듯 말했다.

"아주 어려운 상황이구나. 하지만 두꺼비가 뭘 어떻게 해야 하는지는 알 것 같아. 내 생각이 뭔지 말해 줄게. 이제부터 두꺼비가 해야 할 일은……."

"아니, 안 돼! 그런 일은 안 돼! 넌 잘못 알고 있어. 두꺼비가 해야 할 일은……."

두더지가 입에 음식이 가득 문 채 소리쳤다. 그러자 두꺼비도 흥분해서 소리쳤다.

"친구들, 그게 뭐든 간에 난 절대로 안 할 거야! 너희한테 명령받지 않을 거라고! 지금 이 문제는 내 집에 대한 거야. 그러니까 뭘 할지는 내가 정확히 알아. 내가 어떻게 할 거냐면……."

셋이 한꺼번에 외쳐대자 귀가 멍해질 정도로 시끄러워졌다. 그때 날카롭고 냉정한 목소리가 들려왔다.

"당장 조용히 하지 못해?"

갑자기 모두 조용해졌다.

오소리였다. 그는 파이를 다 먹고 의자를 돌린 채 그들을 엄중하게 바라보았다. 세 친구의 관심이 오소리에게 집중됐다. 오소리가 말하기를 기다리는 표정이었다. 하지만 오소리는 다시 식탁으로 몸을 돌려 치즈를 집었다. 모두 오소리를 존경하고 존중했기 때문에 더 이상 한마디도 떠들지 않았다. 이윽고 오소리가 식사를 모두 마친 후 무릎의 부스러기를 털었다. 두꺼비가 적막을 참지 못하고 심하게 꼼지락거렸지만 물쥐가 옆에서 꽉 붙잡았다.

오소리는 자리에서 일어나 난로 앞에 서서 깊은 생각에 잠겼

다. 마침내 진지한 목소리로 말했다.

"두꺼비, 문제만 일으키는 못된 녀석! 자네는 자신이 부끄럽지도 않아? 내 오랜 벗이었던 네 아버지가 오늘 밤 이 자리에 있었다면 어떤 생각을 했을까? 네가 지금까지 저지른 짓들을 알았다면 뭐라고 말씀했겠어?"

그러자 소파에 다리를 올리고 앉아 있던 두꺼비는 얼굴을 파묻은 채 잘못을 뉘우치듯 심하게 흐느꼈다.

오소리가 한결 누그러진 목소리로 말을 이었다.

"자, 그럴 것 없다. 마음 쓰지 말고 그만 뚝 그쳐라. 지나간 일은 지나간 일이고 앞일만 생각해야지. 하지만 두더지의 말은 다 사실이야. 흰담비들이 사방에서 보초를 서고 있어. 세계 최고의 보초병들이야. 그러니 그곳을 공격할 생각 따위는 안 하는 게 좋아. 우리가 상대하기에는 너무 강하니까."

두꺼비가 소파 쿠션에 얼굴을 묻고 계속 흐느꼈다.

"그럼 모든 게 끝난 거네요. 저는 군대에나 들어가야겠어요. 다시는 저 두꺼비 저택을 못 보겠죠."

오소리가 달래며 계속 말했다.

"기운 내, 두꺼비! 기습 공격 말고도 우리가 저택을 되찾을 수 있는 방법은 분명 있으니까. 내 말은 아직 끝나지 않았어. 지금부터 엄청난 비밀을 말해 주지."

두꺼비는 천천히 몸을 일으키며 눈물을 닦았다. 그는 항상

이 '비밀'이란 말에 끌렸다. 그 이유가 두꺼비는 절대로 비밀을 지키는 법이 없었기 때문이다. 절대로 아무한테도 말하지 않겠다고 약속하고선 다른 동물한테 가서 말해 버릴 때의 짜릿함이란 말로 표현할 수 없을 만큼 좋았다.

오소리가 힘주어 말했다.

"땅속에 길이 있지. 바로 여기 강둑에서 곧장 저택 한가운데로 이어지는 길이지."

그러자 두꺼비가 성을 내며 소리쳤다.

"말도 안 되는 소리 하지 마세요, 오소리 아저씨! 선술집에서 떠도는 소문을 들으신 모양인데요. 저는 두꺼비 저택을 속속들이 잘 알아요. 분명히 말씀드리지만, 그런 지하 통로 같은 건 없다고요!"

오소리가 매우 엄중한 어조로 말했다.

"젊은 친구, 자네 아버지는 아주 훌륭한 분이었어. 내가 아는 그 누구보다 훌륭했지. 나하고는 특별한 사이였어. 아들인 자네에게는 절대로 하지 못할 이야기를 나한테 많이 털어놓았지. 네 아버지가 그 통로를 발견했어. 직접 만든 건 아니란 소리야. 사실 그 집에서 살기 수백 년 전에 이미 만들어진 통로였거든. 언젠가 곤란하거나 위험한 일이 생기면 쓸모 있겠단 생각에 깨끗하게 손보고 치워 놓았다네. 나한테 그 통로를 보여 주면서 말했어. '내 아들한테는 말하지 말게. 착한 아이지만 너무 가볍고 변덕이 심해서 비밀을 지키지 못할 테니까. 그 애가 정말로 위험에 처해서 이 비밀 통로가 필요해지면 자네가 알려 주게. 그전에는 절대로 안 되네.'라고 말이야."

세 동물들은 두꺼비가 어떤 반응을 보일지 궁금해서 뚫어질 듯 바라보았다. 두꺼비는 처음에는 시무룩했지만, 워낙 마음씨가 착한 동물이어서 곧바로 표정이 환해졌다.

"그래요. 제가 말이 좀 많을지도 모르죠. 워낙 인기가 많거든요. 주변에 친구들이 항상 모여드니까 서로 놀리기도 하고 눈빛을 반짝이며 재치 있는 입담을 나누기도 하죠. 그러다 보니 저도 모르게 쉬지 않고 말하게 돼요. 제 말솜씨는 타고난 거예요. 어떻게든 사교 모임을 만들라는 말까지 들을 정도니까요. 그게 뭔지는 모르겠지만. 아, 신경 쓰지 마세요, 오소리 아저씨. 계속 말씀해 주세요. 그 비밀 통로가 우리한테 어떻게 도움이 될까요?"

오소리의 설명이 이어졌다.

"최근에 한두 가지 사실을 알아냈어. 수달을 청소부로 변장시켜서 너희 집 뒷문으로 보냈거든. 빗자루를 어깨에 메고 가서 일을 하게 해 달라고 애원하라 했지. 내일 밤에 큰 잔치가 있을 건가 봐. 누군가의 생일이라고 하더군. 아마 족제비 대장이겠지. 족제비들이 연회장에 모여서 아무 의심 없이 먹고 마시고 웃고 떠들 거야. 당연히 총, 칼, 막대기 같은 무기 따위는 없이!"

물쥐가 끼어들었다.

"하지만 평소처럼 보초는 설 거예요."

오소리가 답했다.

"내 생각도 그래. 족제비들은 그 훌륭한 보초들을 완전히 믿고 있겠지. 그래서 비밀 통로가 필요한 거라네. 통로는 연회장 바로 옆에 있는 식기실 아래로 이어지거든!"

두꺼비가 말했다.

"아하, 식기실의 나무 바닥이 삐걱댄 이유가 그거였구나!"

이어서 두더지가 소리쳤다.

"우리가 식기실로 살금살금 들어가서……."

이번엔 물쥐가 외쳤다.

"총이랑 칼이랑 막대기를 들고……."

오소리가 연이어 말했다.

"녀석들을 덮치는 거지."

마지막으로 두꺼비가 흥분하며 소리쳤다.

"녀석들을 팍, 팍, 팍 무찌르는 거야!"

두꺼비는 방 안을 마구 뛰어다니면서 의자까지 뛰어넘었다.

오소리는 평소대로 침착했다.

"그럼 계획이 정해졌으니까 더 이상 다툴 일은 없겠지. 밤이 깊었으니까 모두 얼른 잠자리에 들도록. 내일 아침부터는 필요한 준비들을 하자고.”

두꺼비는 너무 흥분해서 도저히 잠들 기분이 아니었지만, 다른 친구들과 마찬가지로 잠자리에 누울 수밖에 없었다. 그 편이 훨씬 낫다는 것을 잘 알고 있었다. 여러 사건이 많았던 기나긴 하루였다. 그동안 감옥의 돌바닥에 깔린 짚더미에서 대충 잠들었던 그였기에 이불이 무척이나 포근했다. 베개에 머리를 대자마자 코를 골며 곯아떨어졌다. 두꺼비는 많은 꿈을 꾸었다. 길이 필요할 때마다 저 멀리까지 시원스럽게 펼쳐지는 꿈, 운하가 쫓아와서 그를 덮치는 꿈, 일주일치 빨랫감을 가득 실은 거룻배를 몰고 연회장으로 들어가는 꿈을 꾸었다. 혼자 비밀 통로에 서서 앞으로 걸어가는 꿈에서는 길이 뒤틀리고 빙빙 돌고 흔들렸다. 그래도 어쨌든 그는 결국 두꺼비 저택으로 무사히 돌아갔다. 친구들이 두꺼비를 빙 둘러싼 채 정말로 똑똑하다고 칭찬했다.

다음 날, 두꺼비는 완전히 늦잠을 잤다. 일어나 보니 다른 동물들은 진즉 아침 식사를 끝마쳤다. 두더지는 어디로 가는지 아무한테도 말하지 않고 슬그머니 나간 뒤였다. 오소리는 팔걸이의자에 앉아 신문을 읽고 있었다. 오늘 저녁에 벌어질 일에 대해서는 조금도 걱정하지 않는 듯했다. 반면, 물쥐는 부지런히 집 안을 돌아다니며 온갖 무기를 챙겼다. 그는 무기를 분류해서 바닥에 네 종류로 쌓아 놓았다. 그러고는 몹시 흥분한 얼굴로 숨 가쁘게 중얼거렸다.

"이건 물쥐의 칼, 이건 두더지의 칼, 이건 두꺼비의 칼, 그리고 이건 오소리 아저씨의 칼! 이건 물쥐의 총, 이건 두더지의 총, 이건 두꺼비의 총, 그리고 이건 오소리 아저씨의 총!"

그는 운율에 맞춰 노래하듯 계속 중얼거렸고, 무기는 점점 더 많이 쌓여 갔다. 잠시 후, 오소리가 신문 너머로 바삐 움직이는 물쥐를 힐끗 바라보며 말했다.

"이제 그만해도 되네, 물쥐. 자네를 탓하는 건 아니지만, 총을 가진 담비들을 통과하려면 그런 총이나 칼 따위로는 아닐 거야. 일단 연회장 안으로 들어가기만 하면 우리 넷이 막대기로도 오 분 만에 녀석들을 전부 해치울 수 있을 테니까. 뭐, 나 혼자서도 충분히 가능하겠지만 자네들도 재미를 봐야 하지 않겠나!"

"그래도 안전한 게 좋잖아요."

물쥐는 소맷자락으로 총구를 닦았다. 시선은 내내 그곳으로 향해 있었다.

식사를 마친 두꺼비는 몽둥이를 막 휘두르면서 눈앞에 적들이 있다 생각하고 힘껏 때리는 시늉을 했다.

"내 집을 훔치면 어떻게 되는지 배우게 해 줄 테다. 똑똑히 배우게 해 주겠어."

그러자 물쥐가 깜짝 놀라며 말했다.

"'배우게 해 준다'고 말하지 마, 두꺼비. 그건 바른 표현이 아니야."

오소리가 언짢은 듯 물쥐에게 말했다.

"자네는 왜 항상 두꺼비한테 잔소리를 하지? 두꺼비의 말이 뭐가 잘못됐다는 거야? 나도 저런 표현을 쓴다네. 내가 써서 괜찮다면 자네들이 써도 괜찮은 거야."

그러자 물쥐가 겸손하게 말했다.

"죄송해요. '배우게 해 준다'가 아니라 '가르쳐 준다'가 맞는 말인 것 같아서요."

오소리가 대꾸했다.

"하지만 우리는 그들을 가르쳐 주고 싶은 게 아니야. 배우게 해 주고 싶은 거라고. 그들이 배우고, 배우게 해 주고, 배우게 하려는 거잖아!"

"네, 알겠어요. 아저씨가 그렇다면 그런 거죠."

물쥐가 말했다. 스스로도 헷갈리는지 구석으로 가서 중얼거렸다.

"배우게 해 준다, 가르쳐 준다, 배우게 해 준다, 가르쳐 준다!"

끝내 오소리가 참지 못하고 저리 가라며 날카롭게 쏘아붙였다.

잠시 후, 두더지가 들어오는 소리가 시끌벅적하게 났다. 즐거운 기색이 역력했다.

"정말 재미있었어. 흰담비들을 약 올리고 왔거든."

"조심했겠지, 두더지?"

물쥐가 초조하게 물었다. 그러자 두더지가 자신만만하게 대답했다.

"물론이지! 아까 두꺼비의 아침 식사를 따뜻하게 해 두려고 부엌으로 갔다가 좋은 생각이 났지 뭐야. 어제 두꺼비가 입고 온 낡은 세탁부 옷이 난로 앞 수건걸이에 걸려 있었거든. 그래서 난 그 옷을 입고 모자도 쓰고 숄까지 걸치고, 대담하게도 두꺼비 저택으로 갔어. 물론 총 든 보초병들이 있었고 날 보자 '누구셔?'라며 수작을 부리더군. 난 공손하게 인사했어. '좋은 아침이네요, 신사 양반들! 오늘 맡길 빨랫감이 있나요?' 그들은 거드름을 피우며 바라보더니 '저리 꺼져, 세탁부 아줌마! 근무 중에 빨랫감 따위는 없으니까.'라고 하더군. 그래서 내가 '그럼 다음에 맡기실래요?'라고 했지. 하하하! 나 정말 웃기지 않아, 두꺼비?"

"불쌍하고 바보 같은 동물이군!"

두꺼비가 거만한 얼굴로 중얼거렸다. 사실 두꺼비는 두더지가 부러워 견딜 수 없었다. 먼저 그런 생각을 떠올렸더라면, 늦잠만 자지 않았더라면, 자기가 하고 싶은 일이었다.

두더지의 설명이 이어졌다.

"흰담비 몇 마리는 얼굴이 완전 붉으락푸르락해졌고, 그중 책임자인 듯한 자가 나에게 말했어. '얼른 달아나, 아줌마! 썩 꺼지라고! 보초 서는 내 부하들 방해하지 말고 말도 걸지 마!' 그래서 내가 '얼른 달아나라고요? 달아나야 할 동물은 내가 아닐걸요? 잠시 후면 알게 될 거예요.'라고 말했지!"

물쥐는 경악했다.

"아, 두더지야! 왜 그랬어?"

오소리는 읽던 신문을 내려놓았다. 두더지가 말을 이었다.

"녀석들이 귀를 쫑긋 세우고 서로 쳐다보는 거야. 그러니까 책임자가 '저 세탁부 말은 신경 쓰지 마. 알지도 못하고 지껄이는 말이니까.'라고 했어. 그래서 내가 그랬지. '어휴, 내가 뭘 모른다고요?' 그리고 호기롭게 덧붙였어. '한마디만 해드리죠. 우리 딸이 오소리 씨의 세탁 일을 해 주거든요. 내가 진짜 알지도 못하고 지껄이는 말인지 곧 판명 나겠죠. 곧 알게 될걸요. 피

에 굶주린 오소리 백 마리가 오늘 밤 소총으로 무장하고 두꺼비 저택을 공격할 거예요. 권총과 단검으로 무장한 쥐들이 여섯 척의 배에 타고 올 거고요. 죽기 살기 정신으로 유명한 '불사신' 부대 알죠? 이 두꺼비 부대가 과수원에 들이닥쳐서 복수를 외치며 눈앞에 보이는 것을 닥치는 대로 집어갈 거예요. 그들이 왔다 가면 여러분은 맡길 빨랫감조차 남아나지 않겠군요. 기회가 있을 때 달아나지 않으면 말이에요.' 그런 다음에 난 달아났어. 눈에 띄지 않는 곳까지 달음질해서 숨었지. 도랑을 따라 살금살금 기어가다가 산울타리 너머로 엿보았어. 다들 긴장해서 허둥지둥하고 있더군. 뛰다가 서로 부딪치기도 하고. 다들 이래라저래라 명령만 내리고 듣는 녀석은 하나도 없었어. 책임자는 흰담비 몇몇을 멀리까지 보내고 또 다른 부하들을 시켜서 다시 데려오라고 난리더군. 그들이 이렇게 말하는 소리가 들렸어. '족제비들은 연회장에서 편하게 잔치나 벌이면서 축배를 들고 노래를 부르고 신나게 놀겠지, 우리 담비들은 추위와 어둠 속에서 보초를 서다가 피에 굶주린 오소리들한테 산산조각 날 텐데!'라고 말이야."

바로 그때 두꺼비가 소리쳤다.

"아, 이 멍청한 두더지야! 네가 모든 걸 망쳤어!"

오소리는 침착하게 말했다.

"두더지, 자네의 작은 손가락 하나가 다른 동물들의 미련한

287

몸뚱이 전체보다 훨씬 더 똑똑한 것 같군. 정말 잘했네. 자네한테 거는 기대가 커. 훌륭한 두더지! 똑똑한 두더지!"

두꺼비는 순간 질투심이 솟구쳤다. 특히 두더지가 그런 똑똑한 일을 했다는 사실이 도무지 이해되지 않아서 더 질투가 났다. 하지만 두꺼비가 분통을 터뜨리거나 오소리에게 쓴소리를 듣기도 전에 점심 식사를 알리는 종이 울렸다.

소박하지만 영양가 가득한 식사였다. 베이컨과 콩과 마카로니 푸딩이 나왔다. 식사가 끝난 후 오소리가 팔걸이의자에 앉으며 말했다.

"우린 오늘 밤 계획을 실행해야 해. 아마 다 끝나면 꽤 늦은 시간일 거야. 그러니 난 잠깐 눈을 좀 붙여야겠어."

오소리는 얼굴에 손수건을 덮고서 이내 코를 골았다.

걱정 많고 부지런한 물쥐는 다시 준비 작업에 돌입했다. 네 분류로 나누어 잔뜩 쌓아 둔 무기 사이를 바쁘게 돌아다니며 중얼거렸다.

"이건 물쥐의 허리띠, 이건 두더지의 허리띠, 이건 두꺼비의 허리띠, 그리고 이건 오소리 아저씨의 허리띠!"

장비를 하나하나 가리키며 물쥐는 끝없이 중얼거렸다.

그때 두더지는 두꺼비의 팔을 잡고 밖으로 데리고 나갔다. 버들가지로 만든 의자에 두꺼비를 앉히고는 그동안 겪었던 모험담을 처음부터 끝까지 다 들려 달라고 했다. 당연히 두꺼비는 대환영이었다. 두더지는 열심히 귀 기울였다. 중간에 끼어들거나 비꼬지도 않아서 두꺼비는 쉬지 않고 술술 말했다. 사실 두꺼비의 이야기는 있는 그대로의 사실이 아니라 희망 사항에 가까웠다.

나중에 되돌아봤을 때 '그랬더라면 좋았을 텐데.' 하고 바라는 일들이야말로 가장 짜릿하고 신나는 모험이다. 그런데 우리는 어째서 그런 모험이 드문 걸까? 사실로 보기엔 좀 부족한 희망 사항일지라도 어쩌면 그것은 훗날 진짜 모험이라고 말할 수 있지 않을까?

12

집으로 집으로

차츰 날이 어두워지기 시작했다. 물쥐는 흥분되고 설레는 마음으로 모두를 응접실로 불러 모았다. 모두 각자의 무기 더미 앞에 세운 후 나갈 채비를 하라고 했다. 물쥐가 워낙 열심히 꼼꼼하게 챙기는 바람에 꽤 시간이 걸렸다. 우선 동물들은 물쥐를 따라 허리띠를 차고 기다란 칼을 꽂았다. 반대편 허리춤에도 단검을 꽂아 중심을 맞추었다. 그다음에는 권총 두 자루, 경찰봉 하나, 수갑 여러 개, 붕대와 반창고, 물병과 샌드위치 통까지 챙겼다. 오소리가 기분 좋은 웃음을 터뜨렸다.

"좋아, 물쥐! 자네가 만족해하니 나도 해될 것은 없지. 하지만 나는 이 몽둥이만 쓸 생각이네."

"제발 부탁이에요, 오소리 아저씨! 나중에 뭘 빠뜨렸다고 아저씨한테 원망 섞인 잔소리는 듣고 싶지 않단 말이에요."

모든 준비가 끝났다. 오소리는 한쪽 앞발에 손전등을, 다른 앞발에는 몽둥이를 들고서 말했다.

"자, 다들 따라오게! 나를 기쁘게 해 주는 두더지가 내 뒤에, 물쥐가 그다음, 두꺼비는 맨 마지막에 서서 따라오도록! 이봐, 두꺼비! 평소처럼 재잘거렸다가는 그대로 돌려보낼 줄 알아!"

두꺼비는 자기를 떼 놓고 가지나 않을까 노심초사하며 순순히 맨 뒤에 섰다.

드디어 출발했다. 오소리는 잠깐 동안 강가로 무리를 이끌더니 갑자기 강둑에 뚫린 구멍으로 쏙 들어갔다. 강물 바로 위쪽이었다. 두더지와 물쥐도 말없이 굴로 휙 들어가는 데 성공했다. 하지만 마지막으로 두꺼비 차례가 되자 그만 미끄러져 꽥 하는 비명 소리와 함께 풍덩 물속으로 빠져 버렸다. 친구들이 끌어내 물기를 닦아 주고 짜 주었다. 두꺼비를 위로하며 일으켜 세우는 동안 오소리는 다시 한 번만 더 바보 같은 짓을 했다가는 두고 가 버릴 거라고 크게 화를 냈다.

마침내 비밀 통로에 들어섰다. 이제부터 본격적인 원정이 시작되는 것이다!

통로 안은 춥고 어둡고 축축하고 낮고 비좁았다. 두꺼비는 불쌍하게도 덜덜 떨기 시작했다. 온몸이 젖은 데다 앞으로 닥칠 일이 두렵기도 했다. 불빛은 저 앞에 막연히 있었고, 두꺼비는 계속 어둠 속에서 뒤처지기만 했다. 그때 물쥐가 주의를 주듯 낮게 소리쳤다.

"어서 와, 두꺼비!"

두꺼비는 혼자 어둠 속에 버려질까 봐 두려워서 허둥지둥 서둘러 뛰어갔다. 그러다 물쥐와 부딪혔고, 물쥐는 두더지와 부딪혔고, 두더지는 오소리와 부딪혀 넘어졌다. 순식간에 소동이 일어났다. 오소리는 뒤에서 공격당한 줄 알고, 몽둥이나 단검을 휘두르기에는 비좁아 권총을 뽑아 들었다. 하마터면 두꺼비에게 총을 쏠 뻔했다. 자초지종을 알고 나자 오소리는 몹시 화가 나서 소리쳤다.

"이번에야말로 저 지겨운 두꺼비 녀석을 내버려 두고 가야겠어!"

그러자 두꺼비가 이내 훌쩍거렸다. 두 친구가 책임지고 두꺼비로 하여금 똑바로 행동할 수 있도록 보살피겠다고 나서자, 오소리도 잠시 누그러졌다. 일행은 다시 앞으로 걸어가기 시작했다. 이번에는 물쥐가 맨 뒤에 가면서 두꺼비의 어깨를 꽉 잡고 밀어 주며 걸었다.

그들은 권총을 들고 귀를 쫑긋 세운 채 더듬더듬 걸어갔다. 침묵을 깨고 오소리가 말했다.

"이제 두꺼비 저택에 다 온 것 같군."

그때 갑자기 웅성거리는 소리가 들렸다. 멀리서 나는 것 같았지만 분명히 머리 위에서 났다. 소리치고 환호하고 발을 구르고 테이블을 치는 소리 같았다. 두꺼비는 또다시 공포에 사로잡혔다. 하지만 오소리는 차분하게 말했다.

"족제비들이 벌써 잔치를 벌이는가 보군!"

이제 통로는 오르막길이었다. 더듬으며 앞으로 조금씩 나아가고 있는데, 시끄러운 소리가 다시 터져 나왔다. 이번에는 위쪽 가까이에서 더욱 또렷하게 들려왔다.

"야호, 만세!"

발 구르는 소리와 함께 잔을 부딪치고 주먹으로 테이블을 내리치는 소리가 어지러이 들렸다. 오소리가 찌푸리며 말했다.

"신나게 놀고 있군. 어서 가자."

그들은 서둘러 앞으로 걸어갔고, 잠시 후 완전히 통로가 끝나는 곳에 멈추었다. 식기실로 이어지는 마룻바닥 뚜껑문이 머리 위에 있었다.

연회장 쪽이 워낙 시끄러워서 들킬 위험은 없을 것 같았다. 오소리가 말했다.

"자, 다 같이 열자고!"

넷은 동시에 어깨를 문에 대고 힘껏 밀어 올렸다. 그러고는 서로 끌고 당기며 식기실로 모두 올라갔다. 식기실 바로 옆에 있는 연회장에서는 아무것도 모른 채 잔치를 벌이고 있었다.

소음의 크기는 비밀 통로에서 듣다가 식기실에서 들으니 귀가 먹먹해질 정도였다. 그런데 환호성과 쿵쿵 내리치는 소리가 멈추더니 누군가 연설하는 목소리가 울렸다.

"길게 이야기하지 않겠습니다. (큰 박수갈채) 자리로 돌아가기 전에 (다시 환호성) 우리의 친절한 집주인 두꺼비 씨에게 한마디하고 싶군요. 우린 모두 두꺼비를 잘 알죠! (엄청 큰 웃음소리) 착한 두꺼비, 겸손한 두꺼비, 정직한 두꺼비니까요!" (즐거워하는 함성)

"내가 저놈을 그냥!"

두꺼비가 이를 갈았다.

"잠깐만 참아. 자, 모두 준비해!"

오소리가 겨우 두꺼비를 뜯어말리며 말했다.

아까 그 목소리가 또 울려왔다.

"여러분에게 노래 한 곡 불러 드리겠습니다. 두꺼비를 주제로 제가 직접 작곡한 노래죠." (요란한 박수 소리)

목소리의 주인공인 족제비 대장이 찍찍거리는 고음으로 노래를 부르기 시작했다.

두꺼비가 룰루랄라 즐겁게
길을 걸어갔다네

오소리는 앞발로 몽둥이를 꽉 잡고 준비 태세를 갖췄다. 그리고 동료들을 돌아보며 소리쳤다.

"때가 왔다! 나를 따르라!"

문이 거칠게 열렸다.

맙소사!

끽끽, 찍찍, 꽥꽥 소리가 실내를 가득 채웠다!

겁에 질린 족제비들은 테이블 아래로 숨거나 미친 듯이 창밖으로 튀어 나갔다. 벽난로로 우르르 몰려가는 바람에 서로 굴뚝 속에 끼어 버렸다. 테이블과 의자가 부딪쳐 넘어지고, 유리잔과 도자기 접시가 떨어져 깨졌다. 모두가 공포에 사로잡힌 그 순간, 네 영웅은 기세등등하게 방으로 돌진했다. 용감한 오소리는 수염을 빳빳이 세우며 큰 곤봉을 마구 휘둘렀고, 두더지는 무시무시한 고함과 함께 "두더지가 나가신다! 길을 비켜라!" 하며 몽둥이를 휘둘렀다. 물쥐는 허리띠에 온갖 무기를 장착한 채 필사적으로 달려들고 있었다. 두꺼비는 흥분한 데다 자존심마저 상해 제정신이 아니었다. 평소보다 몸집이 두 배나 부풀어 오른 상태였다. 그는 우렁차게 함성을 지르며 허공으로 펄쩍 뛰어올라 적들을 공포로 몰아넣었다.

"두꺼비가 룰루랄라 즐겁게 길을 갔다고? 그래, 내가 너희들을 즐겁게 해 주마!"

두꺼비는 곧바로 족제비 대장에게 달려갔다. 영웅은 고작 넷이었지만, 겁에 질린 족제비들에게는 회색, 검은색, 갈색, 노란색으로 된 괴물들이 연회장을 가득 채우고 무시무시한 곤봉을

휘두르는 것처럼 보였다. 족제비들은 사색이 되어 끽끽 요란한 소리를 내며 우왕좌왕했다.

계속해서 창밖으로 뛰어내리고, 굴뚝으로 기어올라 갔다. 무시무시한 곤봉을 피할 수만 있다면 어디든지 피할 요량이었다.

습격은 머잖아 끝났다. 네 친구들은 연회장 구석구석을 돌아다니며 눈에 보이는 머리마다 방망이를 휘둘렀다. 단 오 분이었다.

깨진 창문 너머로 겁에 질린 족제비들이 잔디밭으로 도망치는 소리가 들렸고, 연회장 바닥에는 수십 마리쯤 되는 족제비들이 엎드려 있었다. 두더지는 그들에게 수갑을 채우느라 바빴다. 오소리는 한숨을 돌리며 몽둥이에 기대서서 눈썹에 흐르는

땀을 닦았다.

오소리가 입을 열었다.

"두더지, 자네 정말 최고야! 밖에 나가서 보초병을 좀 보게. 녀석들이 뭘 하고 있는지 말이야. 자네 덕분에 녀석들이 저렇게 보초 서느라 바빠서 우리 일이 한결 쉬워진 것 같군!"

두더지는 재빨리 창문 밖으로 사라졌다. 오소리는 남은 둘에게 테이블을 세워 놓고 바닥에 흩어진 나이프, 포크, 접시, 유리잔 조각을 정리하라고 시켰다. 저녁으로 먹을 만한 음식이 있는지도 살펴보라고 했다. 평소와 다름없는 말투였다.

"뭘 좀 먹고 싶군. 빨리 움직여, 두꺼비! 표정 좀 밝게 하고! 우리가 자네 집을 되찾아 줬는데 샌드위치 한 조각도 대접하지 않다니."

두꺼비는 오소리가 다정하게 말해 주지 않아서 속상했다. 자기가 얼마나 멋진 친구이고, 얼마나 용감하게 싸워 줬는지 말해 주지 않아 서운했다. 두꺼비는 그냥 자신의 활약상에 대해 스스로 멋지다 생각하며 곱씹었다. 족제비 대장에게 달려들어 놈을 몽둥이 한 방에 테이블 위로 날려 보낸 것도 마음에 들었다. 비록 섭섭했지만 부지런히 움직였다. 물쥐도 열심이었다. 잠시 후 둘은 유리그릇에 담긴 구아바 젤리와 차게 식힌 닭고기, 거의 손대지 않은 혓바닥 고기, 약간의 트라이플(스펀지케이크, 과일, 젤리, 크림이 들어간 영국식 디저트—옮긴이), 그리고 충분한 양의 바닷가재 샐러드를 찾아냈다. 그리고 식기실에서 롤빵이 가득한 바구니, 치즈, 버터, 셀러리를 잔뜩 발견했다.

그들이 식탁에 앉으려고 할 때 마침 두더지가 창문으로 들어왔다. 총을 한 아름 든 채 킬킬거리고 있었다.

"이제 다 끝났어요. 흰담비들은 연회장에서 들려오는 비명 소리에 불안하고 초조했는지 총을 버리고 벌써 달아난 것 같아요. 몇몇은 자리를 지켰지만 족제비들이 우르르 쏟아져 나와 자기들 쪽을 덮치자 배신당했다고 생각했나 봐요. 그래서 흰담비들은 족제비들을 가지 못하게 막았고, 족제비들은 도망 가려고 필사적으로 싸웠어요. 결국 서로 뒤엉켜 몸부림치면서 구르다가 전부 강에 빠져 버렸죠! 지금쯤 녀석들은 사라졌을 거예요. 제가 총을 다 갖고 와 버렸거든요. 모두 다 잘됐어요."

"정말 훌륭한 동물이야!"

오소리가 닭고기와 트라이플을 잔뜩 문 채 우물거리며 말했다.

"자, 우리랑 같이 저녁을 먹기 전에 해 주었으면 하는 일이 한 가지 더 있네. 두더지 자네가 일처리를 제대로 한다고 믿으니까 시키는 거야. 내가 아는 동물들이 다 자네 같으면 좋으련만. 물쥐가 시인만 아니었어도 물쥐를 보내겠는데. 일단 바닥에 쓰러진 녀석들을 이층으로 데려가서 방들을 깨끗이 청소하고 정리하라고 시키게. 침대 아래까지 싹싹 쓸고, 시트와 베개도 새것으로 바꾸라고 해. 이불의 한쪽 끝은 꼭 밖으로 접어놓도록 하고. 방마다 따뜻한 물이 든 컵, 깨끗한 수건, 새 비누도 갖다 놓으라고 하게. 일을 다 시키고 나서 자네가 원한다면 흠씬 두들겨 주고 그다음에는 뒷문으로 내보내게. 다시는 보고 싶지 않은 녀석들이니까. 다 끝나면 이리 와서 찬 혓바닥 고기를 먹게나. 아주 맛이 좋군. 나는 자네가 무척 마음에 드네, 두더지!"

마음씨 좋은 두더지는 방망이를 들고 포로들을 일렬로 세웠다. "행진!" 하고 명령하더니 이층으로 끌고 갔다. 한참 후 두더지가 웃는 얼굴로 나타나 방마다 깨끗하게 정리가 되었다고 말했다.

"녀석들을 때려 줄 필요는 없었어요. 아까 충분히 얻어맞았잖아요. 족제비들한테 그렇게 말했더니 맞는 말씀이라면서 다시는 성가시게 하지 않을 거래요. 잘못을 크게 뉘우치고 있어요. 자기들이 저지른 일은 정말 안됐지만 모든 게 족제비 대장과 흰담비들 때문이라고요. 요구하는 대로 뭐든 보상해 주고 싶대요. 그래서 각자 롤빵 한 개씩 쥐어 주고 뒷문으로 내보냈더니 잽싸게 가 버리더라고요!"

이윽고 두더지는 자리에 앉아 찬 혓바닥 고기를 허겁지겁 먹기 시작했다. 두꺼비가 신사답게 질투심을 버리고 진심으로 말했다.

"사랑하는 내 친구 두더지, 오늘 힘들게 고생해 줘서 정말 고마워. 특히 오늘 아침에 현명한 행동을 해 준 것도!"

오소리도 두꺼비의 말에 만족했다.

"옳은 말이야, 두꺼비!"

모두 기쁘고 만족스럽게 식사를 마친 후 깨끗한 이부자리로 들어갔다. 용맹함과 완벽한 작전과 적절한 몽둥이질로 되찾은 두꺼비의 저택이었다.

다음 날 아침, 두꺼비는 평소와 다름없이 늦잠을 잤다. 늦은 아침 식사를 하러 내려가 보니 테이블에는 달걀 껍데기가 수북했고 차갑게 식은 딱딱한 토스트 조각이 있을 뿐이었다. 주전자에는 커피가 사분의 일밖에 남아 있지 않았다. 그의 집이라는 점을 고려할 때 그리 기분 좋은 일은 아니었다. 식당 창문 너머로 두더지와 물쥐가 보였다. 둘은 잔디밭에 놓인 고리버들 의자에 앉아 이야기를 나누고 있었다. 얘기 도중에 그들은 짧은 다리를 공중에 대고 차며 웃음을 터뜨리기도 했다. 팔걸이의자에 앉아 조간신문을 읽던 오소리는 두꺼비가 방으로 들어서자 고개를 들어 살짝 끄덕었다. 두꺼비는 오소리를 잘 알기에, 자리에 조용히 앉아 자기가 먹을 아침 식사를 최대한 잘 차렸다. 그는 속으로 자기도 곧 친구들처럼 뱃속이 든든해질 수 있다고 생각했다. 두꺼비가 식사를 거의 마쳤을 때, 오소리가 고개를 들고 짧게 말했다.

"두꺼비, 미안하지만 아침부터 자네가 할 일이 많네. 당장 이

번 일을 축하하는 잔치라도 벌여야 하지 않겠나? 모두 그러길 기대하고 있을 거야. 자네가 꼭 해야 할 일이기도 하고."

그러자 두꺼비가 선뜻 말했다.

"아, 그래요! 시키시는 대로 뭐든 하죠. 하지만 왜 잔치를 아침에 열어야 한다는 건지 이해할 수 없네요. 저는 제 만족만을 위해서 사는 동물이 아니니까 친구들이 원하는 걸 알아내서 준비해야겠죠, 오소리 아저씨!"

오소리가 약간 짜증 섞인 목소리로 말했다.

"안 그래도 멍청한데, 더 바보같이 굴지 좀 말게. 말하면서 커피에 대고 킬킬 웃거나 침 좀 튀기지 말고. 그건 예의가 아니야. 내 말은, 잔치는 당연히 밤에 열 거고 지금 당장 초대장을 쓰라는 거야. 자네가 직접 써야지. 어서 테이블에 앉아. 거기 편지지가 잔뜩 쌓여 있지? 위에 파란색과 금색으로 '두꺼비 저택'이라고 인쇄된 편지지가 있을 거야. 모든 친구들에게 초대장을 쓰게. 지금부터 열심히 쓰면 점심 전에 전달할 수 있을 거야. 나도거들겠네. 내가 잔치에 쓰일 음식을 주문하지."

두꺼비가 경악해서 소리쳤다.

"뭐라고요? 나보고 이 즐거운 아침에 집 안에 틀어박혀서 편지나 쓰라고요? 전 그냥 저택을 돌면서 모든 걸 제자리에 정리해 놓고 신나게 걸어 다니면서 이 기분을 좀 즐기고 싶어요. 초대장 같은 걸 쓰기는 싫다고요. 절대로! 하지만 잠깐만요! 아,

그래요, 오소리 아저씨! 그 일이야말로 제 기쁨이죠. 아저씨가 하라고 하면 당연히 해야죠. 그럼 얼른 잔치 음식을 주문해 주세요. 아저씨 마음대로요. 그리고 밖에 있는 저 젊은 친구들이랑 함께 계세요. 제 걱정은 눈곱만큼도 안 하는 저 친구들하고요. 저는 이 화창한 아침을 의무와 우정의 제단에 기꺼이 희생하겠어요."

오소리는 의심쩍은 표정으로 두꺼비를 빤히 바라보았다. 두꺼비의 표정이 꽤 솔직해서 무슨 시답잖은 의도 때문에 태도를 바꾼 것인지 가늠하기 힘들었다. 오소리가 문을 닫고 부엌 쪽으로 가 버리자, 두꺼비는 서둘러 책상으로 달려갔다. 아까 말하는 동안 사실은 근사한 아이디어가 떠올랐다. 그는 정말로 초대장을 쓸 생각이었다. 그리고 자기가 이번 싸움에서 중대한 역할을 했고 족제비 대장을 납작하게 눌러 줬다는 이야기를 넣으려고 했다. 그동안의 모험담과 화려한 성공담도 슬쩍 언급할 작정이었다. 끝으로 빈 공간에는 잔치의 흥을 돋워 줄 프로그램도 집어넣으면 좋겠다고 생각했다. 두꺼비가 머릿속에 떠올린 계획은 대략 이러했다.

들어가는 말 ········ 두꺼비

(나중에 두꺼비의 연설이 또 있을 예정)

강연 ········ 두꺼비

303

(주제: 오늘날의 감옥 제도, 고대 영국의 운하, 말을 거래하는 방법에 대한 모든 것, 재산 그리고 그 권리와 의무, 다시 본래의 땅으로, 영국 대지주의 특징)

노래 ········ 두꺼비

(두꺼비 작곡)

그밖에 다른 노래들 ········ 두꺼비

(잔치 도중에 불릴 곡들. 작곡가 두꺼비가 직접 안내할 예정)

여기까지 정리가 되자 두꺼비는 신이 나서 열심히 초대장을 썼고, 정오쯤 일이 전부 끝났다. 그때 어리고 꾀죄죄한 족제비 한 마리가 찾아와 신사들을 도울 일이 없는지 묻는다는 이야기를 들었다. 두꺼비가 으스대듯 나가 보니 어제 포로였던 한 족제비가 매우 초조한 표정으로 굽실거리고 있었다. 두꺼비는 족제비의 머리를 쓰다듬어 주며 앞발에 초대장 묶음을 쥐어 주고는 얼른 가서 나눠 주라고 시켰다. 저녁에 다시 오면, 1실링을 줄 수도 있고 안 줄 수도 있다고 덧붙였다. 가엾은 족제비는 무척 고마워하며 얼른 심부름을 하러 떠났다.

밖에 나가 있던 친구들이 점심 식사를 하러 돌아왔다. 그들은 오전 내내 강에서 시원하고 재미있게 보냈다. 양심에 찔린 두더지는 두꺼비가 분명히 시무룩하거나 우울해하고 있을 거라는 생각으로 쓱 쳐다보았다. 하지만 두꺼비는 몹시 신난 표정이었다. 두더지는 의심스러웠다. 물쥐와 오소리도 어느새 의미심장한 표정을 교환했다.

식사가 끝나자 두꺼비는 앞발을 바지 주머니 깊숙이 찔러 넣은 채 한결 가벼운 투로 말했다.

"여러분, 편하게 쉬세요. 필요한 게 있으면 뭐든 말하고요."

두꺼비는 으쓱거리며 정원으로 향했다. 거기 앉아서 연설할 내용을 좀 생각해 보려던 참이었다. 그런데 그때 물쥐가 두꺼비의 팔을 붙잡았다.

두꺼비는 빠져나가려고 발버둥을 쳤지만, 오소리 역시 다른 팔을 꽉 잡자 아무래도 다 틀린 것 같다는 느낌이 들었다. 그들은 두꺼비를 양쪽에서 붙들고 현관홀을 지나 흡연실로 끌고 갔다. 그러고는 문을 닫고 두꺼비를 의자에 앉혔다. 둘이 그 앞에 우뚝 서자 두꺼비는 말없이 언짢은 표정을 지었다.

물쥐가 먼저 입을 열었다.

"이봐, 두꺼비. 이번 잔치 말인데, 너한테 이런 말을 할 수밖에 없어서 미안해. 하지만 연설이나 노래는 없을 거라는 사실을 분명히 알아 둬. 이건 부탁이 아니라 명령이라는 것도."

두꺼비는 지금 궁지에 몰렸다는 것을 깨달았다. 그들은 두꺼비를 매우 잘 알았기에 그의 행동을 꿰뚫어보고 미리 선수 쳤던 것이다. 두꺼비의 행복한 꿈이 산산조각 나는 순간이었다.

두꺼비가 애원했다.

"짧은 노래 한 곡만 불러도 안 될까?"

"응, 짧은 노래 한 곡도 안 돼!"

물쥐의 대답은 단호했다. 하지만 실망한 두꺼비의 입술이 파르르 떨리는 것을 보자 너무도 안타까웠다.

"소용없어, 두꺼비야. 보나마나 네 노래는 또 허영에 가득 차 있거나 하나같이 잘난 척하는 내용일 테고, 연설도 자기 자랑과 터무니없는 과장뿐이겠지. 그리고 또⋯⋯."

오소리가 평소의 차분한 말투로 짧게 거들었다.

"허풍이지."

물쥐가 계속 말했다.

"다 너를 위해서야, 두꺼비. 너도 이제는 새롭게 변해야만 한다는 걸 잘 알잖아. 지금이 그 시작을 위한 좋은 기회야. 네 인생이 바뀔 시기라고. 이런 말을 하는 나도 너만큼이나 마음이 아프다는 걸 알아주면 좋겠다."

두꺼비는 한동안 생각에 잠겼다. 마침내 고개를 들었는데 얼굴에는 감정이 북받쳐 오른 흔적이 역력했다.

"여러분이 이겼어요, 친구들. 물론 내 부탁은 아주 작은 거였지만. 그저 하루만 더 내 자신을 한껏 꽃피우고 우레와 같은 박수를 받고 싶었던 것뿐이에요. 그렇게 하면 왠지 내 가장 뛰어난 면이 드러나는 것만 같거든요. 하지만 여러분이 옳았고, 나는 틀렸어요. 나도 알아요. 앞으로 나는 달라진 두꺼비가 될 거예요. 친구들, 다시는 나 때문에 얼굴 붉힐 일은 없을 거예요. 아, 정말 힘든 세상이군요!"

두꺼비는 손수건으로 얼굴을 비비더니 비틀거리며 나갔다.

물쥐가 말했다.

"아저씨, 꼭 나쁜 악당이 된 기분이에요. 아저씨는 기분이 어떠세요?"

오소리가 우울한 듯 대답했다.

"아, 그래! 이해해. 하지만 세상에는 꼭 해야만 하는 일이 있는 법이지. 저 마음씨 좋은 친구가 이 집에 살면서 자기 재산을 지키고 존경받으며 살게 해야 하지 않겠어? 흰담비들과 족제비들한테 비웃음을 당하도록 놔둘 수는 없지 않은가."

물쥐가 대답했다.

"당연히 그럼 안 되죠. 족제비 얘기가 나와서 말인데, 우리가 두꺼비의 초대장을 나눠 주러 가는 어린 족제비를 만나서 정말 다행이에요. 아저씨 말을 듣고 좀 수상하던 참이었는데, 초대장을 읽어 보니 정말 제 얼굴이 다 화끈거리더군요. 초대장을 전부 빼앗았어요. 지금 두더지가 파란색 방에서 초대장을 다시 쓰고 있어요."

어느덧 시간이 다가오고 있었다. 두꺼비는 자기 방으로 들어가 생각에 잠긴 얼굴로 우울하게 앉아 있었다. 앞발에 얼굴을 묻고서 오랫동안 생각했다. 그리고 조금씩 고개를 들더니 천천히 오랫동안 미소를 지었다. 마치 주변을 의식하는 듯 수줍게 킥킥거렸다.

자리에서 일어나더니 문을 잠그고 창문에 커튼을 쳤다. 방에 있는 의자를 전부 가져와 동그랗게 배열하고 벅찬 표정으로 맨 앞에 자리 잡고 섰다. 두꺼비는 고개 숙여 인사하고 두 차례 헛기침을 했다. 그러고는 한껏 즐거운 목소리로 노래하기 시작했다. 황홀감에 빠진 그의 눈에는 상상 속 관객들이 분명 보는 듯했다.

두꺼비의 마지막 짧은 노래

두꺼비 님이 — 집에 — 오셨네
응접실에서는 겁에 질리고 복도에서는 비명 소리가 들리네
외양간에서는 음매, 마구간에서는 히힝 소리가 울려 퍼지네
두꺼비 님이 — 집에 — 오신 날!

두꺼비 님이 — 집에 — 오셨네
창문이 쨍 깨지고 문이 쾅 작살났네
족제비들이 우왕좌왕하다 바닥에 기절했네
두꺼비 님이 — 집에 — 오신 날!

둥둥! 북을 울려라!
나팔수들은 나팔을 울리고 병사들은 경례하네
포병들은 대포를 쏘고 자동차들은 경적을 울리네
오늘은 ― 영웅이 ― 오신 날!

큰소리로 외쳐라, 만세!
구경꾼들이 저마다 크게 환영하네
자랑스러운 동물에게 경의를 표하네
두꺼비 님의 ― 위대한 날을 ― 위하여!

두꺼비는 열정을 다해 크게 목소리 높여 노래했다. 노래가 끝
나자 한 번 더 불렀다.

그러고 나서 깊은 한숨을 내쉬었다. 아주 기나긴 한숨이었다.

이제 두꺼비는 빗을 물병에 담갔다가 적신 다음, 가운데 가르마를 길게 타서 머리를 말끔하게 붙였다. 그리고 손님들을 맞이하기 위해 문을 열고 아래층으로 내려갔다. 그는 지금쯤 응접실에 손님들이 모여들 것을 알고 있었다.

두꺼비가 들어가자 모든 동물들이 환호성을 지르며 그를 에워쌌다. 축하 인사를 하면서 그의 용기와 영리함과 용맹한 싸움에 대해 칭찬했다. 하지만 두꺼비는 그저 살짝 미소 지으며 "천만에요."라고 화답할 뿐이었다. 이따금씩 "그 반대랍니다!"라고 말하기도 했다. 벽난로 앞 양탄자에 서 있던 수달은 빙 둘러 모인 동물들에게 자기도 두꺼비와 함께 그 전투 현장에 있었더라면 어떤 반응을 했을 거라는 말을 하고 있었다. 수달은 별안간 두꺼비의 목에 팔을 두르고 의기양양하게 방을 한 바퀴 돌려고 했다. 하지만 두꺼비는 점잖게 수달의 팔에서 몸을 빼내며 손님들에게 말했다.

"오소리 아저씨가 다 알아서 지휘하셨죠. 정작 싸움에서는 두더지와 물쥐가 주로 공격을 맡았고, 난 맨 뒤에서 별로 한 게 없는걸요."

동물들은 두꺼비의 예상치 못한 태도에 어안이 벙벙해졌다. 손님들 사이를 인사하고 돌아다니면서 겸손하게 반응하던 두꺼비는 어느새 모두의 관심이 자기에게 쏠리는 것을 느꼈다.

오소리가 주문한 음식은 최고였고, 잔치는 대성공을 거두었다. 동물들은 쉴 없이 이야기하고 웃고 장난쳤다. 하지만 두꺼비는 의자에 앉아서 겸손하게 고개를 숙인 채 옆에 있는 동물들과 가볍고 유쾌한 말을 주고받고만 있었다. 그는 가끔씩 오소리와 물쥐를 힐끔 쳐다보았다. 그때마다 둘은 놀라서 입을 벌린 채 서로의 얼굴을 쳐다보며 이야기를 나누고 있었다. 그 모습이 두꺼비에게 더없이 만족감을 주었다. 어느새 밤이 깊어가자 젊고 활기찬 동물들이 잔치가 예전만큼 재미가 없어졌다고 수군댔다. 이윽고 테이블을 두드리며 여기저기서 외치는 소리가 들렸다.

"두꺼비, 연설해! 두꺼비 이야기나 들어 보자! 노래해! 두꺼비 씨, 노래해요!"

하지만 두꺼비는 가만히 고개를 저으며, 그때마다 한쪽 앞발을 들어 정중히 사양했다. 손님들에게 맛있는 음식을 권하고, 가벼운 대화를 이끌기도 했다. 아직 어려서 이런 행사에 오지 못하는 어린 자녀들의 안부를 묻기도 했다. 그렇게 해서 오늘의 잔치가 얼마나 전통적인 방식이며 수준 있는 행사인지 깨닫게 해 주었다.

두꺼비가 완전히 바뀌었다!

잔치가 모두 끝났다. 네 동물들은 전쟁으로 엉망이 되기 전의 예전 생활로 돌아갔다. 더 이상 싸움도 침입도 없는 즐겁고 만족스러운 생활이었다. 두꺼비는 친구들과 의논해서 멋진 금줄과 진주가 달린, 사진 넣는 목걸이 세트를 편지와 함께 간수의 딸에게 보냈다. 오소리도 겸손함과 감사의 마음이 잘 담긴 선물이라며 칭찬해 주었다. 역시 기차 운전사에게도 고마움을 전하고 고생의 대가를 제대로 보상해 주었다. 그리고 오소리가 우기는 바람에, 거룻배를 몰던 부인도 힘들게 찾아내서 말 값을 후하게 쳐주었다. 두꺼비는 처음엔 크게 반대했지만, 한눈에 신사를 알아보지 못하는 덩치 큰 여자들을 벌하기 위해 운명적으로 파견된 사자라고 스스로를 생각하기로 했다. 배상해 준 말 값은 그리 부담되지 않았다. 그것을 잘 아는 동네 사람의 말에 따르면, 그때 집시가 쳐준 말 값이 정확하다고 했다.

친구들은 기나긴 여름밤이면 가끔씩 우거진 숲으로 산책을 하러 갔다. 이제 그곳은 무척 잠잠해졌다. 우거진 숲속에 사는 동물들이 공손하게 인사할 때마다 꽤 기분이 좋았다. 엄마 족제비들은 구멍 입구로 어린 자식들을 데리고 나와서 그들을 가리키며 말했다.

"잘 보렴, 아가야! 저기 훌륭한 두꺼비 아저씨가 지나가시네. 같이 걷는 분은 용감한 물쥐 아저씨인데, 싸움을 대단히 잘해. 옆에는 아빠가 자주 말하는, 그 유명한 두더지 아저씨!"

하지만 오소리의 경우는 조금 평이 달랐다. 아이들이 말썽부리거나 제멋대로 굴면 종종 족제비 엄마들은 "얌전히 굴지 않으

면 무서운 오소리가 와서 잡아간다!"라고 말하곤 했다. 오소리의 입장에서는 너무도 억울한 일이었다. 오소리는 사교 생활에는 별 관심도 없고, 오히려 아이들을 무척 좋아하는 동물이었기 때문이다. 그 후로 아이들은 오소리의 이름만 들어도 백발백중 얌전해졌다.

지은이 | 케네스 그레이엄

영국인들이 자랑스러워하는 대표적인 아동문학가. 작가로서의 명성을 떨치기 전에 직업은 은행원이었다. 『버드나무에 부는 바람』은 본래 날 때부터 시력이 약해 앞을 잘 보지 못한 아들을 위해 직접 편지를 쓰고 머리맡에서 들려주던 이야기로, 1908년 출간되어 지금까지 전 세계 어린이들에게 사랑받고 있는 명작이다. 어린 시절을 불우하게 보낸 작가에게 아들은 더없이 소중한 존재였다. 이 책에는 그런 아들을 진심으로 아끼고 사랑한 한 아버지의 애정이 듬뿍 담겨 있다. 세계적인 베스트셀러 『해리 포터』 시리즈의 작가 조앤 롤링은 어릴 적 읽은 책 중에서 '가장 기억에 남는 책'으로 『버드나무에 부는 바람』을 꼽았으며, 『곰돌이 푸』 시리즈의 작가 앨런 알렉산더 밀른 역시 '어느 가정에나 한 권씩은 꼭 갖춰야 할 책'으로 극찬한 바 있다.

그린이 | 천은실

전문 일러스트레이터로서 주로 수채화 작업을 해왔다. 『피노키오』, 『백설공주』, 『비밀의 화원』, 『별』, 『제인에어』 등 명작 그림을 다수 작업했다.

옮긴이 | 정지현

충남대학교 자치행정과를 졸업한 후 현재 번역 에이전시 하니브릿지에서 아동서 및 소설 전문 번역가로 활동하고 있다. 옮긴 책으로는 『오페라의 유령』, 『호두까기 인형』, 『비밀의 화원』, 『하이디』, 『엄지공주』, 『감사』, 『아이언맨』, 『앤과 일곱 난쟁이』, 『개구리 신부』, 『마법의 콩』 등 다수가 있다.

버드나무에 부는 바람 아름다운 고전 리커버북 시리즈 ⑫

지은이 | 케네스 그레이엄 **그린이** | 천은실 **옮긴이** | 정지현
펴낸이 | 김종길 **펴낸곳** | 인디고
편집 | 이은지 · 이경숙 · 김보라 · 김윤아 · 안수영 **영업** | 박용철 · 김상윤
디자인 | 엄재선 · 박윤희 **마케팅** | 정미진 · 김민지 **관리** | 박지웅
출판등록 | 1998년 12월 30일 제2013-000314호 **주소** | (04029) 서울특별시 마포구 월드컵로8길 41 (서교동483-9)
홈페이지 | indigostory.co.kr **전화** | (02)998-7030 **팩스** | (02)998-7924
블로그 | blog.naver.com/geuldam4u **페이스북** | www.facebook.com/geuldam4u
이메일 | geuldam4u@naver.com **인스타그램** | geuldam
초판 1쇄 인쇄 | 2020년 6월 23일 **초판 2쇄 발행** | 2021년 5월 20일 **정가** | 13,800원
ISBN 979-11-5935-068-9 03840